Rebecca Michéle

Abschüssig

Rebecca Michéle

Abschüssig

Ein Baden-Württemberg-Krimi

Silberburg-Verlag

Rebecca Michéle, geboren 1963 in Rottweil, lebt seit 1983 im Kreis Esslingen, aktuell in Kirchheim unter Teck. Die ausgebildete Arzthelferin entschloss sich vor zwölf Jahren, nur noch zu schreiben. Mit zahlreichen historischen Romanen (Pseudonym: Ricarda Martin) hat sie sich bereits einen Namen gemacht. Nun hat sie ihre Liebe zum Krimi entdeckt.

Die Personen und die Handlung dieses Romans sind frei erfunden, ebenso die Ortschaft Oberlautern. Eventuelle Übereinstimmungen mit real existierenden Menschen und/oder Geschehnissen wären zufällig und von der Autorin nicht beabsichtigt.

1. Auflage 2012

Umschlaggestaltung: Christoph Wöhler, Tübingen.
Coverfoto: © Cameron Whitman – iStockphoto.
Druck: CPI books, Leck.
Printed in Germany.

ISBN 978-3-8425-1214-6

Prolog

Ungeduldig warf Robert Mager den Rest seiner Zigarette zu Boden, trat die Kippe mit der Schuhspitze aus und seufzte. Es war bereits die fünfte Zigarette in einer Stunde, und er musste dem Drang, sich gleich die nächste anzuzünden, heftig widerstehen. Er rauchte zu viel, das wusste er, doch wie sonst sollte er diese elendige Warterei überbrücken? Anstatt erneut nach dem Päckchen in seiner Jackentasche zu greifen, ging er um den Bus herum, um ein letztes Mal zu kontrollieren, ob alles in Ordnung war. Mit einem süffisanten Lächeln betrachtete er das große Schild im Heckfenster, auf dem in roter Farbe die verschnörkelten Worte *Just married* prangten, und die roten und rosafarbenen Herzchenluftballons auf dem Dach des Busses. Er fand die Aufmachung zwar furchtbar kitschig, der Kundenwunsch war jedoch Befehl. Beim Unternehmen *Franke-Reisen* war der Kunde König, auch wenn nicht immer alle Wünsche erfüllt werden konnten. Grundsätzlich fand Robert Mager die Idee, statt mit einer klassischen Hochzeitskutsche – die sich heutzutage ja fast jeder leisten konnte – mit einem restaurierten Oldtimerbus aus den fünfziger Jahren des vergangenen Jahrhunderts von der Kirche ins Lokal zu fahren, originell – wenn bloß diese kitschige Dekoration nicht gewesen wäre. Jedem Tierchen sein Pläsierchen, dachte Mager, der für romantische Anwandlungen noch nie etwas übrig gehabt hatte. Kopfschüttelnd stieg er in den Bus und kontrollierte ein letztes Mal den Zustand der Sitze, und ob die Müllbehälter leer waren, obwohl er das Fahrzeug in einwandfreiem Zustand übernommen hatte.

Gerade, als er wieder ausgestiegen war und sich nun doch noch eine Zigarette anzündete, sah er an der Ecke der Straßenkreuzung einen Mann winken. Das war das verabredete Zeichen. Erleichtert warf Mager die Kippe fort, schwang sich hinters Lenkrad und startete den Motor. Langsam begann der Bus anzurollen. Obwohl der Oldtimer mit seinen dreiundzwanzig Sitzplätzen im Vergleich zu den Linien- und Reisebussen, die Mager sonst fuhr, recht klein war, musste er seine ganze Konzentration aufbringen, das Gefährt durch die engen Gassen zu chauffieren, ohne an einer Hausecke hängen zu bleiben. Der Bus war von Freunden als Überraschung für das Brautpaar gebucht worden. Deshalb hatte Robert nicht direkt vor dem Heiligkreuzmünster, sondern zwei Seitengassen weiter parken müssen, um ja nicht vorzeitig entdeckt zu werden.

Die Engelgasse, eine der schmalsten Straßen im historischen Stadtkern Rottweils, hatte Mager gut bewältigt, nun bog er in die Oberamteigasse ein, gerade in dem Moment, als das Brautpaar aus dem Kirchenportal trat. Auf den großen Platz vor das Münster zu fahren, war nicht erlaubt. Robert Mager setzte sein charmantestes Lächeln auf und trat dem glücklichen Paar entgegen. Wie lange diese Ehe wohl halten würde? Heute waren die beiden jungen Leute, kaum älter als Mitte zwanzig, wohl die glücklichsten Menschen unter der Sonne und meinten, nichts und niemand könne sie jemals trennen. Waren die Flitterwochen jedoch vorbei und der Alltag in die Ehe eingezogen, würde das Hochgefühl so nach und nach verschwinden. Robert ärgerte sich, dass er gerade jetzt an seine Exfrau denken musste, dabei lag die Scheidung bereits drei Jahre zurück. Auch sie hatten einst geglaubt, das Glück für immer und ewig gepachtet zu haben, und nun saß er allein in einer Einzimmerwohnung und sah seine Kinder nur alle vierzehn Tage am Wochenende.

Nachdem das Brautpaar Magers Glückwünsche entgegengenommen hatte, stieß die junge Frau einen leisen Schrei aus, als sie den Bus entdeckte. »Der ist ja süß!«

Der Bräutigam nickte, schlug seinem Freund, dem er diese Überraschung zu verdanken hatte, auf die Schulter und meinte: »Voll krass, Alter! Das ist ja mal was anderes.«

Robert rollte verstohlen mit den Augen. Sicher, der Oldtimerbus war der ganze Stolz der Firma, und mit den dunkel-

und hellblauen Streifen auf weißem Untergrund ein absoluter Hingucker, aber als *süß* hatte den Bus noch nie jemand bezeichnet. Nun, so waren sie eben, die jungen Leute. Obwohl Robert gerade erst vierzig geworden war und sich noch lange nicht zum alten Eisen zählte, fand er es manchmal schwierig, den Jargon der jungen Generation zu verstehen.

Das Brautpaar, die Eltern und Trauzeugen sowie ein paar enge Freunde stiegen unter lautem Gelächter in den Bus. Robert hörte das Knallen von Sektkorken und hoffte, dass nichts verschüttet wurde. Sein Chef würde fuchsteufelswild werden, wenn sein Lieblingsbus Schaden litt, und er selbst würde den ganzen Abend die Sauerei putzen müssen.

Mit den Freunden des Brautpaares, die den Bus gebucht hatten, war im Vorfeld abgesprochen worden, nicht auf direktem Weg ins Hotel Johanniterbad zu fahren, da die Fahrt sonst nur wenige Minuten gedauert hätte, sondern eine kleine Stadtrundfahrt zu machen. Routiniert lenkte Robert den Bus erst zum Friedrichsplatz, dann die untere Hauptstraße hinunter über das Viadukt, über das Berner Feld und die Duttenhoferstraße zurück zum Kriegsdamm und durch die Flöttlinstorstraße vorbei am Schwarzen Tor, dem Wahrzeichen der ehemaligen freien Reichsstadt, um dann durch die Schramberger, Marx- und Hochbrückstraße zum Hotel zu gelangen.

Die Fahrgäste bekamen jedoch gar nicht mit, wohin die Fahrt ging, denn sie feierten bereits ausgelassen. Nach einer halben Stunde hielt Robert vor dem Hotel, in dem die Hochzeitsfeier stattfand, und rief: »Meine Damen und Herren, bitte alle aussteigen. Die Fahrt endet hier!«

Er erntete Gelächter, und der Bräutigam lud ihn ein, auf ein Glas mit hineinzukommen. Beim Gedanken an ein kühles Helles mit einer weißen Schaumkrone lief Robert das Wasser im Mund zusammen, aber er lehnte dankend ab. Da für Busfahrer die 0-Promille-Grenze galt, wäre er sofort seinen Job los, wenn ihn seine beiden Chefs beim Trinken erwischen würden.

»Aber ein Wasser oder ein Schorle können wir Ihnen doch anbieten? Oder ein alkoholfreies Bier?«, fragte der junge Mann.

Robert ließ sich überreden. Für Juni war der Tag sehr heiß, und die Temperatur hatte bestimmt schon die Dreißig-Grad-Marke überschritten. Warum sollte er nicht ein oder zwei Apfelsaftschorle trinken, bevor er den Bus zur Firma in Oberlautern zurückbrachte? Heute wurde der Oldie, wie der Setra S 6 in der Firma allgemein genannt wurde, ohnehin nicht mehr gebraucht. Sorgfältig schloss Mager den Bus ab und folgte dem Brautpaar in das angenehm klimatisierte Foyer des Hotels.

Wider Erwarten amüsierte sich Mager sehr gut, denn eine junge Frau, die offenbar schon das eine oder andere Glas Sekt getrunken hatte, begann mit ihm zu flirten. Robert ging darauf ein. Warum auch nicht? Er war frei und ungebunden, und die Frau war hübsch. Der schmale Goldreif am Ringfinger ihrer rechten Hand störte Mager nicht. Auf mehr als einen Flirt würde er sich ohnehin nicht einlassen, denn von festen Beziehungen oder gar einer Ehe hatte er die Nase gestrichen voll.

Erst als sich die Hochzeitsgesellschaft an die Kaffeetafel setzte, verabschiedete er sich von seiner sexy Gesprächspartnerin – nicht ohne ihre Handynummer in der Tasche zu haben. Vielleicht würde er sie tatsächlich einmal anrufen, um mit ihr einen Abend und möglicherweise auch eine heiße Nacht zu verbringen.

Langsam lenkte Robert den Bus die enge Kameralamtsgasse hinauf und bog nach rechts in die Hochbrücktorstraße ein. Das Busunternehmen *Franke-Reisen* war in der Gemeinde Oberlautern ansässig, zwanzig Kilometer außerhalb von Rottweil, und gehörte damit zum Landkreis Balingen. Das alteingesessene Familienunternehmen war jedoch weit über die Kreisgrenzen hinaus bekannt, und besonders der Oldtimerbus wurde in der ganzen Region der südlichen Alb und des Südschwarzwalds oft und gerne gebucht.

Robert sah auf die Uhr. Wenn er sich beeilte, konnte er rechtzeitig zum Beginn der Sportschau zu Hause sein. Er favorisierte den VfB Stuttgart, der heute gegen Schalke spielte – und das Spiel, das *Premiere* in voller Länge zeigte, wollte er sich nicht entgehen lassen. Nach wenigen Minuten verließ er die Tempo-20-Zone der Unteren Hauptstraße und drückte aufs Gaspedal. Auf der alten B 27 nach Balingen herrschte wenig Verkehr, seit die neue Umgehungsstraße gebaut worden war. In diesem Moment erklang die Melodie des Songs *TNT* von AC/DC, und Robert runzelte die Stirn. Er hatte das Radio doch gar nicht eingeschaltet. Es war auch nicht sein Handy, denn er war kein Liebhaber von Hard Rock. Nach einem kurzen Seitenblick entdeckte er das Mobiltelefon seines Chefs Andreas Franke in der Ablage an seiner linken Seite. Robert schmunzelte. Bestimmt würde der sein Handy schon vermissen, denn er war kaum ohne das Ding anzutreffen, das neben Telefon auch Navigationsgerät, Adressbuch, Musicplayer und Minicomputer war. Robert beschloss, ihm das Telefon zu Hause vorbeizubringen, nachdem er den Bus in der Firma abgestellt hatte, denn die Inhaber des Unternehmens wohnten beide in unmittelbarer Nähe des Betriebsgeländes. Dadurch würde er allerdings den Anfang des Fußballspiels verpassen; er hatte mit Franke jedoch ohnehin etwas zu besprechen.

Robert konzentrierte sich wieder auf die Straße. Nachdem er das Viadukt, das hier den noch jungen Neckar überquerte, passiert hatte, schaltete er zwei Gänge zurück, um die Geschwindigkeit zu verringern, was den Motor des Oldies zum Knattern brachte. Die Straße fiel nun steil ab und mündete in eine scharfe Linkskurve. Immer wieder kam es an dieser Stelle zu Verkehrsunfällen, besonders in den Wochenendnächten, wenn jugendliche Raser unter Alkoholeinfluss durch die enge Kurve heizten. Vor der gefährlichen Stelle trat er auf die Bremse, denn diese Kurve musste er mit dem Bus in Schrittgeschwindigkeit nehmen. Er kannte die Strecke wie seine Westentasche – immerhin fuhr er seit rund zehn Jahren für das Busunternehmen.

Im Bruchteil einer Sekunde, weniger als ein Lidschlag, registrierte Robert, dass sein Fuß ins Leere trat.

»Scheiße!«, entfuhr es ihm, und er versuchte es erneut, doch die Bremse reagierte nicht. Seit Jahren regelmäßig geschult, alle Widrigkeiten zu überwinden, kuppelte Robert und schaltete einen Gang herunter, um die Geschwindigkeit weiter zu verringern. Das Getriebe knirschte, aber die Bremswirkung setzte nicht ein, im Gegenteil – der Bus wurde immer schneller. Robert sah die Haarnadelkurve mit der hohen Betonmauer, die den darüberliegenden Hang stützte, mit rasender Geschwindigkeit auf sich zukommen. Mit schweißnasser Hand zog er die Handbremse, darauf vorbereitet, jeden Moment ins Schleudern zu geraten, aber auch diese Bremse schlug nicht an. Hektisch lenkte er den Bus nach links.

Das Letzte, was Robert Mager wahrnahm, war ein grässliches Knirschen, als der Bus die Mauer entlangschrammte, die Windschutzscheibe in tausend Scherben splitterte und sich die Glasscherben in sein Gesicht bohrten. Dass sich der Bus danach zweimal überschlug und auf dem Dach liegenblieb, bemerkte er schon nicht mehr.

1

Kriminalhauptkommissar Jürgen Riedlinger hatte die Lehne seines Bürostuhls nach hinten gekippt und lag, die Füße auf dem Schreibtisch, entspannt und mit geschlossenen Augen da. Er dachte nach. Das konnte er in dieser Stellung am besten, auch wenn es aussah, als schliefe er. Sein Vorgesetzter würde das, falls er es jemals sähe, bestimmt missbilligen. Zum Glück war Riedlinger von Udo Vogel, dem Leiter der Polizeidirektion Rottweil, noch nie in dieser misszuverstehenden Position angetroffen worden.

Als sich die Tür zu seinem Büro öffnete, zuckte Riedlinger schuldbewusst zusammen. Es war jedoch nicht Vogel, der eintrat, sondern ein braungebrannter und drahtiger Mann Mitte vierzig.

»Aufwachen, Riedl, es gibt Arbeit!«

Wolfgang Mozer war der Einzige im Präsidium, der seinen Kollegen mit dessen Spitznamen, der Riedlinger seit seiner Schulzeit anhaftete, ansprechen durfte.

»Ich schlafe nicht, Motzi«, brummte Riedlinger und revanchierte sich mit dem Namen, den sein Kollege seinerseits nicht gern hörte. Er nahm die Füße vom Tisch und streckte seine Glieder ausgiebig wie eine Katze. »Ich bin den Einbruch in dem Juweliergeschäft noch mal durchgegangen und denke, wir sollten diesen … wie hieß er noch mal …?«

»Georg Kaluppka, genannt Bruch-Schorsch«, sprang Mozer in die Bresche und nickte zustimmend. »Ja, mir scheint der Typ auch nicht ganz koscher zu sein, aber er hat ein lückenloses Alibi.« Er legte eine schmale grüne Akte vor Riedlinger auf den Tisch. »Du brauchst dir deinen Kopf aber nicht länger über den Raub zu zerbrechen, den Fall sind wir los.«

Riedlinger hob fragend die Augenbrauen. »Wieso das? Okay, es ist Sache des Raubdezernats, aber …«

»Wir haben einen neuen Fall«, sagte Mozer und deutete auf die Akte.

Riedlinger schlug die erste Seite auf und runzelte die Stirn.

»Der Busunfall unten beim Viadukt? Schlimme Sache, ich hab im Schwarzwälder Boten darüber gelesen. Zum Glück waren keine Fahrgäste an Bord, aber der Busfahrer war auf der Stelle tot, nicht wahr?«

Mozer nickte und seufzte. »Leider war es kein Unfall. Gestern Abend kam der Bericht der KTU rein. Du findest ihn in der Akte. Kurz zusammengefasst: Der Bus ist verunglückt, weil die Bremsen versagt haben. Dabei hat allerdings jemand nachgeholfen.«

Riedlinger richtete sich kerzengerade auf. Nun war seine volle Aufmerksamkeit geweckt, und er überflog den fünfseitigen Bericht der kriminaltechnischen Untersuchung.

»Die Bremsen wurden manipuliert«, murmelte er schließlich. »Und zwar gründlich, selbst die Zuleitung der Handbremse wurde angeschnitten.« Er stand auf und seufzte. »Somit müssen wir von einem Tötungsdelikt ausgehen. Weiß die Staatsanwältin schon Bescheid?«

Mozer nickte. »Ich komme gerade von Frau Dr. Pfeffer. Sie hat uns mit der Aufklärung des Falles beauftragt. Dann fangen wir also mal an ...«

Zwei Stunden später hatten die beiden Kommissare alle Informationen über Robert Mager durchgesehen. Die Streife, die zu dem Unglück gerufen worden war, hatte bereits das Wichtigste abgeklärt und protokolliert.

»Mager war seit drei Jahren geschieden und hat allein gelebt«, fasste Riedlinger zusammen. »Die Nachbarin, übrigens eine äußerst gesprächige ältere Dame, die Tür an Tür mit ihm wohnt, hat gemeint, er habe wechselnde Frauenbekanntschaften gehabt. Nun, der Mann war gerade mal vierzig Jahre alt und Single.«

»Vielleicht ein eifersüchtiger Ehemann?«, spekulierte Jürgen Mozer und deutete auf das Lichtbild in der Akte. »Robert Mager war ein attraktiver Mann. Vielleicht gab es unter seinen Freundinnen eine verheiratete Frau?«

Riedlinger seufzte und stand auf. »Wir werden alle seine Bekanntschaften befragen müssen. Hat man seine Wohnung bereits durchsucht? Ein Adressbuch und sein Computer wären hilfreich.«

»Die Spurensicherung ist gerade dabei«, antwortete Mozer. »Die Hausdurchsuchung hat die Staatsanwältin gleich heute Morgen veranlasst, als klar war, dass es sich nicht um einen Unfall handelt. Ob in den vergangenen Tagen jedoch schon jemand in der Wohnung war, wissen wir nicht. Es gibt jedenfalls keine Einbruchspuren, die KTU wird sicherheitshalber versuchen, Fingerabdrücke, die nicht von Mager stammen, zu finden.«

Er griff nach seiner Jacke und ging zur Tür. Nach dem heißen Wochenende zeigte sich der Juni jetzt von seiner regnerischen Seite, und es hatte deutlich abgekühlt.

»Bis wir Handy, PC, Notizbücher und Sonstiges aus Magers Besitz vorliegen haben, schlage ich vor, wir unterhalten uns einmal mit seiner Exfrau. Sie wohnt hier in Rottweil, wir können zu Fuß gehen.«

Mozers letzte Bemerkung veranlasste Riedlinger zu einem Stöhnen. Sein Kollege war eine regelrechte Sportskanone. Er wohnte in Zimmern, einer eigenständigen Gemeinde außerhalb Rottweils, und fuhr zu jeder Jahreszeit und bei Wind und Wetter mit dem Fahrrad ins Präsidium. Nicht dass Mozer keinen Führerschein gehabt hätte, nein, er mochte es einfach, sich an der frischen Luft zu bewegen. Wann immer es seine Zeit erlaubte, joggte er und nahm an diversen Stadtläufen in der Umgebung teil. Jürgen Riedlinger ging zwar auch ab und zu am Sonntag mit seiner Frau spazieren – sofern die Arbeit ihm überhaupt einen freien Sonntag erlaubte –, und früher hatte er einmal ein wenig Fußball gespielt. Sonst jedoch hielt er es mit Winston Churchill: *No sports.* Dieser Bewegungsmangel und Riedlingers Vorliebe für geschmälzte Maultaschen und Kässpätzle – beides natürlich am liebsten ohne überflüssige Salatgarnitur – sorgten für einen kleinen Bauchansatz. Das kümmerte ihn jedoch wenig. Karin, seine Frau, kochte einfach zu gut, und er würde sie keinesfalls beleidigen wollen, indem er plötzlich ihre Hausmannskost verschmähte und wie sein Kollege Körner, Gemüse und Salat futterte.

Während Mozer zügig ausschritt, schlug Riedlinger den Kragen seiner Jacke hoch, denn der kühle Wind ließ ihn frösteln. Hoffentlich gab es nicht wieder so einen regnerischen Sommer wie im letzten Jahr. Vielleicht würde er Karins Wunsch nach einem Urlaub in der Türkei oder auf den Kanaren doch mal nachgeben. Wenn er nur nicht so ungern in ein Flugzeug steigen würde …

»Wir sind gleich da«, sagte Mozer und riss Riedlinger aus seinen Gedanken.

Es war wirklich nicht weit gewesen – von der Kaiserstraße aus, in der sich das Polizeipräsidium befand, hatten sie den Stadtgraben durchquert, waren ein Stück den schmalen Roßwasenweg entlanggegangen und dann die steilen Treppen in die Schramberger Straße hinaufgestiegen. Riedlinger geriet bei den vielen Stufen ins Schnaufen, dabei rauchte er seit Jahren nicht mehr, während sein zehn Jahre jüngerer Kollege wirkte, als wäre er gerade aus einem erholsamen Mittagsschlaf erwacht. Sie bogen nach links ab und fanden schnell das gesuchte Haus.

Mit gerunzelter Stirn sah Mozer erst auf die Klingelschilder neben der Eingangstür des Vierfamilienhauses, dann auf seinen Notizblock.

»Komisch, in der Akte steht diese Hausnummer, hier scheint aber keine Frau Mager zu wohnen.«

Kurz entschlossen drückte Riedlinger auf die Klingel mit dem Allerweltsnamen Maier, und kurz darauf ertönte das Surren des Türöffners. Im Hochparterre steckte ein älterer Mann in Jogginghosen und Unterhemd den Kopf aus seiner Wohnungstür.

»Was wollen Sie? Ich kaufe nichts«, blaffte er die beiden Kommissare unfreundlich an.

Riedlinger bemühte sich um sein freundlichstes Lächeln, als er sagte: »Wir suchen eine Frau Mager. Sie soll hier wohnen.«

»Mager? Kenne ich nicht. Wie sieht die denn aus?«

Mozer und Riedlinger tauschten einen Blick und zuckten die Schultern.

»Das wissen wir nicht, aber sie muss so etwa Mitte dreißig sein und …«

»… hat zwei kleinere Kinder«, vollendete Mozer den Satz seines Chefs.

Ein Erkennen zeigte sich auf dem Gesicht des Mannes. Er deutete nach oben.

»Meinen Sie vielleicht die Frau Häfele? Die wohnt im ersten Stock.«

Ohne eine Antwort abzuwarten, warf er die Tür hinter sich zu.

»Netter Zeitgenosse«, murmelte Riedlinger, als sie die Treppe hinaufstiegen.

Das Treppenhaus war zwar sauber, der Wandputz bröckelte an einigen Stellen jedoch ab, und die Stufen waren fast alle angeschlagen. Riedlinger wusste, dass diese Häuser im vorderen Abschnitt der Schramberger Straße alle zu Beginn des 20. Jahrhunderts erbaut worden waren. Manche waren sehr liebevoll restauriert worden und die Mieten waren recht hoch. Dieses Haus gehörte offenbar nicht dazu. Wahrscheinlich hatte der Besitzer das Haus aus steuerlichen Gründen gekauft, kassierte die Mieten und kümmerte sich aber sonst kaum um das Gebäude.

An der Wohnungstür mit dem grauen Pappschild *Häfele* klingelte Riedlinger.

Die Tür öffnete sich einen Spalt und wurde dann von einer Kette aufgehalten. Eine hübsche blonde Frau um die dreißig schaute die beiden Fremden skeptisch an.

»Was wollen Sie?«

Riedlinger zückte seinen Polizeiausweis und hielt ihn der Frau vor die Nase.

»Kriminalhauptkommissar Riedlinger und mein Kollege Kriminaloberkommissar Mozer. Wir sind auf der Suche nach Frau Mager, der geschiedenen Frau von Robert Mager ...«

Ein Schatten fiel über das Gesicht der Frau. »Einen Moment bitte.«

Die Tür schloss sich, und die Kommissare hörten die Kette rasseln. Die Tür öffnete sich und die Frau bat die beiden Männer hinein.

»Ich habe Ihren Kollegen doch schon alles erzählt«, sagte sie, während sie ins Wohnzimmer vorausging.

»Sind Sie Frau Mager?«, fragte Mozer und sah sich mit kundigem Blick um.

Binnen weniger Sekunden hatte er sich ein Bild gemacht – die Wohnung war klein, drei Zimmer höchstens, aufgeräumt und sauber, aber frei von jeglichem Luxus. Der Fernseher war schon einige Jahre alt, der Stoff der Couchgarnitur war an den Sitzstellen abgeschabt, die übrigen Möbel stammten von einem schwedischen Discounter und das Wohnzimmer hätte eine neue Tapete nötig gehabt.

»Nach der Scheidung habe ich meinen Mädchennamen wieder angenommen«, sagte Sybille Häfele und blieb mit vor der Brust verschränkten Armen im Zimmer stehen.

»Hören Sie, natürlich bin ich über den Tod meines Mannes ... meines geschiedenen Mannes erschüttert, aber ich weine ihm keine Träne nach. Wir hatten nichts mehr miteinander zu tun, außer wenn er die Kinder am Wochenende geholt hat. Was jedoch eher selten war, Robert war lieber mit dem Bus irgendwo unterwegs.«

Ohne dazu aufgefordert zu sein, setzte Riedlinger sich in einen Sessel.

»Ich glaube, es ist besser, Sie setzen sich, Frau Ma... äh, Frau Häfele. Unsere Kollegen von der Streife haben Sie über den Unfall Ihres Mannes informiert, mein Kollege und ich sind jedoch von der Mordkommission.«

»Mordkommission?«

Alles Blut wich aus ihrem Gesicht und sie setzte sich schnell auf die Ecke der Couchgarnitur.

»Aber es war doch ein Unfall ... Der Bus war alt, und die Bremsen ...«

»... sind manipuliert worden«, vollendete Mozer den Satz.

Er war kein Freund langer Worte. »Wir müssen derzeit davon ausgehen, dass es sich um einen gezielten Anschlag gehandelt hat. Jemand *wollte* Ihren Mann töten.«

»Meinen geschiedenen Mann«, wiederholte Sybille Häfele mechanisch und seufzte. »Ich habe ihn zwar gehasst, den Tod habe ich ihm aber nicht gewünscht.« Sie stand auf und sah die Kommissare fragend an. »Ich brauche jetzt etwas zu trinken. Darf ich Ihnen auch etwas anbieten, oder dürfen Sie im Dienst nichts trinken? Man sieht das ja immer im Fernsehen.«

Riedlinger lächelte freundlich. »Glauben Sie bloß nicht alles, was in den Krimis im Fernsehen gezeigt wird. Nein danke, mein Kollege und ich möchten nichts trinken. Wir haben nur einige Fragen an Sie.«

Sybille Häfele holte sich eine Flasche Apfelsaftschorle aus der Küche, nahm einen Schluck direkt aus der Flasche, dann setzte sie sich und sagte: »Fragen Sie, aber ich fürchte, ich werde Ihnen nicht viel sagen können.«

Mozer sah sich um. »Wo sind eigentlich Ihre Kinder? Es wäre besser, wenn sie von unserem Gespräch nichts mitbekommen.«

»Sie sind in der Schule beziehungsweise im Kindergarten.« Sie sah auf ihre Armbanduhr. »In einer Stunde muss ich den Kleinen aus dem Hort holen.«

Riedlinger lehnte sich ein Stück vor und taxierte Sybille Häfele von oben bis unten. »Ihr Jüngster geht noch in den Kindergarten? Sie sind doch seit über drei Jahren geschieden.«

Mit einer anmutigen Bewegung warf Sybille Häfele ihr schulterlanges Haar zurück und lächelte, aber es war ein bitteres Lächeln. »Sie können gut rechnen. Max ist knapp fünf.

Mein Exmann hatte keine Skrupel, mit anderen Frauen ins Bett zu steigen, während ich hochschwanger war. Nun, warum auch? Er hat mich von Anfang an betrogen, doch als ich ihn geheiratet habe – übrigens weil ich mit Kevin schwanger war –, habe ich geglaubt, er würde sich ändern, wenn er erst einmal Familienvater ist und Verantwortung zu tragen hat. Ich habe mich geirrt, wie ich bald schmerzhaft feststellen musste.« Sie blickte von Mozer zu Riedlinger und sagte offen: »Bevor Sie mich jetzt fragen, ob ich nicht versucht habe, meine Ehe den Kindern zuliebe zu retten, muss ich Ihnen sagen, dass ich es zwar probiert habe, aber irgendwann war das Maß voll. Ich stamme selbst aus einer Familie, in der sich die Eltern nichts mehr zu sagen hatten. Manche denken, Kinder bekämen nicht mit, wenn sich ihre Eltern nicht mehr lieben, aber ich habe die Erfahrung gemacht, dass ständige Streitereien einer Kinderseele viel mehr Schaden zufügen als eine schnelle und saubere Scheidung.«

»Sie sind sehr ehrlich«, stellte Riedlinger verblüfft fest.

Die meisten Leute, die er in den drei Jahrzehnten seines Berufes befragt hatte, zeigten sich der Polizei gegenüber eher zugeknöpft, und er musste ihnen die Informationen regelrecht aus der Nase ziehen.

Ein Blick aus ihren blaugrauen Augen traf ihn, als Sybille Häfele mit einem Schulterzucken bemerkte: »Ich habe nichts zu verbergen.«

»Vorhin haben Sie gesagt, Sie hassen Ihren Mann «, warf Mozer ein und verfolgte aufmerksam jede Reaktion der jungen Frau. »Das wäre ein starkes Motiv. Ich könnte verstehen, wenn Sie sich an Ihrem Mann rächen wollten.«

Sybille Häfele lachte laut auf und machte eine raumgreifende Handbewegung. »Sie können nicht im Ernst glauben, dass ich etwas mit dem Tod meines Ex zu tun habe? Das ist lächerlich! Schauen Sie sich hier um – meine Jungs und ich kommen gerade mal so über die Runden. An drei Abenden in der Woche, wenn mein Bruder auf die Kinder aufpassen kann, jobbe ich in einem Schnellrestaurant in Zimmern. Sie können sich bestimmt denken, dass damit keine Reichtümer zu verdienen sind. Mag Robert auch, was Treue betrifft, ein Schwein gewesen sein und sich nur unregelmäßig um seine Söhne gekümmert haben – den Unterhalt hat er bezahlt. Robert hatte einen guten Job, auch wenn er nicht viel verdient hat. Manchmal hat er ›vergessen‹, den Unterhalt pünktlich zum Ersten zu überweisen, aber etwas Geld kam immer. Warum also, meine Herren, sollte ich diesem Mann etwas antun? Mal davon abgesehen, dass ich von Autos und Motoren, Bremsen und dem ganzen Zeug keine Ahnung habe. Von Bussen noch viel weniger. Ich habe nicht einmal einen Führerschein.«

Riedlinger hatte sie reden lassen, ohne zu unterbrechen. Auf ihn wirkte Sybille Häfele völlig sicher, und er glaubte der jungen Frau. Dies sagte ihm sein Instinkt. Da Instinkt allein bei seiner Arbeit nicht ausreichte, musste er jedoch nachhaken.

»Können Sie sich vorstellen, wer einen Grund gehabt hätte, Ihren Mann zu töten?«, fragte er direkt.

Sybille Häfele lächelte grimmig. »Och, da gibt es sicher einige. Wenn er wollte, konnte Robert Frauen gegenüber sehr charmant sein. Wenn er eine ins Bett bekommen wollte, dann hat er ihr das Gefühl gegeben, für ihn die Einzige auf der Welt zu sein. Diese Aufmerksamkeit hat aber immer nur so lange angehalten, bis er gehabt hatte, was er wollte. Dann ließ er seine Eroberungen fallen wie eine heiße Kartoffel und hat sich auf die Suche nach dem nächsten Kick gemacht. Ich kann mir vorstellen, dass so manche dieser Frauen noch eine Rechnung mit ihm offen haben.«

»Können Sie uns Namen nennen?«, fragte Mozer gespannt.

Der grimmige Zug um Sybilles Mundwinkel vertiefte sich. »Tut mir leid, aber mit Roberts Weibergeschichten habe ich seit unserer Trennung nichts mehr am Hut. Es hat mich nicht interessiert, in wessen Betten er sich herumtreibt.« Sie stand auf und sah die beiden Kommissare eindringlich an. »Ich möchte nicht unhöflich sein, meine Herren, aber ich muss Max abholen. Ich will nicht, dass er warten muss, er fürchtet sich immer so schnell.«

Riedlinger und Mozer erhoben sich gleichzeitig, und Riedlinger zog eine Visitenkarte aus der Jackentasche.

»Wenn Ihnen noch etwas einfällt, rufen Sie mich bitte an, Frau Häfele. Auch wenn es Ihnen unwichtig erscheint, uns interessiert alles, was sich im Leben von Robert Mager ereignet hat, besonders in den letzten Wochen oder Monaten.«

Die beiden Kommissare waren bereits an der Tür und Mozer legte eine Hand auf die Klinke, als Sybille Häfele plötzlich die Stirn runzelte und sagte: »Warten Sie, mir fällt tatsächlich noch etwas ein.«

Erwartungsvoll sah Riedlinger sie an, doch dann schüttelte sie den Kopf und lächelte.

»Es ist wahrscheinlich völliger Blödsinn und Sie werden wieder sagen, ich schaue zu viele Krimis im Fernsehen.«

»Ganz bestimmt nicht, reden Sie«, forderte Riedlinger sie auf.

»Es war an Ostern, als Robert den Jungen Geschenke vorbeibrachte. Ich wollte nicht unhöflich sein und habe ihm einen Kaffee und ein Stück Kuchen angeboten. Dabei sind wir ein wenig ins Plaudern gekommen, und er erzählte von seiner Arbeit. Es hat mich nicht sonderlich interessiert, aber ich erinnere mich, dass Robert etwas von Schwierigkeiten in der Firma gesagt hat.«

»Schwierigkeiten?«, wiederholte Riedlinger. »Hat er Angst um seinen Job haben müssen?«

Sybille schüttelte den Kopf. »Nein, diesbezüglich gab es keine Probleme. Im Gegenteil, *Franke-Reisen* in Balingen ist eines der größten Busunternehmen im Umkreis, auch hier in Rottweil. Robert hat vielmehr von den zwei Firmenchefs gesprochen, irgendwie schien es da Streit gegeben zu haben. Und, ach ja, ich erinnere mich, Robert hat gesagt, die Firma hätte gerade ein Busunternehmen aus Albstadt übernommen, weil dessen ehemaliger Eigentümer Insolvenz anmelden musste. Offenbar war der stinksauer und hat den Frankes die Schuld für seine Pleite gegeben.«

Während Riedlinger aufmerksam zuhörte, hatte sich Mozer nebenbei eifrig Notizen gemacht.

»Wie heißt der Busunternehmer?«, fragte Riedlinger gespannt, aber Sybille Häfele schüttelte den Kopf.

»Keine Ahnung. Wie gesagt, die Sache hat mich nicht sonderlich interessiert.«

Mozer steckte Notizblock und Kugelschreiber in seine Jackentasche, dann öffnete er die Tür.

»Danke, Frau Häfele. Sie werden verstehen, dass wir wahrscheinlich noch mehr Fragen haben. Daher bitten wir Sie, die Stadt vorerst nicht zu verlassen.«

Sie lachte hell auf. »Keine Sorge, ich habe nicht vor zu verreisen. Wovon auch? Schlagen Sie es sich jedoch aus dem Kopf, ich könnte etwas mit dem Tod meines Mannes zu tun haben. Ich weine ihm zwar keine Träne nach, aber ich habe ihn nicht umgebracht.«

Auf der Straße atmete Riedlinger tief ein und aus, und Mozer bedachte ihn mit einem nachdenklichen Seitenblick.

»Eine attraktive Frau, nicht wahr? Schwer vorstellbar, dass man eine solche Frau betrügt.«

Riedlinger lachte und zwinkerte seinem Kollegen scherzhaft zu. »Du kannst dein Glück ja bei ihr versuchen. Allerdings erst, wenn der Fall abgeschlossen und ihre Unschuld bewiesen ist.«

»He, Riedl, was denkst du von mir?« Entrüstet knuffte Mozer seinen Kollegen in die Seite. »Ich bin nicht erst seit gestern bei dem Laden, und weiß, dass wir bei einem Fall sämtliche Emotionen außen vor lassen müssen. Allerdings glaube ich nicht, dass Frau Häfele etwas mit dem Tod ihres Mannes zu tun hat.«

Riedlinger grinste. »Ich habe gleich gespürt, dass Sybille Häfele Eindruck auf dich gemacht hat, Motzi. Trotzdem solltest du ihr nicht alles glauben. Für mich zählt sie zum Kreis der Verdächtigen, denn Rache ist ein starkes Motiv.«

»Was ist mit dem Busunternehmen?«, wechselte Wolfgang Mozer das Thema. »*Franke-Reisen*, nicht wahr? Wurde mit dem Unternehmer bereits gesprochen?«

»Die Streife hat die Inhaber natürlich über das Unglück informiert, aber ich glaube nicht, dass die schon wissen, dass es gar kein Unfall war«, antwortete Riedlinger. »Ich weiß nicht, ob an irgendwelchen Schwierigkeiten was dran ist, aber wir sollten der Sache nachgehen. Im Moment haben wir noch keine richtige Spur, also müssen wir die geringste Kleinigkeit verfolgen. Finde bitte heraus, welches Unternehmen von Franke übernommen wurde.«

Mozer nickte. »Mach ich gleich, wenn wir im Büro sind. Das müsste im Internet recht schnell zu recherchieren sein.«

»Wir fahren nach dem Mittagessen mal nach Oberlautern raus und schauen uns das Unternehmen an.« Riedlinger verharrte vor einer Bäckerei. »Ich hole mir einen Leberkäswecken. Soll ich dir auch einen mitbringen?«

Wolfgang Mozers Blick glitt über Riedlingers nicht vorhandene Taille und er grinste. »Nein danke, ich habe mir von zu Hause einen Gemüseauflauf mitgebracht, den ich in der Mikrowelle aufwärmen kann. Du solltest es auch mal mit etwas mehr Gemüse und Salat versuchen …«

»Ja, ja, aber nicht heute«, unterbrach Riedlinger und ließ den Kollegen stehen.

Sein Magen knurrte vernehmlich, und beim Gedanken an ein Laugenweckle mit einer dicken Scheibe Leberkäse und ordentlich Senf darauf lief ihm das Wasser im Mund zusammen. Er würde sich den Appetit nicht durch seinen gesundheitsfanatischen Kollegen verderben lassen.

2

»Junge, du musst etwas essen.«

Liebevoll strich Martha Franke ihrem Sohn über das Haar, und Matthias grinste. Obwohl er bald seinen zweiundvierzigsten Geburtstag feiern konnte, war er für seine Mutter nach wie vor ein Junge und würde es wohl immer bleiben. Da er selbst Vater von vier Kindern war, konnte er seine Mutter verstehen, die ihrerseits drei Söhne großgezogen hatte.

»Ich habe keinen Hunger, Mama.«

Seufzend lehnte Matthias sich auf der bequemen Eckbank zurück. Hier hatte er schon als Kind gerne gesessen. Obwohl er mit seiner Familie seit Jahren ein großes, modernes Haus auf dem Firmengelände bewohnte, kam er immer gerne in sein Elternhaus und ließ sich bemuttern.

Martha Franke zog sorgenvoll die Stirn in Falten. »Es ist furchtbar, was geschehen ist. Der arme Robert wird jedoch nicht wieder lebendig, wenn du krank wirst. Gerade jetzt musst du für die Firma fit sein.«

»In der ganzen langen Unternehmensgeschichte ist noch nie ein Unfall geschehen, bei dem jemand ums Leben gekommen ist.« Matthias strich sich über die schweißnasse Stirn. In dem Raum war es sehr warm, und die Sonne malte bunte Kringel auf die weiß-rot-karierte Tischdecke.

Martha Franke, eine kleine, zierliche und zugleich energische Frau Ende sechzig, setzte sich neben ihren Sohn und nahm seine Hand.

»Deinem Vater und mir raubt der Unfall ebenfalls den Schlaf. Letzte Nacht hat Vater die ganze Zeit wach gelegen und hat darüber nachgegrübelt, warum die Bremsen versagt haben. Der Bus war in einem einwandfreien Zustand, und Andreas hat ihn doch erst zwei Tage zuvor gründlich gewartet und an diesem Vormittag nochmals überprüft.«

Matthias schob den Teller mit dem Wiener Schnitzel, von dem er mit Mühe und Not gerade mal drei Bissen gegessen hatte, von sich. Er schaute durch die Glasfront, die den Raum von drei Seiten umschloss und das Esszimmer fast in einen Wintergarten verwandelte, auf das Nachbarhaus – ein altes, restauriertes Fachwerkhaus mit einem heruntergezogenen Dach und einem über die gesamte Stirnseite verlaufenden Balkon mit üppig blühenden Geranien.

»Hast du schon drüben die Blumen gegossen?«, wechselte er das Thema.

»Heute noch nicht, ich warte, ob es noch stärker regnet«, entgegnete Martha Franke. »Wenn es nach Andreas ginge, würden die Blumen verdorren, aber so ist er nun mal. Dein Bruder hatte noch nie Zeit, sich um das Haus zu kümmern.«

Das Haus war von Matthias' Urgroßvater im Jahr 1910 erbaut worden, und bis vor drei Jahren hatte Matthias mit seiner Familie dort gewohnt. Dann hatten sie neu gebaut und seitdem wohnte sein jüngerer Bruder Andreas in dem Haus, das mit seinen acht Zimmern für ihn allein eigentlich viel zu groß war.

»Andreas war mit den Nerven am Ende, als er von dem Unfall erfahren hat«, sagte Matthias. »Ich hoffe, auf seiner Fahrt passiert nichts. Leider hat er sich nicht überzeugen lassen, jemand anderen fahren zu lassen. Jeder hätte es verstanden, wenn er sich ein paar Tage freigenommen hätte.«

»Andreas ist routiniert genug, um sich voll und ganz auf die Arbeit zu konzentrieren«, beruhigte Martha Franke ihren Sohn. »Du brauchst dir keine Sorgen zu machen, es wird ihm nichts geschehen. Nur dumm, dass wir ihn per Handy nicht erreichen können.«

»Er hat gestern Abend vom Hotel in Paris aus angerufen«, erwiderte Matthias, und ein Lächeln stahl sich auf seine Lippen. »Dass sein Handy weg ist, macht Andreas beinahe ebenso zu schaffen wie der kaputte Bus. Du weißt ja, dass er nie ohne das Ding aus dem Haus geht. Da er jedoch am Montagmorgen gleich nach Paris fahren musste, konnte er sich so schnell kein neues besorgen.«

Martha begann, den Tisch abzuräumen. »Das Handy kann man ersetzen, den Bus auch. Ein Menschenleben allerdings nicht. Natürlich weiß ich, dass Roberts Tod Andreas sehr getroffen hat, doch manchmal wünsche ich mir, der Junge könnte mehr Gefühle zeigen. Er ist immer so verschlossen, ich weiß oft nicht, was in seinem Kopf vor sich geht.«

»Ja, seit der Sache mit Claudia ist Andreas noch stiller geworden«, deutete Matthias an, wollte dann jedoch das Thema mit der Exfreundin seines Bruders nicht weiter vertiefen. Es lag ihm eine andere Sache auf dem Herzen. »Mama, ich weiß nicht, was wir mit dem Sommerfest machen sollen.«

Martha Franke runzelte die Stirn und sagte: »Du denkst doch nicht daran, das Fest abzusagen?« Als sie genau diese Antwort im Gesicht ihres Sohnes las, schüttelte sie energisch den Kopf. »Matthias, Roberts Tod ist tragisch, aber unser jährliches Sommerfest können wir deswegen nicht ausfallen lassen. Es findet bereits in zwei Wochen statt. Die Plakate hängen überall aus, die Handzettel sind verteilt, die Zeitungen haben die Vorankündigungen gebracht und unsere Stammkunden sind informiert. Du weißt ebenso wie ich, dass uns das Fest jedes Mal neue Kunden beschert.«

»Ich finde es irgendwie pietätlos«, wandte Matthias ein.

»The show must go on«, zitierte Martha, die gut Englisch sprach, ebenso wie Französisch, Italienisch und ein wenig Spanisch, was das jahrzehntelange Reisen zusammen mit ihrem Mann mit sich gebracht hatte. »So ist das Business eben. Du kannst bei der Eröffnungsrede eine Gedenkminute für Robert abhalten. Gerade jetzt ist es wichtig, dass die Kunden ihr Vertrauen in unser Unternehmen nicht verlieren.«

Bevor Matthias etwas erwidern konnte, läutete das Telefon in der Diele. Martha hob ab, sprach ein paar Worte und kehrte dann ins Esszimmer zurück. »Das war deine Sekretärin. Zwei Herren von der Polizei sind in der Firma und wollen dich sprechen.«

Matthias Franke stand auf, umarmte liebevoll seine kleine und zierliche Mutter und küsste sie auf die Wange.

»Dann gehe ich wieder hin. Danke für das Essen, Mama, und grüß Vater, wenn er vom Arzt heimkommt. Ich hoffe, sein Blut ist in Ordnung. Mal sehen, ob die Polizei neue Erkenntnisse hat und wann wir den Bus wiederbekommen können. Andreas möchte ihn so schnell wie möglich reparieren, du weißt, wie sehr sein Herz an dem Oldie hängt.«

»Wenn er sein Herz nur mal wieder an eine Frau verschenken würde«, murmelte Martha beim Hinausgehen.

Matthias achtete nicht auf die Worte seiner Mutter. Er hatte andere Probleme, als sich mit dem Liebesleben seines Bruders zu beschäftigen.

Während Jürgen Riedlinger und sein Kollege Mozer in der modernen Ledersitzgruppe in dem hellen Empfangsbereich der Firma *Franke-Reisen* Platz nahmen, ging Riedlinger durch den Kopf, was sie in der letzten Stunde über das Busunternehmen herausgefunden hatten. Die Firma verfügte über eine informative Website, auf der nicht nur das ausführliche Reiseprogramm des Jahres stand, sondern auch Angaben zur Geschichte gemacht wurden. Anfang des letzten Jahrhunderts war ein Wilhelm Franke aus Brandenburg bei Berlin in die kleine Gemeinde Oberlautern im Zollernalbkreis gekommen. Warum und wieso – darüber standen keine Informationen auf der Website, es erklärte allerdings den Namen, der im Schwabenländle eher unüblich war. Im Jahr 1920 hatte Wilhelm Franke mit dem Omnibusbetrieb begonnen und unterhielt den ersten Linienverkehr zwischen Oberlautern und den Städten Balingen und Hechingen. Seitdem befand sich das Unternehmen im Familienbesitz und war der größte Arbeitgeber in Oberlautern: Zweiundvierzig Busse mit fünfunddreißig Fahrern waren regelmäßig im Einsatz, dazu kamen Büroangestellte, Kfz-Mechaniker – die Frankes reparierten und warteten alle ihre Busse selbst – und eine achtköpfige Putzkolonne. *Franke-Reisen* beschäftigte regelmäßig etwa fünfzig Personen. Als Geschäftsführer war Matthias Franke eingetragen, der die Firma vor zwei Jahren von seinem Vater Horst übernommen hatte. Zweiter Inhaber war Andreas Franke, wohl ein Bruder, mutmaßte Riedlinger.

»Meine Herren, Herr Franke ist jetzt hier.«

Die freundliche Sekretärin namens Haaser trat zu Riedlinger und Mozer, und die beiden Kommissare erhoben sich. Ein mittelgroßer Mann trat ein, und Riedlinger musste ihm neidlos eine gewisse Ähnlichkeit mit George Clooney zugestehen, wenngleich Matthias Franke einige Jahre jünger als der amerikanische Frauenschwarm war. Frankes dunkles Haar war an den Schläfen ergraut, was ihn aber nicht älter, sondern interessant wirken ließ, und seine Gesichtszüge waren ebenmäßig und gut proportioniert.

Riedlinger zückte seinen Ausweis. »Riedlinger, Kripo Rottweil, und das ist mein Kollege Mozer. Herr Franke, wir hätten einige Fragen an Sie.«

Matthias nickte und bat die Herren in sein Büro, das im Erdgeschoss neben der Empfangshalle lag.

»Möchten Sie etwas trinken?«, fragte er, und bevor Riedlinger ablehnen konnte, sagte Mozer schnell: »Ein Glas Wasser bitte.«

Matthias Franke bat Frau Haaser, eine Flasche Mineralwasser und Gläser zu bringen. Dann lud er die Kommissare ein, an einem runden Tisch Platz zu nehmen.

Riedlinger sah sich mit einem raschen und geschulten Blick um. Eine Angewohnheit von ihm war, immer zuerst die Umgebung der Menschen, mit denen er es zu tun hatte, zu erfassen, denn die Gestaltung und die Einrichtung von Räumen ließ Rückschlüsse auf den Charakter der jeweiligen Person zu. Das Büro war, wie das ganze zweistöckige Firmengebäude, hell und luftig und mit modernen Holzmöbeln eingerichtet. Eine breite und hohe Fensterfront gab den Blick frei auf das Tal der Lauter und auf die Randausläufer der Schwäbischen Alb bis hin zur imposanten Burg Hohenzollern.

»Schön haben Sie es hier«, entfuhr es Riedlinger unwillkürlich, der sich eine solche Aussicht gerne vor seinem Bürofenster gewünscht hätte.

»Der neue Betriebshof wurde erst vor zwei Jahren eröffnet.« Stolz schwang in Matthias Frankes Stimme mit. »Vorher waren wir direkt im Ort, aber die Hallen sind für unseren Fuhrpark zu klein geworden, also haben wir uns zu einem Neubau entschlossen.« Er lehnte sich vor und fixierte Riedlinger mit einem Blick aus seinen dunkelbraunen Augen. »Sind Sie gekommen, um mir zu sagen, wann wir unseren Bus wieder haben können? Ihre Ermittlungen sind inzwischen sicher abgeschlossen, nicht wahr?«

Riedlinger schüttelte den Kopf und kam gleich zur Sache. »Es tut mir leid, aber wir müssen Ihnen mitteilen, dass der Bus ein einziger Schrotthaufen ist. Ich kenne mich damit zwar nicht aus, denke aber, dass selbst ein versierter Mechaniker nichts mehr an diesem Bus reparieren kann.«

»Oh, nein!« Matthias stöhnte. »Das wird Andreas hart treffen!«

Mozer runzelte die Stirn. »Andreas?«, fragte er.

Matthias nickte. »Mein jüngerer Bruder und Mitinhaber der Firma. Während ich mich um alle geschäftlichen und wirtschaftlichen Belange kümmere, ist Andreas für das Praktische zuständig. Er ist unser bester Fahrer, überwacht unsere Mechaniker und schraubt selbst an den Bussen herum. Der Oldie … ich meine der Oldtimerbus ist ihm regelrecht ans Herz gewachsen. Vor vier Jahren hat unser Vater den Bus zufällig auf einem privaten Gelände irgendwo auf der Ostalb entdeckt, den Besitzer ausfindig gemacht und hat ihn kaufen können. Danach hat mein Bruder über ein Jahr in jeder freien Minute an dem Bus gearbeitet, bis die Reparaturen abgeschlossen waren und das Fahrzeug für den Straßenverkehr zugelassen werden konnte. Bis heute lässt Andreas niemand anderen an den Bus und hält ihn selbst instand.«

»Ach, dann hat Ihr Bruder den technischen Zustand des Busses überprüft?«, warf Riedlinger ein. »In diesem Fall wäre es sinnvoll, mit ihm zu sprechen.«

Matthias zuckte entschuldigend mit den Schultern. »Es tut mir leid, aber mein Bruder befindet sich in Paris. Er musste am Montagmorgen, zwei Tage nach dem Unfall, mit einer Reisegruppe nach Frankreich fahren. Die Reise war seit Monaten fest gebucht.«

»Wann erwarten Sie ihn zurück?«, fragte Riedlinger.

»Erst kommenden Sonntagabend.« Matthias sah von Riedlinger zu Mozer. »Es ist tragisch, was geschehen ist. Haben Ihre Kollegen schon feststellen können, wie es zu dem Unfall gekommen ist?«

»Es war kein Unfall.«

Während er dies sagte, ließ Riedlinger Franke nicht aus den Augen, und er bemerkte, wie dieser zusammenzuckte und sich seine Pupillen erstaunt weiteten.

»Kein Unfall? Ich verstehe nicht …«

»Nun, unsere kriminaltechnische Abteilung hat festgestellt, dass die Bremsschläuche angeschnitten wurden. Und zwar in einer solch professionellen Art und Weise, dass die Bremsen wirklich erst bei der ersten stärkeren Bremsung versagt haben und nicht früher. Wir haben uns den Unfallort genau angesehen – direkt nach dem Viadukt gibt es ein Gefälle und zwei scharfe Kurven. Eben genau dort, wo sich der Bus überschlagen hat. Wer immer die Bremsen manipuliert hat – er oder sie hat den Zeitpunkt und Ort des Unfalls bewusst gewählt.«

Alle Farbe wich aus Matthias Frankes Gesicht. Sein rechtes Augenlid zuckte nervös. »Sie meinen also … jemand hat mit Absicht … aber das wäre dann ja Mord!«

»Ein Tötungsdelikt auf jeden Fall«, unterbrach Mozer. »Aus diesem Grund wurden wir mit der Aufklärung des Falles betraut.«

»Sie sagten vorhin, Sie kommen von der Kripo Rottweil.« Matthias hatte sich wieder gefangen, lediglich seine Hände zitterten noch leicht. »Oberlautern gehört doch zum Zollernalbkreis. Wäre da nicht die Polizei in Balingen zuständig?«

Der Mann ist gut informiert, dachte Riedlinger, und laut sagte er: »Grundsätzlich schon, da jedoch der Unfall, oder vielmehr der Anschlag, auf der Gemarkung Rottweil geschehen ist, hat die Staatsanwaltschaft uns den Fall übertragen.«

»Ich verstehe.« Matthias legte die Finger zusammen und betrachtete seine Nägel. »Warum tut jemand so etwas? Der Bus hätte ja auch voll besetzt sein können und dann wären noch mehr Menschen gestorben!«

Riedlinger räusperte sich. Es fiel ihm schwer, Matthias Franke einzuschätzen. Unwillkürlich dachte er daran, was Magers Exfrau von den Schwierigkeiten in der Firma und dem anderen Busunternehmen, das von Franke übernommen wurde, gesagt hatte. Franke war auf den ersten Blick ein zuvorkommender, höflicher und auch attraktiver Mann. Riedlinger wurde jedoch das Gefühl nicht los, dass sich hinter der freundlichen Fassade ein knallharter Geschäftsmann verbarg, der vielleicht sogar über Leichen gehen würde, um seine Ziele zu verfolgen. Wobei Riedlinger sich nicht vorstellen konnte, dass Franke einen seiner eigenen Fahrer töten würde, und schon gar nicht auf diese Art und Weise, denn das Unglück warf einen Schatten auf den Ruf des Unternehmens.

»Was für ein Mensch war Robert Mager?«, fragte Mozer, ohne auf Frankes Frage einzugehen, und zückte sein Notizbuch, um mitzuschreiben.

»Mager war seit zehn Jahren bei uns. Er war nett, überaus höflich zu unseren Kunden und ein sehr guter Fahrer.« Matthias blickte Riedlinger in die Augen. »Bei der Auswahl unserer Fahrer legen wir, neben einer hohen fachlichen Kompetenz, sehr viel Wert auf deren Ausstrahlung. Eine Busreise ist mehr als nur eine Fahrt von Punkt A nach Punkt B. Unsere Gäste sollen sich vom ersten Moment an nicht nur sicher, sondern auch gut betreut fühlen. Wenn jemand in Urlaub fährt, dann möchte er in freundliche Gesichter sehen, und das fängt mit dem Busfahrer an.«

»Dann war Mager bei Ihren Kunden also beliebt?«, hakte Riedlinger nach, und Matthias nickte.

»Ja, sehr. Wir haben Gruppen und Vereine, die wollten immer nur mit Robert Mager fahren. Ebenso wie es viele Kunden gibt, die grundsätzlich auf meinem Bruder Andreas als Fahrer bestehen.«

»Wir hörten, dass Mager besonders bei den Frauen sehr beliebt war«, warf Mozer ein. »Er schien kein Kostverächter gewesen zu sein.«

Matthias lächelte, aber es war ein trauriges Lächeln.

»Das mag sein, aber das Privatleben unserer Fahrer geht mich nichts an. Solange sie sich bei der Arbeit nichts zuschulden kommen lassen, das heißt, mit einem Fahrgast anbändeln oder Ähnliches, ist mir egal, in welchem Bett Mager sich von den Fahrten erholt.« Matthias runzelte die Stirn. »Warum interessiert Sie das Privatleben von Robert? Das hat sicher nichts mit dieser schrecklichen Sache zu tun.«

»Da sind wir nicht so sicher, Herr Franke.« Riedlinger räusperte sich und fuhr dann fort: »Wir ermitteln in alle Richtungen. Wir nehmen an, es könnte sich um ein gezieltes Attentat auf Robert Mager handeln. Schließlich hat er den Bus gefahren, und der Täter hat wohl gedacht, jeder würde an einen Unfall glauben, wenn er …«

»Nein!« Jegliche Farbe wich aus Matthias' Gesicht und Schweißperlen traten auf seine Stirn. Schnell griff er nach dem Wasserglas und leerte es in einem Zug. »Sie meinen … es war kein allgemeiner Anschlag, sondern jemand wollte Robert … Oh, mein Gott!«

Riedlinger und Mozer tauschten einen erstaunten Blick, denn bisher war ihnen Franke sehr beherrscht und ruhig vorgekommen.

»Herr Franke, kennen Sie jemanden, der vielleicht ein Motiv hätte, Mager zu töten?«, fragte Riedlinger direkt.

Matthias atmete mehrmals ein und aus, bevor er antworten konnte. »Wenn Ihre Theorie stimmt, was ich jedoch bezweifle, dann hatte es der Täter nicht auf Robert Mager, sondern auf meinen Bruder Andreas abgesehen.«

»Ihren Bruder?« Nun war es an Riedlinger, überrascht zu sein. »Wie kommen Sie darauf?«

»Nun, ich habe bereits gesagt, dass der Oldie der Lieblingsbus meines Bruders war. Andreas hat niemand anderen an den Bus herangelassen, er hat ihn stets selbst gefahren. Ja,

Andreas hat den Oldie sogar eigenhändig geputzt. Das hat er sich nicht nehmen lassen.«

»Warum hat dann Robert Mager hinter dem Steuer gesessen?«, warf Riedlinger gespannt ein.

Es schien, als hätten sie endlich den Zipfel einer Spur entdeckt.

»Vergangenen Samstag sollte ursprünglich Andreas die Hochzeitsgesellschaft fahren, doch eine Stunde vor Abfahrt hat er sich an der Hand verletzt.« Mit einem panischen Gesichtsaudruck blickte Matthias die Kriminalbeamten an. »Andreas wollte eine Schraube nachziehen, dabei ist er abgerutscht und hat sich mit dem Schraubenzieher den Handteller aufgeschlitzt. Zuerst dachte er, es wäre nicht so schlimm, aber die Wunde hat heftig geblutet. An Fahren war mit dieser Verletzung nicht zu denken. Unsere Mutter hat ihn nach Balingen in die Notaufnahme des Klinikums gebracht. Die Wunde musste mit fünf Stichen genäht werden. Deshalb hat Andreas die Fahrt nach Rottweil nicht übernehmen können, und da Robert gerade auf dem Gelände war – eigentlich hätte er Feierabend gehabt –, ist er für Andreas eingesprungen. Wenn Andreas sich nicht verletzt hätte, dann …«

»… wäre Ihr Bruder jetzt tot«, vollendete Mozer den Satz.

Riedlinger warf ihm einen ärgerlichen Blick zu. So sehr er die Fachkompetenz seines Kollegen schätzte, an Feingefühl ließ es Mozer oft mangeln und benahm sich wie ein Elefant im Porzellanladen. Man sah doch, wie die Erkenntnis, jemand habe einen Mordanschlag auf seinen Bruder geplant, Matthias Franke zusetzte.

»Zwei Tage später ist Ihr Bruder trotzdem nach Paris gefahren«, stellte Riedlinger fest. »Dann war seine Verletzung nicht so schlimm?«

Matthias nickte. »Nachdem die Wunde genäht und verbunden war, meinte Andreas, es wäre kein Problem zu fahren. Die Reisegruppe wollte unbedingt ihn als Fahrer, denn Andreas ist unser Experte für Frankreich ebenso wie für die britischen Inseln. Er kennt Paris wie seine Westentasche, außerdem ist am Montagmorgen kein anderer Fahrer zur Verfügung gestanden.«

»Wir müssen dringend mit Ihrem Bruder sprechen«, sagte Riedlinger, nahm eine Visitenkarte aus der Jackentasche und legte sie vor Matthias auf den Tisch. »Er soll sich sofort bei mir im Präsidium melden, wenn er aus Frankreich zurück ist. Wir hätten jetzt noch ein paar Fragen bezüglich eines Herrn Haller aus Albstadt.«

»Haller?« Matthias runzelte die Stirn und beantwortete sogleich Riedlingers nicht gestellte Frage. »Vor einem Jahr haben wir das Busunternehmen Haller übernommen. Woher wissen Sie das?«

»Ach, wir machen nur unsere Arbeit.« Riedlinger lächelte. »Ich habe gehört, dass Herr Haller Ihnen wegen der Übernahme nicht wohlgesonnen war. Es hat da offenbar Ärger gegeben.«

Matthias winkte ab und runzelte die Stirn. »Nicht mehr und nicht weniger als bei solchen Übernahmen üblich. Die Firma Haller war einfach nicht mehr rentabel und nur noch im Linienverkehr tätig. Im Reiseverkehr konnten sie schon seit Jahren nicht mehr mit unseren Preisen mithalten. Da war es nur eine Frage der Zeit, bis Haller aufgeben musste. Wir haben ihm jedoch einen anständigen Preis geboten, und der Herr ist auch nicht mehr der Jüngste. Soviel ich weiß, hat er sich ein Haus auf Mallorca gekauft und genießt seitdem dort seinen Ruhestand.« Erst jetzt begann Matthias zu verstehen. »Denken Sie etwa, der Anschlag wäre eine Art Racheakt von Haller gewesen? Das ist lächerlich, der Mann war zwar ein schlechter Geschäftsmann, der seine Firma in den Bankrott getrieben hat, er kann jedoch keiner Fliege etwas zuleide tun.«

»Er vielleicht nicht, aber eventuell jemand aus seiner Familie, der über den Verlust des Unternehmens mehr als verärgert ist.« Riedlinger stand auf, und Mozer tat es ihm gleich. »Wie ich eingangs unseres Gesprächs sagte, müssen wir in alle Richtungen ermitteln. Es kann durchaus sein, dass der Täter mit dem Anschlag nicht einen Ihrer Fahrer töten, sondern Ihr Unternehmen schädigen wollte. Herr Franke, bitte überlegen Sie, wer einen Grund dafür hätte. Sie können mich jederzeit anrufen.«

Matthias brachte die Herren zur Tür und versprach, darüber nachzudenken. Mit einem flauen Gefühl im Magen verabschiedete er die Kommissare, wartete, bis deren dunkler Audi vom Hof gefahren war, dann ging er schnell in sein Büro zurück und schloss die Tür hinter sich. Die Nachricht, dass der vermeintliche Unfall gar kein Unfall war, sondern ein gezielter Mordanschlag, hatte ihn zutiefst erschüttert. Der Besuch der beiden Kommissare war bestimmt nicht der letzte gewesen, vielleicht würde es von Polizei bald hier nur so wimmeln. Es war besser, wenn er ein paar Papiere, die die Polizei nichts angingen, vernichtete und gewisse Dateien auf seinem PC löschte. Er gab seiner Sekretärin die Anweisung, er wolle die nächste Stunde nicht gestört werden. Von seinem Schlüsselbund nahm er einen Schlüssel und sperrte eine Schublade seines Schreibtisches auf. Sofort würde er die Unterlagen durch den Reißwolf jagen. Er hätte es schon längst tun sollen.

3

Am Donnerstag um zehn Uhr wurde eine Lagebesprechung zum Fall Robert Mager anberaumt. Neben Jürgen Riedlinger und seiner Mitarbeiterin Regina Müller waren die Staatsanwältin Dr. Anne Pfeffer und Franz Diembach, der Leiter der KTU, sowie Siegfried Schaum von der Spurensicherung anwesend. Wer fehlte, war Wolfgang Mozer, der erst ins Zimmer stürmte, als die anderen sich bereits um den Tisch herum versammelt hatten und Riedlinger gerade das Wort ergreifen wollte.

»'tschuldigung«, rief Mozer und strich sich das schweißnasse Haar aus der Stirn. »Ich hatte einen Platten …«

»Ist schon gut«, murmelte Riedlinger ungeduldig und musterte das völlig verschwitzte T-Shirt seines Kollegen. »Sag mal, bei euch in Zimmern regnet es doch nicht etwa, weil du so nass bist?«

Mozer grinste und schüttelte den Kopf. »Nee, aber nachdem mein Drahtesel nicht wollte, bin ich eben gejoggt. Ging ganz gut, ich habe nur dreißig Minuten gebraucht.«

»Das sollten Sie auch mal machen, Herr Riedlinger. Würde Ihnen guttun.« Die Staatsanwältin warf Riedlinger einen Seitenblick zu.

Riedlinger verzichtete auf eine Antwort. Frau Dr. Anne Pfeffer war zwar schon um die fünfzig, hatte jedoch eine Figur wie eine Zwanzigjährige. Da Riedlinger nicht davon ausging, dass sie ihre schlanke Figur mit Hilfe der plastischen Chirurgie in Form gebracht hatte, musste sie wohl ein ebensolcher Sportfanatiker wie sein Kollege Mozer sein.

Anne Pfeffer war erst seit rund acht Monaten in Rottweil. Sie kam aus Celle in Niedersachsen, und niemand wusste eigentlich genau, was die alleinstehende Frau ins Schwabenländle verschlagen hatte. Es war auch egal – fachlich war Frau Dr. Pfeffer kompetent, und das allein zählte bei der Arbeit.

Apropos Arbeit – Riedlinger sah in die Runde. »Können wir anfangen?« Nachdem alle zustimmend genickt hatten, fuhr er fort: »Also, was haben wir im Fall Robert Mager bisher zusammengetragen? Wir wissen, dass die Bremsen des Busses in einer solch professionellen Art und Weise manipuliert worden sind, dass sie erst bei starkem Gefälle versagt haben. Ferner wissen wir, dass der Oldtimerbus wenige Tage zuvor ausgiebig gewartet worden ist. Und wir wissen …« Riedlinger machte eine Pause und sah gespannt in die Runde. »… dass nicht Robert Mager, sondern ursprünglich einer der beiden Firmeninhaber, Andreas Franke, fahren sollte. Weil dieser sich jedoch an der Hand verletzt hat, ist Mager kurzfristig für Franke eingesprungen.«

»Und ist in den Tod gefahren«, warf Regina Müller ein.

Sie arbeitete seit zwei Jahren bei der Kripo, hatte bisher aber nicht mehr als Handlangerdienste verrichten dürfen. Regina Müller war eine junge Frau Mitte zwanzig, mit langen blonden Haaren hübsch anzusehen, und sie ärgerte sich manchmal, dass Riedlinger ihr so wenig zutraute. Dennoch war sie stets freundlich, denn sie wusste, dass ihre Chance, zu beweisen, was sie konnte, schon noch kommen würde.

Riedlinger war über ihre Unterbrechung nicht verärgert, sondern nickte bestätigend. »Zuerst sind wir davon ausgegangen, dass es sich um einen gezielten Anschlag auf Robert Mager handelte. Grund, ihn zu töten, hätten wahrscheinlich viele gehabt, denn er hat ein sehr reges Liebesleben geführt. Eifersucht ist neben Geldgier bei Tötungsdelikten immer noch das häufigste Motiv. Nun jedoch sollten wir unsere Ermittlungen auch auf Andreas Franke ausdehnen. Vielleicht gibt es in seinem Umfeld jemanden, der Franke nicht mag. Bisher wissen wir kaum etwas über diesen Mann.«

»Warum haben Sie ihn noch nicht befragt?« Anne Pfeffer runzelte die Stirn. »In den Vernehmungsprotokollen habe ich jedenfalls keinen Eintrag über ein Gespräch mit ihm gefunden. Ich denke, Sie sollten das noch heute nachholen, oder sind Sie anderer Meinung?«

Bevor Riedlinger eine Antwort geben konnte, mischte sich Wolfgang Mozer ein. »Oh, Frau Doktor, wenn Sie erlauben, fahren wir gleich nach Ende unserer Besprechung los und vernehmen Franke.« Er lächelte sie erwartungsvoll an. »Wir können uns für die Fahrt doch sicher einen Dienstwagen nehmen? Andreas Franke befindet sich nämlich in Paris, und ich wollte schon immer mal in diese Stadt und dann noch auf Staatskosten ...«

Riedlinger biss sich auf die Unterlippe, um nicht zu grinsen, und er sah, wie auch seine Kollegen Mühe hatten, sich ihre Erheiterung nicht anmerken zu lassen.

Über das Gesicht von Frau Dr. Pfeffer zog eine leichte Röte, als sie pikiert sagte: »Dass Franke derzeit nicht erreichbar ist, steht ebenfalls nicht in den Akten. Sie sollten das nachtragen, sonst könnte man ja falsche Schlüsse ziehen. Wann ist der Mann wieder da?«

»Ich habe ihn für Montag ins Präsidium bestellt«, antwortete Riedlinger. »Nun zu dem ehemaligen Busunternehmer Friedrich Haller. Wolfgang, was hast du herausgefunden?«

Mozer räusperte sich, zog sein unentbehrliches Notizbuch aus der Gesäßtasche seiner Hose und blätterte ein paar Seiten um.

»Ich habe mich gestern hinter die Sache geklemmt und versucht, so viel wie möglich über die Übernahme des Unternehmens Haller durch *Franke-Reisen* herauszufinden. Es stimmt, was Matthias Franke ...« Er sah in die Runde und fügte erklärend hinzu: »Das ist der Geschäftsführer von *Franke-Reisen* und der ältere Bruder von Andreas Franke. Also, seine Angaben bezüglich des ehemaligen Konkurrenten Haller aus Albstadt scheinen korrekt zu sein. Haller ist an die siebzig Jahre alt, verheiratet, keine Kinder, und seit der Firmenübergabe leben er und seine Frau auf einer Finca im Norden von Mallorca. Der Glückliche!«, fügte Mozer hinzu und verdrehte träumerisch die Augen, was ihm sogleich einen tadelnden Blick der Staatsanwältin einbrachte. »Ähm ... also, auf den ersten Blick scheint es kein Motiv zu geben, warum Haller der Firma Franke Schaden zufügen sollte. Wir werden diese Spur jedoch weiter verfolgen. Ich habe Frau Müller gebeten, alles über Haller und seine früheren Geschäfte herauszufinden.«

Beim letzten Satz lächelte Mozer der jungen Mitarbeiterin aufmunternd zu, denn er wusste, wie ungern Riedlinger ihr verantwortungsvolle Tätigkeiten übertrug. Über diese Nachricht runzelte Riedlinger zwar kurz die Augenbrauen, aber er sah ein, dass sie derzeit jeden Mann, beziehungsweise in diesem Fall auch jede Frau, brauchten, denn sie tappten bisher völlig im Dunkeln.

»Habt ihr von der Spusi was Brauchbares in Magers Wohnung gefunden?«, wandte sich Riedlinger nun Siegfried Schaum zu, der bedauernd die Schultern hob.

»Der Mann lebte völlig spartanisch. Es gibt zwar ein Notebook, auf den ersten Blick scheinen darauf jedoch keine Informationen zu sein, die uns in dem Fall weiterbringen. Ein Fachmann wird sich die Festplatte noch genauer ansehen, vielleicht sind ja Dateien gelöscht worden. Sein Handy ist bei dem Unfall völlig zerstört worden, da konnten keine Nummern oder Gespräche mehr festgestellt werden.«

»Notizbücher? Kalender? Sonstige Unterlagen?«, fragte Frau Dr. Pfeffer.

»Gar nichts.« Schaum schüttelte den Kopf. »Offenbar hat Robert Mager seine Einzimmerwohnung nur zum Schlafen aufgesucht, selbst im Kühlschrank war außer zwei Flaschen Bier nichts zu finden.«

»Gibt es irgendwelche Hinweise, dass vor euch bereits jemand in der Wohnung war?«, warf Riedlinger ein.

»Nein, jedenfalls nicht gewaltsam«, antwortete Schaum. »An der Tür gibt es keine Aufbruchspuren, der Raum scheint auch nicht durchsucht worden zu sein. Wir sind jedoch mit der Auswertung der Fingerabdrücke noch nicht durch. Ebenso mit der Befragung der Nachbarn, ob Mager in den letzten Wochen regelmäßig mit einer Frau gesehen wurde oder ob sonst jemand etwas über sein Privatleben weiß.«

»Dann beeilen Sie sich damit«, befahl die Staatsanwältin und wandte sich an Riedlinger.

»Was ist mit der geschiedenen Frau von Mager?«

»Sie gibt offen zu, auf ihren Mann nicht gut zu sprechen gewesen zu sein, und hat uns keine Trauer über sein Ableben vorgespielt. Auf den ersten Blick scheint es kein Motiv für einen Mord zu geben, auch ist fraglich, ob Frau Häfele über die notwendigen technischen Kenntnisse verfügt.«

Gestern hatte Riedlinger das Vorleben von Sybille Häfele, der geschiedenen Frau Mager, recherchiert. Sie war gelernte Arzthelferin, und es gab keine Anzeichen, dass sie mehr als üblich über Autos Bescheid wusste, über Busse schon gar nicht. Nein, Riedlinger war der Überzeugung, der oder die Täter mussten sich nicht nur gut mit Autos, sondern besonders mit Bussen auskennen. Die Bremsleitung hatte kein Laie manipuliert, das war jemand, der genau wusste, was zu tun war.

Als hätte Diembach, der Leiter der KTU, Riedlingers Gedanken gelesen, warf er ein: »Das Bremssystem eines Busses unterscheidet sich erheblich von dem eines PKWs. In diesem Fall kommt erschwerend das Baujahr des Fahrzeuges hinzu. Die Mechanik vor über fünfzig Jahren hat mit der der heutigen Busse überhaupt nichts gemeinsam. Ihr müsst also nach einem Täter suchen, der sich nicht nur allgemein in der Kraftfahrzeugmechanik, sondern speziell bei Oldtimer-Fahrzeugen auskennt.«

»Das dürfte den Kreis der Verdächtigen deutlich einschränken.« Frau Dr. Pfeffer verschränkte die Arme vor der Brust, lächelte säuerlich und sah Riedlinger herausfordernd an. »Sie verhören alle Busfahrer dieses Unternehmens, jeden, ohne Ausnahme.«

»Das sind über dreißig!« Riedlinger stöhnte. »Zudem sind die Fahrer laufend irgendwo unterwegs und …«

»Dann sollten Sie umgehend damit anfangen, Herr Kollege.« Anne Pfeffer erhob sich und zeigte damit an, dass die Besprechung beendet war. »Bis Anfang nächster Woche erwarte ich ausführliche Protokolle der Befragungen.« Sie sah in die Runde und lächelte. »Einen schönen Tag noch, meine Herren und meine Dame.«

»Uff, das war …«, begann Mozer, wurde aber sogleich von Riedlinger unterbrochen.

»Du hast die Chefin gehört. Also, worauf warten wir noch? Es gibt viel zu tun, Männer.«

Franz Diembach erhob sich und nickte Riedlinger zu. »Sobald wir wissen, wann und wo die Bremsleitung gekappt wurde, schicke ich euch den Bericht rüber.«

»Das lässt sich feststellen?« Überrascht tauschten Riedlinger und Mozer einen Blick. »Wie ist das möglich?«

Der Leiter der KTU grinste. »Also, ich kann den linearen Bremskraftminderungseffekt mit dynamisierenden Kofaktoren simulieren und damit herausfinden, wie lange die Bremsflüssigkeit herausgelaufen ist, bis die Bremsen endgültig versagt haben. Dann wissen wir zumindest, wo beziehungsweise wann die Bremsleitung gekappt wurde.«

»Aha, schon gut.« Riedlinger winkte ab, er verstand von dem technischen Kram kein Wort. »Und wie lange wirst du für diese … Kofaktoren brauchen?«

Diembach zuckte mit den Schultern und wiegte den Kopf. »Nun, ein paar Tage Zeit müsst ihr mir schon geben, denn so einfach ist das nicht. Zuerst muss ich noch ein paar Daten haben, dann brauche ich eine Versuchsanordnung, ein paar Logarithmen, Reiberhythmen und natürlich Korrelationskoeffizienten.«

Riedlinger stand auf und nickte Diembach zu. »Macht alles, was erforderlich ist, und zwar so schnell wie möglich. Und wenn ihr Überstunden schiebt – wir müssen wissen, wann an dem Bus manipuliert worden ist.«

Diembach tippte sich an die Stirn und wandte sich zur Tür. »Alles klar, Chef«, sagte er lachend beim Hinausgehen.

Für einen Moment zuckte Riedlinger zusammen, als ein scharfer Schmerz ihm durch den Bauch fuhr. Seit Jahren reagierten sein Magen und sein Darm auf Stress, wobei es weniger körperlicher als psychischer Stress war, der ihm Krämpfe, Übelkeit, Erbrechen und Durchfälle bescherte. Riedlinger hatte viel Arbeit noch nie gescheut, es machte ihm auch nichts aus, über längere Zeit nur wenig zu schlafen. Psychische Probleme jedoch schlugen ihm regelrecht auf den Magen. Fälle, bei denen es einfach nicht die geringste Spur geben wollte beziehungsweise kein Grund zu erkennen war, warum ein Mensch hatte sterben müssen, packten Riedlinger ganz besonders. Obwohl er seit Jahrzehnten bei der Kripo war und in dieser Zeit viel Schreckliches hatte sehen und miterleben müssen, war es ihm nie gelungen, die Fälle mit Abstand und gefühlskalt zu betrachten. Jedes Tötungsdelikt ging ihm nach wie vor unter die Haut. Vor ein paar Jahren hatte Riedlinger mit einem Polizeipsychologen darüber gesprochen, da er dachte, für den Beruf nicht geeignet zu sein.

Der Psychologe hatte ihm aufmerksam zugehört, ihm dann jedoch auf die Schulter geklopft und freundlich gesagt: »Lassen Sie sich keine grauen Haare darüber wachsen, Kollege. Es zeigt, dass Sie selbst bei dieser Arbeit menschlich geblieben sind und ein Herz haben. Soviel ich weiß, liegt Ihre persönliche Aufklärungsquote bei über neunzig Prozent. Das ist auch darauf zurückzuführen, dass die Fälle nicht nur einfach Fälle für Sie sind. Ich kann keine Anzeichen erkennen, dass die Arbeit Sie ernsthaft krank macht, darum rate ich Ihnen, Ihre Gefühle zuzulassen.« Und mit einem vertraulichen Zwinkern fügte er abschließend hinzu: »Uns Männern sagt man ja gerne nach, wir zeigen zu wenig Gefühl. Darum haben Sie allen Grund, stolz auf sich zu sein.«

Seit Riedlinger versuchte, die Worte des Professors zu beherzigen, waren die körperlichen Beschwerden abgeklungen. Also schluckte er jetzt zweimal trocken, ignorierte das Rumoren in seinen Eingeweiden und beschloss, am besten gleich nach Oberlautern rauszufahren, um noch an diesem Tag so viele Busfahrer wie möglich befragen zu können. Einige würde er wohl im Unternehmen antreffen, die restlichen musste er aufs Präsidium vorladen.

Am Montagmorgen waren Riedlinger und Mozer keinen Schritt weitergekommen. Sie hatten das ganze Wochenende hindurch gearbeitet, zum Kummer von Karin Riedlinger, die mal wieder allein auf die Geburtstagsfeier ihrer Schwester hatte gehen müssen. Aber eigentlich war sie nach fast drei Ehejahrzehnten daran gewöhnt, außerdem war ihr Vater auch bei der Polizei gewesen. Sie hatte also gewusst, auf was sie sich einließ, als sie Jürgen heiratete. Seit ihr einziger Sohn Harald in Heidelberg Medizin studierte, war es in ihrem Reihenhaus in der Bruggerstraße ruhig geworden. Karin Riedlinger war jedoch keine Frau, die allein zu Hause saß und Trübsal blies. Regelmäßig besuchte sie Kurse an der Volkshochschule, hatte einen großen Bekanntenkreis und sich längst damit abgefunden, ohne ihren Mann Familienfeste zu besuchen. Jürgens Arbeit ging schließlich vor. Seit einem Jahr war Harald mit einer netten Studentin befreundet, und etwa alle zwei Monate kam das junge Paar zu einem Besuch nach Rottweil und blieb übers Wochenende.

Riedlinger und Mozer hatten inzwischen knapp die Hälfte von den Busfahrern des Unternehmens vernommen, es schien jedoch keine Spur zu geben. In der Lage, die Bremsen des Busses zu manipulieren, waren sicherlich die meisten Fahrer, obgleich keiner angab, besondere Kenntnisse bei Oldtimerbussen zu haben.

»Um den Oldie hat sich Andreas Franke immer selbst gekümmert«, lautete die allgemeine Antwort. »Jemand anderer durfte den Oldie ja kaum anfassen.«

Was Riedlinger zu schaffen machte, war die Tatsache, dass es kein Motiv für einen Mord zu geben schien. Robert Mager war bei seinen Kollegen allseits beliebt gewesen. Auch über Andreas Franke sprach jeder nur in den höchsten Tönen, und keiner der Fahrer konnte daran interessiert sein, dem Unternehmen zu schaden und damit eventuell seinen Job zu verlieren. Mozer hatte sich von Matthias Franke eine Liste der Mitarbeiter geben lassen, die die Firma im Laufe des letzten Jahres verlassen hatten. Darunter waren nur zwei Busfahrer:

Der eine hatte aus gesundheitlichen Gründen wegen eines Bandscheibenvorfalls umschulen müssen, der andere war wegen einer Frau nach Hamburg gezogen. Beide schieden als Tatverdächtige somit ebenfalls aus. Entlassungen von Seiten der Frankes hatte es seit Jahren keine gegeben.

»Warten wir die Befragungen der anderen Fahrer ab«, sagte Wolfgang Mozer und schaltete den Wasserkocher ein, um sich einen Pfefferminztee aufzubrühen. »Riedl, magst du auch einen?«, fragte er über die Schulter hinweg seinen Kollegen.

»Bestimmt nicht, ich bin doch nicht krank.«

Riedlinger schüttelte sich. Tee trank er nur, wenn er sich schlecht fühlte und Karin meinte, ein scheußliches Kräutergebräu würde ihm helfen, sich wieder besser zu fühlen.

»Ist der Kaffee alle?«

Mozer zuckte mit den Schultern. »Keine Ahnung, ich trinke keinen Kaffee. Bei deinem Koffeinkonsum solltest du überlegen, dir einen dieser modernen Apparate anzuschaffen, bei denen du nur auf den Knopf drücken musst, und schon fließt der Kaffee in die Tasse.«

»Weißt du, was die Dinger kosten?«, entgegnete Jürgen Riedlinger kopfschüttelnd. »Nee, da tut es unsere alte Kaffeemaschine noch, eine neue würde wohl kaum von der Dienststelle bezahlt werden.«

Das Gespräch der beiden Männer, die trotz aller Unterschiede eher Freunde als Kollegen waren, wurde durch das Eintreten von Frau Müller unterbrochen.

»Ein Andreas Franke ist da. Er sagt, Sie wollten mit ihm sprechen, Herr Riedlinger.«

Riedlinger sprang auf. Sein Kaffeedurst war vergessen.

»Soll reinkommen!«

Als Andreas Franke in das Büro trat, dachte Riedlinger sofort, wie unterschiedlich zwei Brüder doch aussehen konnten. Während Matthias Franke ein regelrechter Frauenschwarm war, wirkte sein jüngerer Bruder auf den ersten Blick eher unscheinbar. Aus den Akten wusste Riedlinger, dass Andreas vier Jahre jünger war als Matthias. Zahlreiche Falten in seinem Gesicht ließen ihn jedoch gut und gerne zehn Jahre älter aussehen. Andreas war über einen Kopf größer als sein Bruder, nicht nur schlank, sondern schon hager. Sein schwarzes, kurz geschnittenes Haar war zwar frei von Grau, auf dem Oberkopf jedoch bereits gelichtet. Seine Nase war breit und groß und schien nicht so richtig in sein langes, schmales Gesicht mit dem etwas fliehenden Kinn zu passen.

Er ähnelt dem Schauspieler Gilbert von Sohlern, schoss es Riedlinger durch den Kopf. Riedlinger war ein Fan der ARD-Fernsehserie *Pfarrer Braun*, in der Gilbert von Sohlern den ewig missmutigen Monsignore Mühlich spielte. Obwohl die dort gezeigte Polizeiarbeit rein gar nichts mit dem Alltag Riedlingers zu tun hatte, sah er die Serie gern und konnte dabei gut entspannen. Er stand auf und bemühte sich, Andreas Franke nicht länger anzustarren.

»Herr Kommissar Riedlinger?«, fragte Andreas Franke. »Mein Bruder sagte mir, Sie wollen mich sprechen.«

Riedlinger nickte und forderte Franke auf, sich zu setzen. »Sie können den Kommissar weglassen, Herr Franke. Das ist Kriminaloberkommissar Mozer.« Er kam gleich zur Sache. »Hat Ihnen Ihr Bruder gesagt, warum wir mit Ihnen sprechen müssen?«

Andreas Franke nickte und sagte mit einem Seufzer in der Stimme: »Es war kein Unfall, Robert Mager wurde gezielt getötet. Darüber bin ich … ist unsere ganze Familie zutiefst erschüttert.«

Riedlinger kniff die Augen zusammen und taxierte Franke während seiner nächsten Worte. »Wir müssen leider davon ausgehen, dass es der oder die Täter nicht auf Robert Mager, sondern auf Sie abgesehen hatten.«

»Auf mich?« Erschrocken fuhr Andreas hoch und blickte von Riedlinger zu Mozer. »Warum sollte das jemand tun?«

»Nun, Ihr Bruder meinte, niemand sonst als Sie fährt den Oldtimerbus. Eigentlich hätten Sie an diesem Samstag auch fahren sollen, fielen dann jedoch wegen Ihrer Verletzung«, Riedlinger deutete auf Andreas' bandagierte linke Hand, »kurzfristig aus, und Mager sprang für Sie ein. Somit können wir nicht ausschließen, dass Mager nur ein zufälliges Opfer war. Hat Ihr Bruder nichts von unserem Verdacht gesagt?«

Aus den Augenwinkeln beobachtete Mozer den jungen Mann aufmerksam. Andreas Franke schien über die Vorstellung, der Anschlag habe seiner Person gegolten, ernsthaft erschrocken, obwohl er, ohne zu zögern, den Kopf schüttelte.

»Das kann ich mir nicht vorstellen, Herr Riedlinger. Es muss sich um einen tragischen Zufall handeln.«

»Sie sind nicht verheiratet?«, fragte Mozer plötzlich, und Andreas runzelte über den Themenwechsel die Stirn.

»Nein, warum? Das ist wohl kaum ein Verbrechen.«

Riedlinger schmunzelte, fuhr dann jedoch ernst fort: »Es ist wichtig, dass Sie uns alles über sich erzählen, auch über Ihr Privatleben. Sicher gibt es eine Frau, nicht wahr? Vielleicht auch einen eifersüchtigen Mann oder sonst jemanden, der Ihnen nicht wohlgesonnen ist?«

Andreas Frankes Gesicht verschloss sich, und er senkte den Blick. Erneut dachte Riedlinger, wie wenig attraktiv der Mann wirkte, schob den Gedanken aber schnell zur Seite, er selbst war schließlich auch kein Brad Pitt.

Andreas blickte bedächtig von Riedlinger zu Mozer, bevor er antwortete: »Meine Herren, ich leite ein Unternehmen, da hat man nicht nur Freunde. Auch werden Sie sicher schon herausgefunden haben, dass ich mich politisch engagiere. Erst im letzten Jahr bin ich in den Gemeinderat gewählt worden. Unsere Gemeinde ist ein Dorf, da kennt jeder jeden. Allerdings kann ich mich nicht erinnern, in den letzten Jahren jemals einen ernsthaften Streit mit irgendjemandem gehabt zu haben. Nein, meine Herren, der Gedanke, da draußen läuft jemand herum, der mich töten will, ist völlig absurd.« Andreas erhob sich. »Ist das alles? Wenn ja, möchte ich jetzt gerne gehen. Heute Nachmittag findet eine Ausschusssitzung im Rathaus statt. Ich möchte die Sitzung nur ungern verpassen.«

»Sie nehmen das alles zu leicht, Herr Franke.« Riedlinger wunderte sich über den jungen Mann. »Es scheint Sie offenbar nicht sehr zu bekümmern, dass jemand Sie vielleicht umbringen wollte?« Er machte eine Kunstpause, um die Wirkung seiner folgenden Worte zu verstärken. »Glauben Sie, Herr Franke, ich würde mich in dieser Angelegenheit gerne irren, sollte ich jedoch recht behalten, so könnte es sein, dass es der Mörder erneut versuchen wird.«

»Was versuchen?« Mit einem unschuldigen Blick sah Andreas den Kommissar an.

»Sie zu töten«, sagte Mozer laut und eindringlich. »Denken Sie bitte darüber nach, welche Personen in Ihrem Umkreis in Frage kommen könnten, und weisen Sie den Gedanken, Sie könnten Feinde haben, nicht völlig von sich. Vielleicht jemand, dem sie mit Ihrer politischen Arbeit auf den Schlips getreten sind?«

Andreas Franke warf einen Blick auf seine Armbanduhr. Er wirkte ungeduldig, als er sagte: »Ich habe keine Feinde, jedenfalls keine, die mich umbringen würden. Darf ich jetzt gehen? Ich bin spät dran.«

Riedlinger nickte und seufzte, als Franke das Büro verlassen hatte.

»Seltsamer Kerl, nicht wahr?«, sagte er zu seinem Kollegen. »Wenn man nicht wüsste, dass die beiden Brüder sind, würde man es kaum glauben.«

Mozer lachte leise. »Na, wer weiß, worauf wir stoßen, wenn wir mal ein bisschen in der Familie herumstochern.«

Riedlinger brauchte einen Moment, bis er verstand, dann stimmte er in Mozers Lachen ein.

Plötzlich jedoch rief Mozer: »Schau mal, das muss ein wichtiges Gespräch sein.«

Wolfgang Mozer stand am Fenster und schaute auf den Hof hinaus, den Andreas Franke gerade betrat. Er hielt ein

Handy am Ohr und redete offenbar schnell und aufgeregt mit jemandem.

»Schade, dass wir nichts verstehen können«, sagte Riedlinger.

Regina Müller, in der Hand eine Kaffeekanne, trat ein. »Chef, ich habe frischen Kaffee gekocht«, sagte sie mit einem liebenswürdigen Lächeln in Richtung Riedlinger. »War das eben dieser Andreas Franke, der ursprünglich den Oldtimerbus fahren sollte?«

»Sie sind ein Schatz, Regina.«

Riedlinger meinte seine Worte ehrlich, denn was er jetzt brauchte, war eine gute und starke Tasse Kaffee. Wenn er der jungen Frau auch sonst nicht viel zutraute – Kaffee kochen konnte sie!

»Ja, Andreas Franke weist jedoch die Möglichkeit, der Anschlag hätte ihm gelten können, von sich.«

Regina Müller verdrehte theatralisch die Augen. »Na, wenn da keine Frauengeschichte dahintersteckt …«

»Was wollen Sie damit sagen?«, fragte Riedlinger erstaunt, und Regina Müller lächelte.

»Nun, der Mann hat bestimmt an jedem Finger zehn Frauen, wenn Sie mich fragen. Bei dem Charme, den er versprüht.«

Riedlinger und Mozer tauschten einen Blick, dann sagte Riedlinger: »Ja, ich frage Sie, Regina. Ich glaube, wir brauchen jetzt einmal einen weiblichen Blick, denn ich kann mir nur schwer vorstellen, dass es überhaupt eine Frau gibt, die diesen Mann attraktiv findet. Sie sollten dagegen mal seinen Bruder, diesen Matthias Franke, sehen.«

»Ach, Herr Riedlinger, nicht alle Frauen sind so oberflächlich und schauen nur nach einem hübschen Äußeren, so, wie es die meisten Männer tun«, gab Regina Müller spitz zurück. »Andreas Franke mag zwar auf den ersten Blick nicht wie ein Model aussehen, aber er hat sehr schöne Augen. Sie sind hellbraun mit einem leicht dunkleren Rand um die Iris. Und wenn er lächelt – und er hat gelächelt, als er vorhin mein

Büro betrat –, dann bilden sich zwei Grübchen auf seinen Wangen, und er hat sehr schöne, weiße und ebenmäßige Zähne. Außerdem hat er eine angenehme Stimme … finde ich jedenfalls.«

Perplex starrte Riedlinger seine junge Kollegin an. »Was Sie in den paar Sekunden nicht alles bemerkt haben! Sie haben aber doch einen Freund, oder?«, fragte er zögernd, obwohl ihn bisher das Privatleben seiner Kollegin nie interessiert hatte.

»Ich bin sogar verlobt«, antwortete Regina Müller stolz, »und meinem Schatz vollkommen treu, das ist aber kein Grund, nicht mal einen Blick auf einen anderen Mann zu riskieren. Dieser Andreas Franke scheint mehr wert zu sein als nur einen Blick.«

Nachdem Regina Müller sein Büro wieder verlassen hatte, runzelte Riedlinger nachdenklich die Stirn. »Ich glaube, Motzi, wir sollten das private Umfeld von diesem Andreas so schnell wie möglich abklopfen. Hat er eine Freundin? Wenn ja, wer ist sie – und wenn nein, warum nicht. All das eben. Offenbar verfügt dieser Mann über eine Ausstrahlung, die uns Männern verborgen bleibt.«

4

»Jetzt beruhige dich und trink deinen Tee.« Martina Traub stellte zwei bereits gefüllte Tassen auf ihren Wohnzimmertisch und sah ihre Freundin besorgt an. »Manchmal frage ich mich wirklich, wer von euch beiden eigentlich verheiratet ist, weil dieser Andreas eine derartige Geheimniskrämerei um sich und eure Beziehung betreibt.«

Nora Burger schloss ihre Hände um die warme Tasse und seufzte laut. »Ach, Martina, das ist alles so kompliziert …«

»Papperlapapp!« Scharf unterbrach Martina die Freundin. »Nora, du hast dich entschlossen, deinen Mann zu verlassen. Du gibst alles auf, was ihr, du und Jochen, in den letzten Jahren gemeinsam aufgebaut habt: euer Haus, euer Hobby, euren Freundeskreis in Stuttgart …« Sie legte eine Hand auf Noras Unterarm und sah die Freundin besorgt an. »Ich kenne deinen Andreas nicht, habe nur Fotos gesehen, darum kann ich nicht über ihn urteilen. Bist du dir aber sicher, dass er es wirklich wert ist, dein ganzes Leben umzukrempeln und noch mal ganz von vorne anzufangen? Wir sind schließlich nicht mehr die Jüngsten.«

Nora zuckte mit den Schultern und nahm einen Schluck aus ihrer Tasse. Martina hatte eine Kanne Melissentee aufgebrüht, der angeblich eine beruhigende Wirkung hatte. Nun, das konnte sie gebrauchen, denn sie wartete seit Tagen auf eine Nachricht von Andreas Franke. Seit sie von dem Unfall mit dem Oldtimerbus in der Zeitung gelesen hatte, lagen ihre Nerven blank. Nora wusste, dass nur Andreas diesen Bus fuhr; wenn sie jedoch seine Handynummer wählte, dann war die Leitung tot. Am Montag war zwar in der Presse der Vorname des getöteten Busfahrers – Robert M. – genannt worden, und Nora war erleichtert, dass es sich nicht um Andreas handelte, dennoch konnte sie ihn nicht erreichen. Einen Tag vor dem Unfall hatte er ihr gesagt, er müsse für einige Tage nach Paris fahren. Von dort hatte er sich nicht gemeldet, und seit gestern Abend musste er wieder zurück sein. Jetzt war es Montagnachmittag, und es gab noch immer kein Lebenszeichen von Andreas. Nora machte sich große Sorgen und war mehr als einmal drauf und dran gewesen, beim Busunternehmen anzurufen und nach Andreas zu fragen, obwohl sie wusste, dass er nicht wollte, dass jemand von ihrer Beziehung erfuhr.

»Wenn er dich genauso lieben würde wie du ihn, hätte er dich längst angerufen.«

Martina schien Noras Gedanken zu lesen. Sie waren seit dem Kindergarten befreundet, und Martina war eine Frau, die nie ein Blatt vor den Mund nahm. Sie sprach stets das aus, was sie dachte, auch wenn das für andere oft schwer verdaulich war. Vom ersten Moment an, als Nora ihr im letzten Sommer von Andreas erzählt und gesagt hatte, sie habe sich bis über beide Ohren in den Busunternehmer verliebt, war sie dem neuen Glück ihrer Freundin gegenüber skeptisch gewesen.

»Er hat so viel zu tun.« Nora versuchte, Andreas zu verteidigen. »Du weißt doch, dass er nicht gerne SMS oder Mails schreibt, und wenn er Bus fährt, kann er nicht telefonieren.«

Nun war es an Martina, aus vollstem Herzen zu seufzen. »Jeder, der Kontakt zu einem anderen haben *möchte*, schafft das irgendwie. Für eine klitzekleine SMS ist immer Zeit – wenn man *will*.« Martina ging zum Schrank und nahm eine Flasche Cognac und zwei Gläser heraus. »Beruhigung hin oder her, du brauchst jetzt etwas Stärkeres als Tee«, sagte sie in ihrer bestimmenden Art, und Nora wagte keinen Widerspruch.

Insgeheim musste Nora der Freundin ja recht geben. Sie hatte vor einigen Wochen ihrem Mann gesagt, es gebe in ihrem Leben einen anderen und sie werde ihn verlassen. Andreas dagegen verheimlichte ihre nunmehr seit einem Jahr bestehende Beziehung, obwohl er weder verheiratet noch sonst gebunden war. Natürlich war Nora skeptisch gewesen, denn in allen gängigen Frauenzeitschriften las man regelmäßig von den Tricks verheirateter Männer, die eine sexuelle Affäre suchten. Nora war erst einmal bei ihm zu Hause gewesen – und das in einer Nacht- und Nebelaktion, so dass sie niemand sehen konnte –, kannte weder seine Familie noch seine Freunde und durfte ihn nur in Notfällen anrufen, ansonsten meldete er sich bei ihr. Nun, wenn das jetzt kein Notfall war! Andreas war nur knapp einem tödlichen Unfall entronnen, und Nora verging vor Sorge um den geliebten Mann.

Vor drei Wochen war Nora zu ihrer Freundin nach Rottweil gezogen, um näher bei Andreas sein zu können. Sie war in Rottweil geboren und aufgewachsen, hatte jedoch ihre Heimatstadt mit neunzehn Jahren aus beruflichen Gründen verlassen und seitdem in der Gegend um Stuttgart gelebt. Nach jahrelanger Tätigkeit als Versicherungskauffrau hatte sie den Beruf vor zehn Jahren an den Nagel gehängt und verdiente seitdem ihren Lebensunterhalt als Schauspielerin. Bereits in der Schule war sie Mitglied in der Theatergruppe gewesen und hatte später immer wieder als Statistin bei Filmen mitgewirkt und Komparsenrollen erhalten. Dank eines glücklichen Zufalls war sie dann in eine vom Südwestrundfunk produzierte wöchentliche Serie regelrecht hineingerutscht und bekam dadurch auch immer wieder Angebote für andere Filme und für Werbeaufnahmen. Nora Burger war in Deutschland keine Berühmtheit, aber sie hatte ihr Auskommen, und die Arbeit machte ihr Spaß.

Zwölf Jahre war sie mit Jochen verheiratet gewesen, als sie Andreas Franke kennenlernte und sich Hals über Kopf verliebte. Obwohl sie bis dato sicher war, Jochen wirklich zu lieben, war gleich bei ihrer ersten Begegnung mit Andreas etwas eingetreten, das Nora vorher nie erlebt hatte. Es war, als hätte sie ihr ganzes Leben auf diesen Mann gewartet.

Es geschah im Sommer letzten Jahres bei einer Gruppenreise nach England. Seit ihrer Jugend liebte sie England, seine Geschichte, Kultur und Sprache; vor allem die Grafschaft Cornwall hatte es ihr angetan. So arbeitete Nora neben ihrer Schauspielerei immer mal wieder als Reiseleiterin für Volkshochschulen und andere Organisationen. Während der zehntägigen Reise war zwischen ihr und Andreas, der den Reisebus gefahren hatte, nicht viel geschehen, obwohl sie heftig miteinander geflirtet hatten. Außer zwei harmlosen Küssen hatte Nora sich jedoch ihrem Ehemann gegenüber nichts zuschulden kommen lassen. Zwar hatte sie gespürt, dass es Andreas auch erwischt hatte, zu einer kurzlebigen Affäre war Nora allerdings nicht bereit. Wieder zu Hause hatte sie gedacht, Andreas und ihren harmlosen Flirt schnell wieder zu vergessen; das war jedoch nicht der Fall. Andreas, dem es ähnlich ergangen war, rief sie nach wenigen Tagen an, und sie wurden ein Paar, obwohl Nora verheiratet war. Ihre Gefühle waren einfach stärker als ihr Schuldbewusstsein, und nun hatte sie sich entschieden, ihre Ehe mit dem bodenständigen Jochen aufzugeben und sich auf das Abenteuer eines Lebens an Andreas' Seite einzulassen.

Warm und scharf rann der Cognac durch Noras Kehle, und sie schüttelte sich. Schnell legte sie die flache Hand über das Glas, als Martina nachschenken wollte.

»Nein, danke, ich möchte mich nicht betrinken«, sagte sie bestimmt. »Andreas wird sich melden. Ich glaube, er erwähnte, dass er heute Nachmittag eine Gemeinderatssitzung hat, und gestern ist er doch erst aus Paris zurückgekommen.«

Martina rollte in komischer Verzweiflung mit den Augen. »Ja, ja, verteidige ihn bloß, Süße, ich weiß ja, wie es ist, verliebt zu sein. Ich frage mich nur, was du mit einem Mann willst, der nicht nur als Busfahrer andauernd unterwegs ist, sondern zudem als Politiker von einer Sitzung zur nächsten jagt und dazwischen noch bei jedem Fußballspiel seiner Lieblingsmannschaft anzutreffen ist. Ist er nicht auch im Vorstand von irgendwelchen Vereinen?«

Nora nickte. »Ja, in der Narrenzunft von Oberlautern und in der Freiwilligen Feuerwehr.« Sie lächelte, aber es war ein trauriges Lächeln. »Ich weiß, dass Andreas wenig Zeit für ein Privatleben hat, aber was soll ich machen? Ich liebe ihn eben.«

Martina gab sich geschlagen. Nora war schließlich kein dummes Ding mehr, sondern eine erwachsene Frau von sechsundvierzig Jahren wie sie selbst auch und damit alt genug, um zu wissen, was sie tat. Nora war zwar acht Jahre älter als Andreas Franke, das spielte aber heute keine Rolle mehr. Außerdem besaß sie beneidenswerte Gene und wurde stets einige Jahre jünger geschätzt.

Bereitwillig hatte Martina die Freundin bei sich aufgenommen, nachdem sie sich von Jochen getrennt hatte. Sie wusste, dass Nora hoffte, Andreas würde ihr anbieten, gleich zu ihm zu ziehen. Schließlich wohnte er in einem großen Haus, das genügend Platz für zwei Personen bot. Eines Abends waren die beiden Freundinnen mit dem Auto durch Oberlautern gefahren und hatten sich Andreas' Haus angesehen. Dabei hatte Nora eine Perücke und eine große, dunkle Sonnenbrille getragen und sich gefühlt, als wäre sie ein sechzehnjähriger Teenager, der seinem Schwarm nachspioniert. Nora war der Atem gestockt, als die Freundin plötzlich vor dem Haus stoppte und Anstalten machte, auszusteigen.

»Was hast du vor?« Erschrocken hatte Nora Martina am Arm gepackt.

»Schauen, welche Namen an der Klingel und am Briefkasten stehen.«

Bevor Nora reagieren konnte, war Martina bereits auf das alte Fachwerkhaus zugegangen.Nora war es wie eine Ewigkeit vorgekommen, bis die Freundin wieder im Wagen saß.

»Also, zumindest steht nur Andreas Franke auf den Schildern«, hatte die Freundin mit einem Lächeln erklärt. »Es sieht so aus, als lebe er nicht mit einer anderen Frau zusammen.« Sie sah Nora ernst an. »Das heißt aber noch lange nicht, dass dein Andreas eine reine Weste hat und es nicht doch eine andere Frau in seinem Leben gibt. Warum sonst dieses Versteckspiel?«

Nora hatte keine Antwort gehabt. Bis heute konnte sie sich nicht erklären, warum Andreas nicht zu ihr stand und sie nicht seinen Freunden und seiner Familie vorstellte. Immer wenn sie ihn darauf ansprach, wich er ihr aus und bat, ihm Zeit zu lassen. Oberlautern war eben ein kleiner Ort, in dem ihn jeder kannte, und schließlich war sie immer noch eine verheiratete Frau. Ihr Verstand hatte gesagt, sie solle den Kontakt zu Andreas abbrechen, um nicht eines Tages von ihm verletzt zu werden. Wenn man jedoch liebte, dann handelte man irrational, und Noras Gefühle waren stärker als alle logischen Überlegungen.

Gerade, als sie Martina nun doch um einen zweiten Cognac bitten wollte, klingelte ihr Handy. Beim Blick auf das Display runzelte sie die Stirn, denn die Nummer war ihr unbekannt. Als sie abnahm, schnellte ihr Blutdruck in die Höhe.

»Andreas! Endlich!« Sie hörte ihm eine Weile zu. »Ach so, ja, dein altes Handy ist kaputt … Ja, ich bin in Rottweil … In einer halben Stunde, natürlich … Bis gleich, also …«

Martina lächelte, denn Noras glückliches Lächeln und ihre roten Wangen sagten ihr genug.

»Er hat also endlich angerufen«, stellte sie fest.

Nora nickte und stand auf. »Wir treffen uns in einer halben Stunde am Eckhof. Andreas wird mir alles erklären.«

»Dein Wort in Gottes Ohr«, murmelte Martina, die Freundin jedoch hörte ihr gar nicht mehr zu.

Nach einem Blick in den Spiegel umarmte Nora Martina und verließ die Wohnung. Martina sah ihr besorgt nach. Sie traute diesem Andreas Franke nicht über den Weg.

Der Eckhof, sechs Kilometer südwestlich von Rottweil in Richtung Deißlingen in einer ruhigen Wald- und Wiesenlandschaft gelegen, ist ein beliebtes Ausflugsziel. Im Haupthaus, einem alten, vierstöckigen, wuchtigen Gebäude, gibt es eine kleine Wirtschaft. Als Nora noch in Rottweil lebte, war sie oft hierhergekommen. Zahlreiche Wanderwege führten vom Eckhof in alle Richtungen, das Wildgehege mit Rehen und Hirschen hatte sie stets fasziniert.

Heute hatte Nora jedoch keinen Blick für die Tiere. Nachdem sie ihr Cabrio auf dem Parkplatz abgestellt und das

Dach geschlossen hatte – sicher war sicher, auch wenn sich am Himmel keine einzige Wolke zeigte –, sah sie sich erwartungsvoll um. Die Gaststätte war geschlossen und weit und breit war kein anderes Auto zu sehen. Nora stieg aus und ging ein paar Schritte auf und ab. Sie war nervös. Wo blieb Andreas nur? Hoffentlich war nicht wieder etwas passiert. Nora atmete erleichtert auf, als sie endlich den schwarzen Mercedes mit dem Balinger Kennzeichen die schmale Straße herunterkommen sah. Ihr Herz begann schneller zu klopfen.

»Andreas!«

Er war kaum ausgestiegen, als Nora in seine Arme flog und ihn umarmte. Er drückte sie fest an sich und küsste sie zärtlich.

»Lass uns ein wenig gehen, ja?«

Erst als Nora sich von Andreas löste, sah sie den Verband an seiner linken Hand. »Du bist ja verletzt!«, rief sie erschrocken. »Was ist passiert?«

»Ach, das ist nur ein Kratzer.« Lapidar winkte Andreas ab. »Kaum der Rede wert.«

Andreas legte einen Arm um Noras Schultern, und gemeinsam gingen sie in Richtung des ehemaligen Piratenschiffes, einer Grillstelle. Nora betrachte Andreas von der Seite. Dazu musste sie den Kopf leicht in den Nacken legen, denn mit seinen Einszweiundneunzig war er fast dreißig Zentimeter größer als sie. Mochte ihre Freundin Martina sagen, was sie wollte – Nora fand Andreas äußerst attraktiv. Sie liebte sein kurzes, schwarzes Haar, das sich bereits lichtete und seine hohe, intelligente Stirn freigab ebenso wie seine zugegebenermaßen etwas zu große und gebogene Nase. Gut, optisch war Andreas Franke zwar kein Brad Pitt, aber sie selbst sah ja auch nicht aus wie Angelina Jolie.

»Du bist viel zu hübsch für den«, hatte Martina erst kürzlich zu ihr gesagt. »Wenn du schon deinen Mann verlässt, dann such dir doch wenigstens einen gutaussehenden Neuen, am besten mit reichlich Kohle auf der Bank, anstatt diesen Busfahrer.«

Nora hatte noch nie etwas auf Schönheitsideale gegeben. Natürlich war der erste Eindruck eines Menschen, wenn man diesem begegnete, entscheidend, und bei Andreas waren es seine Augen, die wie reifer Sherry in einem geschliffenen Glas schimmerten, und seine Stimme gewesen, die sie sofort in den Bann gezogen hatten.

Da Andreas schwieg, sagte Nora nach einigen Minuten: »Ich habe von dem Unfall in Rottweil gelesen. Es ist furchtbar, aber zum Glück ist dir nichts passiert.«

Nora meinte, Andreas' Blick verdunkle sich für einen Moment, und er runzelte ärgerlich die Stirn, aber vielleicht war es auch nur ein Schatten der Bäume gewesen, unter denen sie sich befanden, denn als er sprach, klang seine Stimme leicht und fröhlich wie immer.

»Ja, Magers Tod hat uns alle furchtbar getroffen. Ich kann mir nicht erklären, wie es zu dem Bremsversagen kam, denn ich hatte den Bus am gleichen Tag gewartet.«

»Warum bist du eigentlich nicht gefahren?«, stieß Nora die Worte hervor, die ihr seit Tagen auf der Seele brannten. »Du hast mir doch gesagt, dass du niemand anderen hinter das Steuer des Oldies lässt.«

Mit einem bitteren Lächeln hob Andreas die linke Hand. »Nenn es Schicksal oder Gottes Fügung, aber wegen der Verletzung musste ich Mager die Fahrt überlassen. Sonst ...«

»Wärst du jetzt tot.« Nora schlang ihre Arme um Andreas' Nacken und zog seinen Kopf zu sich herunter. »So furchtbar der Unfall ist, ich bin froh, dass du dir die Hand verletzt hast.«

Sie küssten sich, und Nora merkte, wie die Leidenschaft in ihr erwachte. Sie und Andreas hatten sich seit fast zwei Wochen nicht mehr gesehen, und jeder Tag ohne ihn schien ihr ein verlorener Tag. Andreas, der ihre Erregung spürte, zog sie seitlich ins Unterholz. Es war Montagnachmittag und keine Ferienzeit, darum waren sie allein. Andreas drückte Nora auf den trockenen und weichen Waldboden und entkleidete zuerst sie, dann sich selbst. Wie es seine Art war, blieb er stumm beim folgenden Liebesspiel. Der Busunfall und die Parisreise traten in den Hintergrund. Nora wurde von seiner Leidenschaft mitgerissen und gab sich völlig seinen Liebkosungen hin. Tief in ihrem Inneren wusste Nora, dass es an Andreas' Verhalten so einiges gab, mit dem sie auf Dauer nicht würde leben können, aber im Moment genoss sie einfach jede Minute, die sie mit ihm verbringen konnte. Irgendwann würde er sich offiziell zu ihr bekennen, sie musste nur Geduld haben. Andreas Franke war kein Mann, der sich drängen ließ.

Als sie später zum Parkplatz zurückgingen, sagte Andreas plötzlich: »Im August fahre ich für eine Woche nach Südengland. Hättest du Lust, mitzukommen?«

»Was?« Nora glaubte, sich verhört zu haben. »Wie meinst du das?«

»So, wie ich es gesagt habe.« Er lachte. »Wir haben eine Rundreise im Programm, die allerdings etwas stressig werden könnte. Wir übernachten jeden Abend in einem anderen Hotel, und es werden wohl an die dreißig Passagiere sein. Wenn du möchtest, kannst du mich als Reiseleiterin begleiten und mir bei der Betreuung der Gäste helfen. Außerdem übertrifft dein Wissen über England meines um ein Vielfaches.«

Noras Herz tat einen Sprung. Am liebsten hätte sie vor Freude gejubelt, aber Andreas mochte solch spontane Gefühlsausbrüche nicht sonderlich.

»Habt ihr denn nicht eine Reiseleitung vor Ort?«, fragte sie stattdessen mit ruhiger Stimme.

Andreas zuckte mit den Schultern. »Nein, bisher nicht. Mein Bruder meint, ich könnte es auch alleine schaffen, das ist kostengünstiger. Es wäre mir jedoch eine große Hilfe, wenn du dich um die Gäste kümmern, Tee oder Kaffee und Würstchen im Bus kochen würdest, und du kannst einige der Führungen übernehmen.«

»Sind das die einzigen Gründe, warum du mich bittest, mitzufahren?« Neckend stupste Nora einen Finger in Andreas Rippen.

Er wandte ihr sein Gesicht zu und sah sie liebevoll an. »Natürlich nicht, das weißt du. Es wäre schön, eine ganze Woche mit dir zusammen zu sein. Kannst du überhaupt so einfach weg? Ich meine, was wird dein Mann dazu sagen?«

Nora senkte den Blick, als sie leise antwortete: »Ich habe mich von Jochen getrennt.«

»Wie bitte?« Andreas starrte sie fassungslos an. »Und was jetzt?«

Das war nicht gerade die Reaktion, die sich Nora erhofft hatte, und sie sagte leise: »Derzeit wohne ich bei meiner Freundin in Rottweil. Das ist jedoch keine Dauerlösung ...«

Sie brach ab und hoffte, Andreas würde ihr anbieten, zu ihm zu ziehen.

Er schwieg jedoch und runzelte die Stirn. »Es ist mir unangenehm, dass du wegen mir deine Ehe aufgibst.«

»Ich habe eine Ehe aufgegeben, die schon längst keine mehr war.« Noras Stimme nahm einen trotzigen Unterton an. »Jochen und ich lebten seit Jahren wie Geschwister zusammen. Du weißt, dass es zwischen uns seit Jahren keine Zärtlichkeiten mehr gab, von Liebe ganz zu schweigen. Mein Entschluss, mich von Jochen zu trennen, hat nur in zweiter Linie etwas mit dir zu tun. Ich habe jetzt eine Entscheidung getroffen, die ich schon vor Jahren hätte fällen sollen.«

Mit dir an meiner Seite fiel sie mir allerdings leichter, fügte Nora in Gedanken hinzu.

»Nun, du musst wissen, was du tust.«

Nora war über Andreas' Reaktion enttäuscht, hatte allerdings damit gerechnet. Er war kein Mann, der seine Gefühle auf der Zunge trug oder sie gar offen zeigte. Das Angebot, ihn auf einer Reise zu begleiten, war bei seiner Wesensart eigentlich schon eine Liebeserklärung. Nora stellte sich auf die Zehenspitzen und küsste Andreas auf die Lippen.

»Natürlich komme ich gerne mit nach England.« Sie lächelte und blickte ihn fragend an. »Wie wirst du es jedoch deinem Bruder erklären? Du kannst ihm nicht verschweigen, dass ich als Reiseleiterin mitfahre. Allein wegen der

Kosten, die für mich anfallen, und dann auch wegen der Versicherung …«

»Pst.« Sanft legte Andreas eine Hand auf Noras Mund. »Mach dir darüber keine Gedanken, ich regle das schon. Es ist nicht unüblich, dass uns jemand begleitet. Alle Reisen können wir Fahrer ja schließlich nicht alleine leiten.«

Nora presste die Lippen zusammen und wandte den Kopf ab. Warum konnte Andreas jetzt nicht sagen, er würde seinem Bruder von ihr erzählen? Warum hielt er ihre Beziehung vor seiner Familie verborgen und stand nicht endlich dazu? Gut, er war katholisch, lebte in einer Fünfhundert-Seelen-Gemeinde, in der jeder jeden kannte, und war dazu noch Gemeinderatsmitglied einer konservativen Partei. Da passte eine verheiratete Frau, die ihren Mann verlassen hatte, nicht ins Konzept. Aber verflixt – sie lebten schließlich im einundzwanzigsten Jahrhundert und nicht mehr im Mittelalter! Der frühere Bundeskanzler Gerhard Schröder war sogar zum vierten Mal verheiratet, und der ehemalige Außenminister Joschka Fischer hatte seine Frauen noch öfter gewechselt.

Als ob Andreas Noras Gedanken gelesen hatte, sagte er leise: »Gib mir noch ein wenig Zeit, Nora. Wegen des Unfalls und Magers Tod geht es in unserer Familie derzeit drunter und drüber. Es ist jetzt nicht der richtige Zeitpunkt, meiner Mutter eine künftige Schwiegertochter zu präsentieren.«

Noras Herz tat einen Sprung, denn das war die bisher schönste Liebeserklärung, die Andreas je über die Lippen gekommen war. Eigentlich war es ja ein versteckter Heiratsantrag gewesen, und sie lächelte glücklich. Sie würde Andreas die Zeit, die er brauchte, geben und geduldig sein. Ihr ganzes Leben hatte sie auf einen Mann wie Andreas Franke gewartet – was waren da ein paar Wochen oder Monate?

5

»Na endlich, du bist zu spät!« Mit einem Ruck wurde die Tür aufgerissen, nachdem Riedlinger geklingelt hatte, und er sah sich einer erstaunten Sybille Häfele gegenüber. »Ach, Sie sind es«, fuhr sie mit gerunzelter Stirn fort. »Was wollen Sie noch von mir? Ich habe im Moment gar keine Zeit.«

»Wen haben Sie denn erwartet?«, fragte Mozer und versuchte, an Frau Häfele vorbei einen Blick in ihre Wohnung zu werfen, da die Frau keine Anstalten machte, sie hereinzubitten.

»Meinen Bruder«, antwortete sie knapp. »Er soll auf die Kinder aufpassen, denn meine Schicht beginnt in dreißig Minuten. Ich bin ohnehin schon spät dran und werde den Bus wohl verpassen. In dem Laden genügen bereits fünf Minuten Verspätung, um eine Abmahnung zu bekommen. Es gibt Dutzende, die gerne meinen Job hätten, auch wenn er mies bezahlt ist.«

»Wir wollten Sie fragen, ob Sie sich inzwischen erinnern, was Ihr Mann, ich meine, Ihr geschiedener Mann gemeint haben könnte, als er von gewissen Vorgängen in der Firma Franke sprach.«

Sybille Häfele runzelte die Stirn, schüttelte den Kopf und griff nach ihrer Handtasche, die auf einem Sideboard im Flur stand. »Ich weiß nichts und ich habe jetzt keine Zeit.« Unsicher blickte sie über die Schulter zurück. »Ich werde die Kinder wohl ein Weilchen allein lassen müssen, denn ich kann es nicht riskieren, meinen Job zu verlieren. Mein Bruder wird sicher gleich kommen.«

»Können Sie ihn nicht anrufen?«, fragte Mozer.

»Würde ich gerne, aber sein Handy ist ausgeschaltet. Ach, ich wünschte, ich würde im Lotto gewinnen, dann könnte ich den Job in dieser Hamburgerbude an den Nagel hängen und mit meinen Kindern eine lange Reise ans Meer machen.«

In diesem Moment klappte unten die unverschlossene Haustür und ein großer, bulliger Kerl mit schulterlangen, ungepflegten Haaren polterte die Stufen herauf.

»'tschuldige, Billchen, ein Kunde hatte noch tausend Sonderwünsche, bevor er seine Karre endlich mitgenommen hat.«

»Du hättest anrufen können.« Sybilles Stimme war vorwurfsvoll. »Ich muss nun auf den nächsten Bus warten und werde deshalb zu spät kommen.«

»Wir können Sie fahren.« Mozer hatte das Angebot ganz spontan gemacht, und Riedlinger runzelte unwillig die Stirn. Schnell fügte er hinzu: »Auf diese Weise kommen Sie pünktlich an Ihren Arbeitsplatz, und ich kann Ihnen während der Fahrt noch ein paar Fragen stellen.«

Sybille zögerte nicht lange. »Nun gut, aber wir müssen uns trotzdem beeilen. Charlie, das sind zwei Herren von der Kripo wegen Roberts Tod, und das ist mein Bruder Karlheinz Häfele.«

»Das trifft sich gut, Herr Häfele.« Jürgen Riedlinger sah Sybilles Bruder aufmerksam an. »Mit Ihnen wollte ich ohnehin sprechen.« Er wandte sich an seinen Kollegen. »Wolfgang, du fährst Frau Häfele nach Zimmern raus und holst mich hier wieder ab.«

»Ich wüsste nicht, was ich Ihnen sagen sollte«, brummte Karlheinz Häfele unwillig.

»Nun, immerhin ist Ihr Schwager ermordet worden«, entgegnete Riedlinger. »Ich denke schon, dass wir darüber sprechen sollten.«

»Mein Exschwager, so viel Zeit muss sein.« Karlheinz Häfele verschränkte die Arme vor der Brust und sah auf Riedlinger herunter. Er war über einen Kopf größer als der Kommissar und der Blick aus seinen wasserhellen Augen wirkte abweisend.

»Charlie, bitte, sei nicht so unfreundlich.« Für einen Augenblick legte Sybille eine Hand auf den Arm ihres Bruders. »Ich muss jetzt wirklich los. Die Kinder sind bereits im Bett, aber du musst nach ihnen schauen, ob sie wirklich schlafen. Im Kühlschrank ist ein Nudelauflauf, den du dir in der Mikrowelle warm machen kannst. Wo das Bier ist, weißt du ja.«

»Keine Sorge, Schwesterchen, deine Zwerge sind bei mir in den besten Händen.«

Erstaunt bemerkte Riedlinger, wie weich, beinahe schon liebevoll Häfeles Gesichtsausdruck wurde, als er seiner Schwester einen Kuss auf die Wange hauchte. Offenbar steckte unter der rauen Schale ein weicher Kern.

Der Moment war aber gleich vorbei, als Häfele widerwillig zu Riedlinger sagte: »Dann kommen Sie halt rein, obwohl ich wirklich nicht weiß, was ich Ihnen erzählen könnte. Zuerst muss ich aber nach den Kindern sehen.«

Riedlinger, der sich in der Wohnung bereits auskannte, setzte sich in den Sessel und blickte sich um. Seit seinem letzten Besuch vor ein paar Tagen hatte sich nichts verändert.

Als er vor einer Stunde zu seinem Kollegen gesagt hatte, er wolle noch mal mit Sybille Häfele sprechen, hatte Mozer gemeint: »Ich dachte, du gehst davon aus, dass der Anschlag diesem Andreas Franke galt.«

Riedlinger zuckte mit den Schultern. »Das ist nur so ein Gefühl, wir haben keine Beweise. Vielleicht hatte es ja doch jemand auf Mager abgesehen. Wenn ich mit meiner Vermutung, dass jemand dem Busunternehmen schaden oder sogar einen der Inhaber töten möchte, richtig liege, dann ist es wichtig, so viel wie möglich über die Firma zu erfahren. Mir geht die Bemerkung von Sybille Häfele, dass ihr Exmann etwas über gewisse Schwierigkeiten gewusst hätte, nicht aus dem Kopf.«

Karlheinz Häfele kam ins Wohnzimmer zurück. Er stellte eine geöffnete Flasche Bier auf den Tisch. »Ich nehme an, ich brauche Ihnen nichts anzubieten.«

Riedlinger lächelte und nickte. »Ich möchte nichts trinken. Ich würde Ihnen lieber ein paar Fragen stellen.«

Mit einem Seufzer ließ sich Häfele aufs Sofa fallen und streckte seine langen, dünnen Beine von sich. »Also gut, aber bevor Sie fragen, muss ich Ihnen sagen, dass sich meine Trauer um Mager in Grenzen hält.«

»Sie haben ihn nicht gemocht.« Es war eine Feststellung und keine Frage, und Riedlinger beobachtete sein Gegenüber genau.

»Ich habe ihm nicht gerade den Tod gewünscht, bin aber auch nicht traurig darüber, wenn Sie das meinen.« Häfeles Blick war offen und ehrlich, als er den Kommissar ansah. »Dieses Schwein hat meine Schwester nach Strich und Faden belogen und betrogen. Ich war heilfroh, als Sybille sich endlich von ihm getrennt hat und die Scheidung durchgezogen hat. Der Kinder wegen haben die beiden natürlich immer noch Kontakt gehabt. Den Kleinen gegenüber war er übrigens ein recht guter Vater, das muss ich zugeben. Zumindest dann, wenn es dem Herrn in den Kram gepasst hat, sich um seine Jungs zu kümmern.«

Während Häfele sprach, waren Riedlinger dessen Hände aufgefallen. Sie waren groß, mit kurzen, dicken Fingern und breiten Nägeln. Besonders die dunklen Verfärbungen an Häfeles Fingern, der schwarze Trauerrand unter seinen Nägeln und seine Bemerkung von vorhin, in der er eine Karre erwähnt hatte, weckten das Interesse des Kommissars.

Spontan fragte er: »Welchen Beruf haben Sie, Herr Häfele?«

»Ich? Was spielt das für eine Rolle?«

»Beantworten Sie mir einfach meine Frage.« Riedlinger ließ sich nicht aus der Ruhe bringen. »Sie haben doch eine Arbeit, oder? Vorhin erwähnten Sie einen Kunden, wegen dem Sie sich verspätet hatten.«

Karlheinz Häfele trank direkt aus der Flasche einen Schluck Bier, bevor er antwortete. »Ja, ich hab einen Job, was in der heutigen Zeit ein großes Glück ist. Ich arbeite in der Werkstatt beim Steuber.«

»Bei Auto Steuber?« Riedlinger richtete sich auf. »Dem Autohaus oben auf der Saline?«

Häfele nickte. »Ist das etwa verboten? Ich hab da meine Lehre als Kraftfahrzeugmechaniker gemacht und bin seitdem in der Werkstatt. Ist nicht mein Traumjob, aber es bringt Geld in die Kasse.«

Voller Genugtuung, dass er auf der richtigen Spur gewesen war, wechselte Riedlinger das Thema.

»Sind Sie eigentlich verheiratet? Haben Sie Kinder?«

Häfele lachte und nahm einen weiteren Schluck Bier. »Gott behüte, nein! Verstehen Sie mich nicht falsch, Herr Kommissar, ich liebe die zwei Kurzen meiner Schwester und bin gern bereit, auf sie aufzupassen, damit Sybille arbeiten gehen kann, aber das Joch einer Ehe nehme ich nicht auf mich. Zumindest nicht in den nächsten Jahren, und aufs Vaterwerden bin ich auch nicht sonderlich scharf.«

»Wie alt sind Sie?«

»Achtundzwanzig, ich bin das Nesthäkchen der Familie. Sybille ist dreiunddreißig und unsere älteste Schwester vierzig. Aber die lebt schon lange nicht mehr hier. Als Einzige hat sie studiert und ist nach dem Studium in München hängen geblieben. Was hat das alles jedoch mit Roberts Tod zu tun?«

Riedlinger wusste es selbst nicht genau. Statt einer Antwort taxierte er Häfele intensiv und fragte dann direkt: »Wo waren Sie an dem Samstag, als Ihr Schwager starb? Was haben Sie an diesem Vormittag gemacht?«

Häfele kniff die Augen zusammen. »Brauche ich etwa ein Alibi?« Er lachte bitter. »Ah, ich verstehe. Ich mach keinen Hehl daraus, Robert nicht gemocht zu haben, außerdem bin ich Kfz-Mechaniker. Da kann ich Ihnen aber gleich sagen, dass ich von Bussen keine Ahnung habe. In unserer Firma reparieren wir ausschließlich Klein- und Mittelklassewagen, an was anderem montiere ich nicht herum.«

»Bitte beantworten Sie meine Frage, wo Sie an diesem Tag waren«, wiederholte Riedlinger, ohne auf Häfeles Bemerkungen einzugehen.

Häfele lehnte sich zurück und runzelte die Stirn. »Da muss ich erst überlegen. Da ich nicht wusste, dass ich ein Alibi brauche, habe ich mir den Tag nicht besonders gemerkt. Samstag vergangener Woche, sagten Sie?«

Riedlinger nickte, da ging plötzlich ein Leuchten über Häfeles Gesicht.

»Pech gehabt, Herr Kommissar«, sagte er und grinste. »An dem Tag war das Wetter toll, und ich habe mit ein paar Kumpels auf unseren Böcken eine spontane Tour an den Bodensee gemacht. Mit dem Motorrad«, erklärte er, als er Riedlingers fragenden Gesichtsausdruck bemerkte. »Abfahrt war morgens gegen sechs in Rottweil, und wir waren erst am späten Samstagabend wieder zurück. Da war's schon dunkel. Das können sieben Leute bestätigen.«

»Gut, schreiben Sie mir die Namen und Adressen Ihrer Kumpels auf und faxen oder mailen Sie mir die Liste ins Büro«, bat Riedlinger, legte seine Visitenkarte auf den Tisch und stand auf. »Das wäre für heute alles. Ich muss Sie jedoch bitten, sich zur Verfügung zu halten. Oder haben Sie vor, in der nächsten Zeit in den Urlaub zu fahren?«

Karlheinz Häfele schüttelte den Kopf. »Meinen Jahresurlaub habe ich erst im September, wenn die Schulferien vorbei sind. Bis dahin werden Sie Roberts Mörder wohl eingelocht haben, oder?«

Riedlinger verzichtete auf eine Antwort, und Häfele begleitete ihn nicht zur Tür.

Unten auf der Straße sah er sich um. Sein Kollege Wolfgang Mozer war noch nirgends zu sehen. Es war also Zeit, sich über das Gespräch mit dem Exschwager des Opfers Gedanken zu machen.

Häfeles Abneigung gegenüber Robert Mager war offensichtlich gewesen, und er verfügte über das technische Know-how, Bremsen zu manipulieren. Was jedoch hätte er durch den Tod Magers gewonnen? Das einzige Motiv konnte Rache sein, weil Mager seine Schwester betrogen und schlecht behandelt hatte, aber irgendwie machte Häfele auf Riedlinger nicht den Eindruck eines selbstlosen Rächers. Außerdem war seine Schwester seit Jahren geschieden, warum sollte Häfele sich erst jetzt rächen wollen? Wie Sybille Häfele bei ihrem ersten Gespräch erwähnt hatte, hatte sie durch den Tod Magers die Unterhaltszahlungen verloren. Die Kinder würden jetzt zwar eine Halbwaisenrente erhalten, ob diese jedoch höher als die monatlichen Unterhaltszahlungen ausfiel, wagte Riedlinger zu bezweifeln. Sibylle Häfele musste bei einer Fast-Food-Kette jobben, um sich und die Kinder durchzubringen. Eine Lebensversicherung hatte Mager nicht abgeschlossen, und Riedlinger vermutete auf Grund der spartanischen Einrichtung seiner Wohnung, dass auch sonst kein nennenswertes Vermögen vorhanden war. Selbst wenn, würde seine Exfrau nichts erben, die Kinder allerdings schon. Gleich morgen würde er die finanzielle Situation Magers durchleuchten, wenngleich er wenig Hoffnung hatte, hier auf ein Motiv zu stoßen. Häfele schien zudem für den Tag, an dem der Bus verunglückt war, ein Alibi zu haben. Riedlinger war sicher, seine Freunde würden den Ausflug bestätigen. Dennoch – die Bremsleitung konnte schon früher manipuliert worden sein. Dagegen sprach allerdings, dass Andreas Franke den Bus noch am Vormittag gewartet hatte. Dabei hatte er sich die Hand verletzt, und Mager hatte die Fahrt übernommen. In dieser Zeit war der Bus keinen Moment unbeaufsichtigt gewesen, so dass sich niemand anderer daran zu schaffen gemacht haben konnte. Vielleicht hatte Franke an diesem Vormittag gar nicht nach dem Bremssystem geschaut und der Täter hatte bereits am Abend zuvor manipuliert? Riedlinger seufzte verhalten. Er musste noch mal mit Andreas Franke sprechen. Er konnte es sich nicht erklären, aber irgendwie war ihm dieser Andreas Franke unsympathisch. Nach den vielen Jahren im Polizeidienst wusste Riedlinger, dass man persönliche Gefühle bei der Arbeit außer Acht lassen musste, dennoch hatte er schon oft einen guten Riecher gehabt. Wahrscheinlich tat er Franke Unrecht, und er war tatsächlich das Opfer. Solange sie keine neue Spur hatten, mussten sie in alle Richtungen ermitteln und hoffen, der Täter würde keinen zweiten Versuch machen, Andreas Franke zu töten – falls seine Vermutung zutraf.

Wolfgang Mozer war bei seinem Gespräch mit Sybille Häfele ebenfalls nicht weitergekommen. Die junge Frau hatte nur das wiederholt, was sie bereits ausgesagt hatte. Der einzige Hinweis, den sie geben konnte, war Magers Bemerkung über die Querelen mit dem ehemaligen Busunternehmer aus Albstadt.

Drei Minuten, bevor Sybilles Schicht begann, stoppte Mozer seinen Wagen auf dem Parkplatz des Fast-Food-Restaurants. Es war früher Abend, und durch die Glasfront sah er in das fast volle Restaurant, obwohl Montagabend war. Mozer schüttelte sich innerlich. Wie konnte man hier nur essen? Es widerstrebte ihm, das Angebot des Fast-Food-Lokals überhaupt als Essen zu bezeichnen, da auf seinen Teller nur frische Biokost kam.

»Wie lange geht Ihr Dienst?«, fragte er, als Sybille aus dem Auto stieg.

»Bis zum Schluss«, antwortete sie freundlich. »Wir schließen um Mitternacht, bis wir dann aufgeräumt und geputzt haben, wird es eins oder halb zwei werden.« Sie sah Mozer keck an. »Warum? Wollen Sie mich wieder abholen?«

Um ein Haar wäre Mozer errötet. Er schluckte mehrmals, bevor er antwortete: »Wie kommen Sie mitten in der Nacht wieder nach Rottweil? Busse fahren um diese Uhrzeit doch keine mehr?«

»Eine Kollegin nimmt mich mit oder vielmehr ihr Freund, der sie abholt. Also dann, danke fürs Bringen und noch einen schönen Abend.«

Mit leichten Schritten eilte Sybille Häfele über den Parkplatz und verschwand im Restaurant. Wolfganz Mozer sah ihr nach.

Für einen Moment ärgerte er sich, ihr nicht angeboten zu haben, sie abzuholen, dann sagte er jedoch laut zu sich selbst: »Motzi, du weißt, keine Affäre mit Beteiligten!«

Sybille Häfele war zwar eine attraktive und sehr nette Frau, vom Kreis der Tatverdächtigen konnte sie jedoch nicht ausgeschlossen werden. Solange nicht geklärt war, wem der Anschlag nun wirklich gegolten hatte – ob Robert Mager oder Andreas Franke –, durfte er Privates nicht mit Beruflichem mischen. Mozer hoffte, recht bald auf eine Spur zu stoßen, die sie weiterbringen würde. Die Presse saß ihnen im Nacken, auch die Staatsanwältin forderte erste Ergebnisse. Nun, ab morgen würden sie weitere Fahrer des Busunternehmens befragen, und Mozer hoffte, hier etwas zu finden. Aber derzeit schienen sich ihre Ermittlungen nur im Kreis zu drehen.

Am Ende der Woche kam Franz Diembach, der Leiter der KTU, zu Riedlinger ins Büro und legte eine hellrote Mappe auf dessen Schreibtisch. »Ich glaube, wir wissen jetzt, wo die Bremsleitung gekappt wurde.«

Riedlinger warf nur einen kurzen Blick darauf, dann sagte er: »Sag es mir in einfachen Worten. Du weißt, ich verstehe von dem technischen Kram nicht viel.«

Diembach nahm einen Fahrtenschreiber und eine Straßenkarte von Rottweil und Umgebung aus der Mappe und breitete beides vor Riedlinger aus.

»Also, wenn man die Faktoren Durchmesser, Zähigkeit in Abhängigkeit von Temperatur – am Tag des Unfalls war es sehr heiß –, Fließgeschwindigkeit, Geschwindigkeit des Fahrzeugs und natürlich Erschütterung in Relation stellt, dann kommt man zu keinem anderen Ergebnis, als dass die Bremsleitung vor Fahrtantritt in Oberlautern manipuliert wurde.«

»In der Halle der Firma?« Riedlingers Augenbrauen schossen in die Höhe. »Bist du sicher?«

Diembach nickte. »Die Simulation hat eindeutig ergeben, dass die Bremsleitung bereits dort und nicht, wie ich zuerst vermutete, in Rottweil, als Mager bei der Hochzeitsfeier war, angeschnitten worden ist. Hätte er dort allerdings noch etwa eine Stunde länger mit dem Brautpaar auf deren Glück angestoßen, dann hätten die Bremsen bereits früher versagt. Wahrscheinlich noch direkt in der Innenstadt, und vielleicht wäre dann gar nicht so viel passiert, da es dort kein großes Gefälle gibt. Hätte Mager einen Blick unter den Bus geworfen, bevor er wieder losgefahren ist, wäre ihm sicher die austretende Flüssigkeit auf dem Asphalt aufgefallen.«

Riedlinger legte nachdenklich einen Finger an sein Kinn und murmelte: »Der Täter hat aber nicht wissen können, dass Mager nicht unmittelbar, nachdem er die Hochzeitsgesellschaft am Hotel abgesetzt hatte, nach Oberlautern zurückfahren würde.« Er sah auf, ein Gedanke schoss ihm durch den Kopf. »Vielleicht hat der Täter gar niemanden töten wollen, sondern nur, dass es zu einem Unfall kommt.«

Jürgen Mozer trat ins Büro, er hatte die letzten Sätze seines Kollegen gehört. »Das könnte sein«, sagte er zustimmend. »Das Motiv des Täters war vielleicht nur, das Unternehmen Franke in Misskredit zu bringen, ohne dass Menschen zu Schaden kommen.«

»Was wieder für Haller spricht«, ergänzte Riedlinger. »Haller muss doch eine furchtbare Wut auf Franke haben, weil dieser seine Firma erst in den Ruin getrieben und dann für wenig Geld übernommen hat.«

Franz Diembach wandte sich zur Tür. »Dazu kann ich nichts sagen«, meinte er. »Ich werde die Berechnungen noch ein drittes Mal durchgehen, bin mir aber sicher, dass jemand bereits in der Werkhalle der Firma an den Bremsen getrickst hat.«

Nachdem Diembach gegangen war, ließ sich Mozer auf einen Stuhl fallen.

»Andreas Franke hat ausgesagt, dass er noch am Morgen den Bus durchgecheckt hat. Dabei ist ja seine Verletzung an der Hand passiert, deretwegen er nicht selbst fahren konnte. Es könnte doch sein, dass in der kurzen Zeit, als Franke ins Krankenhaus gefahren ist und bevor Mager den Bus übernommen hat, sich jemand in die Halle geschlichen hat.«

Riedlinger zuckte mit den Schultern. »Wir müssen diese Möglichkeit in Betracht ziehen. Es war immerhin Samstag, ein Tag, an dem weniger Angestellte als während der Woche in der Firma sind. In den Büroräumen wird sich wohl niemand aufgehalten haben, und nach Frankes Aussage war er allein in der Werkhalle, als er sich die Hand verletzt hat.«

Mozer stand wieder auf und wandte sich zur Tür. »Wir wollten heute ohnehin nach Oberlautern raus, am besten machen wir es gleich. Solange wir nicht wissen, wem der Anschlag nun wirklich gegolten hat, drehen wir uns im Kreis.«

Riedlinger folgte seinem Kollegen. Wolfgang Mozer hatte recht. Sie mussten unbedingt feststellen, wer mit den gekappten Bremsleitungen zu Schaden kommen sollte. Wollte wirklich jemand nur, dass der Bus verunglückte, ohne dass der Fahrer starb, oder war es ein geplanter Mord? Und wenn Letzteres stimmte: Wer sollte getötet werden – Robert Mager oder Andreas Franke? Auf den ersten Blick schien es bei beiden Männern kein Motiv zu geben, wenngleich Mager ein Frauenheld gewesen war und seine Exfrau sowie deren Bruder deswegen Grund hatten, ihn zu hassen; aber brachte man deshalb gleich einen Menschen um?

In den Jahrzehnten seiner Polizeitätigkeit hatte Riedlinger oft erlebt, dass Menschen aus nichtigeren Beweggründen getötet wurden, aber irgendwie traute er weder Sybille Häfele noch ihrem Bruder ein so kaltblütiges Vorgehen zu. Blieb noch Andreas Franke. Aus ihm wurde Riedlinger nicht schlau. Offenbar schien ihn jeder zu mögen und sprach nur in lobenden Tönen von ihm, dennoch meinte Riedlinger, dass Franke etwas hinter einer Fassade verbarg. Er durfte nicht vergessen, dass Franke nicht nur Busfahrer, sondern auch Politiker war, wenn auch nur im Gemeinderat. Politiker waren geschult, ihre wahren Gedanken und Gefühle für sich zu behalten, und schafften es, ohne mit der Wimper zu zucken, einem mitten ins Gesicht zu lügen, wie man ja wusste.

Leider hatten sie an diesem Tag kein Glück. Es war Freitagnachmittag und die Büroräume waren geschlossen, als Riedlinger und Mozer bei *Franke-Reisen* ankamen. Ein Fahrer, der gerade seine Schicht beendete, meinte, Matthias Franke sei vor einer Stunde weggefahren und käme heute nicht mehr in die Firma zurück. Riedlinger läutete am Wohnhaus von Matthias Franke, das sich nur einen Steinwurf vom Firmengelände entfernt befand. Matthias hatte offenbar einen ganz anderen Geschmack als sein Bruder, der Neubau war ein typisches Leonardo-Haus mit viel Glas und wenig Schnickschnack. Kein Haus, das Riedlinger gefiel, aber ein solcher Baustil war jetzt eben modern. Er klingelte zweimal und wartete einige Minuten, es öffnete jedoch niemand.

»Dann machen wir für heute eben Feierabend«, sagte Mozer und und sie gingen zu ihrem Wagen zurück. »Am Wochenende können wir nicht viel ausrichten, aber ich werde die Akten und die Protokolle der Befragungen der Angestellten nochmals studieren. Vielleicht haben wir etwas übersehen.«

Riedlinger nickte. »Für Montag habe ich Andreas Franke nochmals ins Präsidium gebeten, ich habe das Gefühl, dass er uns irgendetwas verschweigt. Ach, übrigens, vorhin hat der Schaum von der Spusi angerufen. Auf Magers Laptop gab es keine interessanten Daten. Nur ein paar nichtssagende Mails, und die Webseiten, die er in den letzten Wochen aufgerufen hat, sind alle ebenfalls unverfänglich.«

Wolfgang Mozer seufzte. »Was sehen wir nicht, Riedl?«

Riedlinger verstand, was er meinte. »Lass uns mit Andreas Franke sprechen«, sagte er und stieg in den Wagen. »Ich hoffe, er kann uns irgendwie weiterhelfen.«

6

Am Montagvormittag fuhr Riedlinger direkt von zu Hause nach Oberlautern. Am Tag zuvor hatte er einen Termin mit dem ersten Vorsitzenden des Gemeindeverbands der konservativen Partei ausgemacht, der Andreas Franke angehörte. Gerhard Baumann hatte zwar gemeint, er habe überhaupt keine Zeit, Riedlinger hatte jedoch auf dem Gespräch bestanden.

Baumann wohnte in einem älteren Reihenhaus am Ende einer Sackgasse. Ein Messingschild an der Tür wies auch gleich auf die Parteizentrale hin.

»Kommen Sie rein«, forderte Baumann Riedlinger auf. »Ich sagte bereits, dass ich wenig Zeit habe. Also, worum geht es?«

Riedlinger blieb in der schmalen Diele stehen, denn Gerhard Baumann bat ihn nicht ins Wohnzimmer.

»Sie werden von dem Unfall bei *Franke-Reisen* gehört haben.«

Baumann nickte. »Diese furchtbare Sache ist seit Tagen Ortsgespräch. Ich kannte Mager nicht gut, aber gut genug, um sagen zu können, dass er ein umsichtiger Fahrer war. Wie konnte das nur passieren?«

»Es war kein Unfall, Herr Baumann. Die Bremsleitung wurde angeschnitten.«

Riedlinger beobachtete den Politiker ganz genau, konnte aber keine besondere Regung auf seinem Gesicht erkennen.

»Dann war es Mord.« Nüchtern und sachlich sprach Baumann diesen Satz. »Was hat das mit mir zu tun?«

»Wir haben leider Grund zu der Annahme, dass der Anschlag nicht Robert Mager, sondern Andreas Franke galt. Ich hoffe, Sie können mir etwas über Ihren Parteifreund sagen.«

»Andreas?« Das Erschrecken in Baumanns Augen war echt. »Das ist unmöglich! Kein Mensch würde Andreas … ich meine, Herrn Franke etwas antun. Alle mögen und bewundern ihn. Bei den letzten Wahlen erzielte er ein Traumergebnis, fast achtzig Prozent der Oberlauterner wählten ihn in den Gemeinderat.«

»Was ist mit den restlichen zwanzig Prozent?«, hakte Riedlinger nach. »Gerade in der Politik gibt es doch genügend Neider, die einem anderen seinen Erfolg nicht gönnen.«

Baumann machte eine wegwerfende Handbewegung. »Wir sind hier in Oberlautern, einem Dorf am Rande der idyllischen Schwäbischen Alb, Herr Riedlinger, und nicht in Neapel oder in Kairo, wo Korruption an der Tagesordnung ist. Vielleicht mag hier nicht jeder von unserem Programm überzeugt sein – Andreas Franke wird von allen geschätzt. Neben Kompetenz und Durchsetzungsvermögen besitzt er Charme, ist höflich und setzt sich regelmäßig für soziale Projekte ein. Wer sollte ein Interesse haben, einen solchen Mann aus dem Weg zu schaffen?«

Baumanns Worte deckten sich mit den Aussagen, die Riedlinger über Andreas Franke bisher vorlagen. Dieser Mann schien in dem kleinen Ort fast so etwas wie ein Heiliger zu sein, bisher hatte niemand auch nur ein negatives Wort über ihn gesagt. Eben dies erschien Riedlinger unwahrscheinlich. Kein Mensch, mochte er auch noch so freundlich und nett sein, konnte nur Freunde haben.

»Was wissen Sie über Robert Mager?«, fragte er.

Baumann schüttelte jedoch den Kopf. »Nicht mehr, als ich Ihnen bereits gesagt habe.« Demonstrativ sah Baumann auf seine Armbanduhr. »Sie müssen mich jetzt entschuldigen, ein wichtiger Termin, Sie verstehen?«

Riedlinger blieb nichts anderes übrig, als sich zu verabschieden. Nicht jedoch, ohne Baumann seine Karte zu geben und ihn zu bitten, sich zu melden, sollte ihm noch etwas einfallen.

Während er nach Rottweil fuhr – zwischen Schömberg und Neukirch musste er hinter einem Traktor im Schritttempo herzockeln, den er wegen des Gegenverkehrs nicht überholen konnte –, versuchte Riedlinger sich zu erinnern, was in den letzten Wochen über die Lokalpolitik in der Zeitung gestanden hatte. Wenn es ihm zeitlich möglich war, sah Riedlinger immer die Nachrichten am Abend und las auch Zeitung, für Politik hatte er sich jedoch noch nie sehr interessiert. Die Rottweiler Bürger beschäftigte derzeit am meisten der geplante Neubau eines Großgefängnisses am Standort Bitzwäldle beim Stadtteil Zepfenhan. Seit Wochen demonstrierten immer wieder Hunderte von Bürgern gegen die neue Justizvollzuganstalt, denn niemand wollte das Gefängnis direkt vor der eigenen Tür haben. Zwar befürwortete die konservative Partei den Neubau, der Standort lag auch an der Kreisgrenze zu Balingen, und Andreas Franke engagierte sich politisch schließlich in diesem Bereich. Es war aber kaum anzunehmen, dass er mit dem Gefängnisbau etwas zu tun hatte, so weit reichte die Macht des Gemeinderates einer Ortschaft wie Oberlautern nun auch wieder nicht.

Unmittelbar nachdem Riedlinger im Büro angekommen war, rief er Regina Müller zu sich.

»Müllerchen, Sie sind doch gut im Recherchieren, nicht wahr?« Er wartete ihre Antwort nicht ab und fuhr fort: »Schauen Sie mal nach, was Sie über politische Aktivitäten in und um Oberlautern herum finden, besonders die, die von den Konservativen ausgehen.«

»Soll ich speziell nach Andreas Franke suchen?«, fragte Regina Müller, und Riedlinger nickte.

»Ich will alles über den Mann wissen. Das Internet wird doch sicher eine Fundgrube sein.«

»Alles klar, Chef.« Regina Müller salutierte und lachte. »Sie glauben also, dass der Anschlag Franke und nicht Mager galt?«

»Was heißt schon glauben?« Riedlinger zuckte mit den Schultern. »Wir brauchen Fakten. Bisher wird Andreas Franke von allen regelrecht in den Himmel gelobt, und es scheint niemanden zu geben, der ihn nicht mag. Die Ermittlungen im Umfeld von Mager laufen jedoch weiter.«

»Ich verstehe.« Regina Müller nickte. »Wir müssen alle Möglichkeiten in Betracht ziehen.«

»Richtig, Müllerchen. Bevor Sie sich an die Arbeit machen, bringen Sie mir bitte noch eine große Tasse Kaffee. Mit viel Zucker, ich brauche Nervennahrung.«

7

Mit einem Taschentuch tupfte Jürgen Riedlinger sich den Schweiß von der Stirn und lockerte mit zwei Fingern den Hemdkragen. Die Krawatte und das Jackett hatte er längst abgelegt, obwohl er sonst stets auf ein korrektes Äußeres achtete. Heute jedoch war es für Anzug und Krawatte viel zu heiß und das Kurzarmhemd klebte am Rücken. Der Tischventilator lief auf höchster Stufe, wirbelte aber mehr Staub auf, als er Kühlung brachte. Die Tür öffnete sich und Riedlinger sagte zu seinem eintretenden Kollegen: »Jetzt wurde die Direktion erst vor einigen Jahren für etliche Millionen neu gebaut, bloß für eine Klimaanlage war wohl kein Euro mehr übrig.«

Mozer zuckte mit den Schultern und lächelte. »Wahrscheinlich wollte man, dass unsere Verdächtigen gehörig ins Schwitzen kommen, wenn wir sie in die Mangel nehmen. Apropos Verdächtige – für heute bin ich mit den Befragungen der Busfahrer durch. Eben ist der letzte gegangen. Wie sieht es bei dir aus?«

Riedlinger warf einen Blick auf seine Armbanduhr und seufzte. »In zehn Minuten erwarte ich noch einen Angestellten Frankes, das war's dann auch bei mir. Letzte Woche zehn und heute sieben Mitarbeiter – und mit welchem Ergebnis?« Ärgerlich runzelte Riedlinger die Stirn. »Gleich null. Niemand scheint ein Motiv zu haben, Mager oder Franke zu töten oder der Firma Schaden zuzufügen.«

Mozer ließ sich rittlings auf einen Stuhl fallen, verschränkte die Arme auf der Lehne und sah Riedlinger besorgt an. »Bei mir sieht's ähnlich aus. Alle Fahrer, Mechaniker oder sonstige Angestellte loben ihre beiden Chefs über den grünen Klee und meinen, sie hätten noch nie in einem besseren Betriebsklima gearbeitet. Ein Alibi haben sie alle, wenn wir davon ausgehen, dass die Bremsen zwischen dem Zeitpunkt, als Andreas Franke den Bus gewartet hat, und dem Moment, als Mager die Fahrt begann, manipuliert worden sind.«

»Die KTU macht noch ein paar weitere Untersuchungen, Diembach ist sich jedoch, was den Zeitpunkt angeht, sicher.« Riedlinger wischte sich mit dem Handrücken über die Stirn. »Offenbar kann man heutzutage fast auf den Kilometer genau feststellen, wann und wo die Bremsflüssigkeit begonnen hat auszutreten. Wir müssen abwarten, ob unser Kollege noch etwas herausfindet.«

Bevor Mozer etwas entgegnen konnte, öffnete sich die Tür und Regina Müller trat ein. In den Händen trug sie ein Tablett mit drei schmalen, hohen Tassen. »Kaffee gefällig, meine Herren?«

Die beiden Kommissare winkten gleichzeitig ab. »Dazu ist es heute viel zu heiß.«

Regina Müller lachte und stellte die Tassen auf den Schreibtisch. »Es ist natürlich Eiskaffee.«

Riedlingers Augen leuchteten, und er griff nach einer Tasse. Genüsslich löffelte er die Sahne ab und murmelte mit vollem Mund: »Sie sind ein Schatz, Müllerchen.«

»Na, wenigstens einmal, wenn Sie auch sonst nicht viel von meiner Arbeit halten«, gab Regina Müller ironisch zurück und fuhr schnell fort, bevor Riedlinger auf ihre Bemerkung eingehen konnte. »Es ist mir gelungen, Andreas Franke zu erreichen, er wird in etwa einer Stunde ins Präsidium kommen. Du meine Güte, dieser Mann ist schwerer zu erreichen als unsere Bundeskanzlerin, und begeistert war er auch nicht gerade, als er hörte, Sie wollen noch mal mit ihm sprechen. Er meinte, er hätte Termine, die er nicht versäumen darf.«

Riedlinger legte den Löffel zur Seite und runzelte die Stirn. »Der Mann hat wirklich Nerven! Da geschieht in seinem Unternehmen ein Tötungsdelikt, und es gibt Hinweise, dass er selbst das Opfer des Anschlags sein sollte, aber Franke scheint das alles nicht sonderlich zu kümmern. Ist der Mann so naiv oder tut er nur so?«

Mozer zuckte mit den Schultern und meinte: »Er ist eben Politiker. Wir wissen doch alle, dass Politiker stets eine Maske tragen und niemanden in ihr Inneres sehen lassen. Ich glaube nicht, dass Franke so cool ist, wie er uns glauben machen will. Jürgen, willst du mit ihm sprechen, oder soll ich das machen?«

»Wir befragen ihn zusammen«, sagte Riedlinger und nahm einen Schluck von dem erfrischenden Kaffee. Den Gedanken an die Menge von Kalorien, die er mal so kurz zwischendurch zu sich nahm, schob Riedlinger beiseite. Wenn selbst der sonst so gesundheitsbewusste Wolfgang Mozer seinen Eiskaffee mit Genuss löffelte, dann konnte das Getränk nicht so schlecht sein.

»Übrigens apropos Politiker«, sagte Regina Müller, »ich habe gestern den ganzen Tag gegoogelt und jede Menge Informationen über Franke gefunden.«

Riedlinger und Mozer sahen die junge Kollegin gespannt an.

»Irgendetwas, mit dem er sich Feinde gemacht haben könnte?«

»Leider nicht, im Gegenteil.« Sie schüttelte bedauernd den Kopf. »In allen Berichten, die im Web zu finden sind, wird Franke als überaus diplomatisch und freundlich dargestellt. Im letzten Winter traf er sogar Angela Merkel, als diese beim Neujahrsempfang hier in Rottweil war, und wechselte ein paar Worte mit ihr. Derzeit engagiert sich die Partei von Oberlautern für eine Verkehrsberuhigung der Durchgangsstraße, hier war aber nichts von massiven Gegenstimmen zu finden.«

»Der Mann scheint ein Ausbund an guten Tugenden zu sein.« Riedlinger stöhnte und trank den letzten Schluck Eiskaffee aus. »Dann warten wir mal ab, ob er uns etwas Neues zu sagen hat.«

Andreas Franke verspätete sich über dreißig Minuten. Regina Müller war gerade dabei, Akten zu sortieren, als er das Büro betrat.

»Guten Tag, Frau Müller«, sagte Andreas mit einem Lächeln und sah Regina tief in die Augen. »Ihr Chef wollte mich sprechen?«

Regina Müller durchlief ein heißer Schauer. Blitzschnell erfasste sie, dass sein braun-orange kariertes Hemd farblich überhaupt nicht zu seiner dunkelblauen Jeans passte, dennoch strahlte Andreas Franke etwas aus, das ihren Puls in die Höhe trieb. Betont kühl sagte sie daher: »Sie sind zu spät, Herr Franke. Der Chef wartet schon auf sie.«

Lapidar zuckte Andreas mit den Achseln. »Ich hatte einen Termin, es tut mir leid.«

Regina klopfte an Riedlingers Tür, öffnete diese und meldete Franke an, der dicht an ihr vorbei in den Raum trat. Dabei streifte sein Arm wie unbeabsichtigt ihre Schulter, und Regina Müller schluckte trocken. Obwohl sie ihren Verlobten liebte und ihm treu war, war sie von diesem Mann zweifelsohne beeindruckt.

Ihre Recherchen hatten ergeben, dass er nicht nur unverheiratet, sondern zudem noch Single war. Zumindest lebte er nicht mit einer Frau zusammen, und die Befragungen der Busfahrer hatten ergeben, dass Franke seit Jahren keine feste Beziehung mehr gehabt hatte. Regina wunderte sich darüber. Klar, sein Beruf und seine politischen Tätigkeiten ließen ihm wahrscheinlich nicht viel Zeit für ein Privatleben, dennoch musste es ein weibliches Wesen geben. Ein Mann wie er war nicht allein. Vielleicht hatte er auch immer wieder wechselnde Affären und wollte sich nicht an eine Frau binden.

»Schluss damit, sein Privatleben geht dich nichts an«, rief sich Regina selbst zur Ordnung und widmete sich wieder der monotonen Arbeit der Aktensortierung. Gut, diese Arbeit musste auch gemacht werden. Sobald sie damit fertig wäre, würde sie nochmals im Internet recherchieren. Vielleicht fand sie über Andreas Franke und über das Busunternehmen noch mehr heraus. Sie lächelte still in sich hinein. Riedlinger war zwar ein erstklassiger Kriminaler, von Computern und vom Internet verstand er jedoch nicht viel.

»Wenigstens etwas kannst du besser«, murmelte sie und lochte die nächsten Blätter, um sie ordentlich abzuheften.

Jürgen Riedlinger ließ sich nichts von seiner Verärgerung über die Verspätung anmerken. Er rief seinen Kollegen aus dem Nebenzimmer herein und bat Franke, Platz zu nehmen.

Franke setzte sich auf den Stuhl und streckte seine langen, dünnen Beine von sich. Mit vor der Brust verschränkten Armen fragte er: »Was gibt es, meine Herren? Machen Sie bitte schnell, meine Zeit ist begrenzt.«

»Herr Franke, Sie scheinen die Tatsache, dass wir in einem Tötungsdelikt, das Ihr Unternehmen betrifft, ermitteln, auf die leichte Schulter zu nehmen. Sind Sie nicht daran interessiert, dass wir so schnell wie möglich klären, wer für den Anschlag auf Ihren Fahrer Robert Mager verantwortlich ist?«

»Natürlich, Herr Riedlinger. In den letzten Tagen habe ich mir darüber Gedanken gemacht, wer derart gemein und hinterhältig ist, so etwas zu tun. Es tut mir leid, Ihnen keine Namen nennen zu können. Auch mein Bruder und unsere Eltern sind ratlos. Unsere Firma besteht seit vielen Jahrzehnten, wie Sie wissen, und in der ganzen Zeit hat es nie etwas Vergleichbares gegeben.«

Riedlinger fixierte Franke mit den Augen, als er sagte: »Mit wem haben Sie Streit oder wer hasst Sie so sehr, dass er Sie töten wollen könnte?«

Für einen Moment zuckte Andreas zusammen, hatte sich aber gleich wieder im Griff. »Ich sagte Ihnen bereits, dass ich es für absurd halte anzunehmen, der Anschlag habe mir gegolten. Sicher, in der Politik hat man nicht nur Freunde, ich bin jedoch ein viel zu kleines Licht, als dass mir von dort jemand schaden wollte.«

»Na, immerhin sind Sie im Gemeinderat und werden in der nächsten Wahlperiode für den Kreisrat kandidieren«, warf Wolfgang Mozer ein.

Andreas Franke nickte ihm anerkennend zu. »Ich sehe, Sie haben sich über mich erkundigt. Ja, es stimmt, ich wurde von der Partei gebeten, mich aufstellen zu lassen. Allerdings habe ich mich noch nicht entschieden, ob ich es wirklich machen werde. Sollte ich in den Kreisrat gewählt werden, würde dies bedeuten, dass ich weniger Zeit für die Firma hätte.«

Er blickte von Riedlinger zu Mozer, und nun kam auch Riedlinger nicht umhin zuzugeben, dass Franke außergewöhnliche Augen hatte, von denen man nur schwer seinen Blick lösen konnte.

»Sie sind gerne mit dem Bus unterwegs?«, fragte Mozer, und Franke nickte. »Das muss doch sehr anstrengend sein.«

»Ja, aber die Freiheit draußen auf der Straße ist mit nichts zu vergleichen.«

»Sie tragen zugleich aber auch eine große Verantwortung für Ihre Passagiere. Wollten Sie eigentlich immer schon Busfahrer werden, oder war es der Wunsch Ihres Vaters?«

»Für meinen Bruder Matthias und mich war es klar, seit wir Kinder waren, dass wir eines Tages in die Firma einsteigen werden. Ich weiß zwar nicht, was das mit dem Verbrechen zu tun hat ... wenn es Sie jedoch interessiert, erzähle ich Ihnen gern, dass ich nach dem Schulabschluss zuerst eine Ausbildung zum Kfz-Mechaniker gemacht und dann meine Zeit bei der Bundeswehr hinter mich gebracht habe, da man den Busführerschein erst mit einundzwanzig Jahren erwerben kann. Danach bin ich in das Familienunternehmen eingestiegen. Mein Bruder hat Betriebswirtschaft studiert, er war immer schon der Gescheitere von uns beiden, und kümmert sich seitdem um die wirtschaftlichen Belange der Firma.«

»Was ist mit Ihrem anderen Bruder?«, hakte Mozer nach. »Mit Günther Franke? Soviel wir wissen, lebt er in Stuttgart. Warum ist Ihr Bruder nicht im Betrieb tätig?«

Andreas Franke runzelte ärgerlich die Stirn. »Finden Sie wirklich, dass die Privatangelegenheiten unserer Familie etwas mit dem Fall zu tun haben? Mein Bruder wollte einfach etwas anderes arbeiten. Wahrscheinlich haben Sie herausgefunden, dass er als EDV-Administrator bei einer großen

Firma angestellt ist. Außerdem wollte er in die Stadt, ihm war Oberlautern zu klein und zu spießig, wenn Sie es genau wissen wollen.« Er sah Riedlinger herausfordernd an. »War's das und kann ich jetzt gehen? Wie gesagt, ich habe Termine ...«

»Nun gut, für heute kommen wir nicht weiter.« Riedlinger wedelte ungeduldig mit der Hand. »Ich muss Sie jedoch bitten, sich zu unserer Verfügung zu halten und Oberlautern in der nächsten Zeit nicht zu verlassen.«

»Das klingt, als wäre ich verdächtig.« Andreas Franke lachte spöttisch. »Es tut mir leid, aber trotz allem muss die Arbeit weitergehen, daher kann ich Ihrer Bitte nicht nachkommen. Übers Wochenende fahre ich mit einer Jugendgruppe nach Berlin.«

»Die Fahrt wird sicher ein anderer Fahrer machen können«, wandte Mozer ein, wurde aber sogleich von Andreas unterbrochen.

»Das ist unmöglich. Es handelt sich um den jährlichen Ausflug der Jungen Union, und wir haben eine Führung durch den Reichstag und durch das Bundeskanzleramt vereinbart. Das war aber nur möglich, weil ich entsprechende Beziehungen zu den Verantwortlichen habe, Sie verstehen? Zudem kennt niemand von unseren Fahrern die Hauptstadt so gut wie ich, und die Betreuer der Jugendlichen möchten keinen anderen Fahrer als mich. Ich mache die Fahrt jedes Jahr.« Er erhob sich und wandte sich zum Gehen, ohne die Antwort des Kommissars abzuwarten.

Nachdem die Tür hinter dem Busfahrer ins Schloss gefallen war, lehnte Riedlinger sich seufzend zurück und sah seinen Kollegen an. »Wir werden das Umfeld von Robert Mager noch mal aufs Korn nehmen. Besonders dieser Schwager, der Bruder von Sibylle Häfele, interessiert mich. Wie es aussieht, liebt er seine Schwester sehr. Ihm hat es gewiss nicht gefallen, wie Mager seine Exfrau behandelt hat.«

»Und er ist Kfz-Mechaniker«, führte Mozer den Satz seines Kollegen zu Ende. »Er hat also durchaus das Wissen, um Bremsen zu manipulieren, auch wenn er leugnet, sich mit Bussen auszukennen. Auch wenn zwischen PKWs und Bussen ein Unterschied besteht – wir wissen nicht, welche Kenntnisse Häfele wirklich hat. Riedl, vielleicht versteifen wir uns wirklich zu sehr auf Andreas Franke oder darauf, dass jemand dem Unternehmen schaden wollte. Die meisten Tötungsdelikte sind Beziehungstaten, und wahrscheinlich hat der Täter die Gelegenheit, als Mager den Oldtimerbus fuhr, spontan genutzt. Er – oder auch sie – hat aus irgendeinem Grund mitbekommen, dass Franke sich verletzte und Mager einspringen musste, und dann die Chance, die Bremsen zu manipulieren, genutzt.«

Riedlinger nickte und massierte sich mit einer Hand seinen steifen Nacken.

Nach einem kurzen Klopfen betrat Regina Müller das Büro. »Chef, ich hab da vielleicht etwas gefunden …« Ihre Augen funkelten und sie sah Riedlinger erwartungsvoll an. »Während Franke bei Ihnen war, habe ich weiter im Internet recherchiert und bin auf was Interessantes gestoßen.«

Riedlinger und Mozer wechselten einen Blick, und Riedlinger sagte: »Na dann, legen Sie schon los, bevor Sie platzen. Was steht denn im Internet?«

Regina Müller ließ sich durch den spöttischen Unterton ihres Chefs nicht aus der Ruhe bringen. Sie setzte sich und legte Riedlinger den Ausdruck einer Webseite vor.

»Vor acht Jahren wurde in Oberlautern ein kleines Mädchen angefahren und getötet. Das Kind war zwölf Jahre alt und alles hat darauf hingedeutet, dass ein Franke-Bus den Unfall verursacht hat.«

Riedlingers Interesse war geweckt. Gespannt beugte er sich vor und starrte auf den Zettel. »Was heißt: ›deutete darauf hin‹?« Er ahnte die Antwort. »War es Fahrerflucht?«

Regina Müller nickte. »Das Mädchen war mit dem Fahrrad auf dem Weg zu einer Freundin, als sie von einem Feldweg in die Hauptstraße einbiegen wollte und dabei von dem Fahrzeug übersehen und angefahren wurde. Es gab eine Augenzeugin. Eine ältere Dame, die mit ihrem Hund spazieren ging, hat den Unfall gesehen und auch so schnell wie möglich den Notarzt verständigt. Leider konnte das Kind nicht mehr gerettet werden, es ist wenige Stunden später im Krankenhaus gestorben. Auf jeden Fall hat diese Frau, ihr Name war Ilse Junghans, steif und fest behauptet, ein Bus der Firma Franke habe das Mädchen angefahren und sei einfach weitergefahren. Sie ist sogar noch weiter gegangen und hat einen der Franke-Brüder als Fahrer genannt.«

»Welchen der Brüder? Matthias oder Andreas?

Regina Müller zuckte mit den Schultern. »Das ist ja das Eigenartige an der Sache. Frau Junghans sagte aus, Günther Franke habe am Steuer gesessen. Oberlautern ist ein kleiner Ort, wo jeder jeden kennt, darum war sie sich völlig sicher, den Mann erkannt zu haben.«

»Günther Franke?« Wolfgang Mozer setzte sich wieder rittlings auf einen Stuhl und schüttelte verwundert den Kopf. »Ich wusste nicht, dass der auch Busfahrer ist. Andreas Franke sagte doch gerade, sein ältester Bruder hätte nie etwas mit der Firma zu tun gehabt.«

Regina Müller nickte bestätigend. »Ich konnte auch nicht feststellen, dass auf Günther Franke ein Führerschein der Klasse D eingetragen ist.«

»D? Was heißt das nochmal?« Riedlinger runzelte die Stirn, und Regina Müller lachte.

»Chef, die alten Nummernbezeichnungen der Führerscheine verwendet heutzutage niemand mehr. Busführerscheine werden in die Unterklassen D, DE, D1 und D1E unterteilt.«

»Woher wissen Sie das, Müllerchen?« Wolfgang Mozer nickte ihr anerkennend zu.

»Steht alles im Internet, man muss nur ein bisschen googeln.«

»Kam es zu einer Anklage?«, fragte Riedlinger gespannt und wechselte das Thema, denn mit dem Internet stand er seit jeher auf Kriegsfuß.

»Eben nicht, und das ist ja das Interessante. Obwohl die alte Dame bei einer Gegenüberstellung darauf schwor, Günther Franke erkannt zu haben, gab ihm Andreas ein Alibi. Demnach waren die beiden Brüder an diesem Tag bei einem Fußballspiel in Stuttgart gewesen. Sie legten die Eintrittskarten vor und benannten weitere Zeugen, die sie zur Zeit des Unfalls im Stadion getroffen hatten. Bei der Gegenüberstellung, bei der Frau Junghans auch andere Busfahrer gezeigt wurden, beharrte sie jedoch auf Günther Franke.«

Jürgen Riedlinger runzelte die Stirn. »Es gab doch sicher Spuren am Unfallort. Konnte das Unfallfahrzeug identifiziert werden? Man hat doch bestimmt festgestellt, ob es sich um einen Bus aus dem Unternehmen Franke gehandelt hat, oder?«

Erneut zuckte Regina Müller mit den Schultern. »Ich sagte doch, Chef, die Sache ist verzwickter, als sie zuerst schien. Sämtliche Unterlagen der KTU zum Unfallhergang verschwanden, bevor die Ermittlungen abgeschlossen waren. Obwohl alle Busse der Frankes untersucht wurden, konnte an keinem ein Hinweis auf einen Unfall festgestellt werden.«

Wie von einer Nadel gestochen fuhr Riedlinger von seinem Stuhl hoch. »Wie konnte eine solche Schlamperei passieren? Wer hat sich um den Fall gekümmert?«

Regina Müller nannte einen Namen, den weder Riedlinger noch Mozer kannten. Da sich der Unfall am Ortsrand von Oberlautern abgespielt hatte, war die Dienststelle in Balingen zuständig gewesen, und zwischen den beiden Polizeidirektionen gab es wenig Kontakt.

»Der verantwortliche Beamte wurde wenig später vom Dienst suspendiert«, fuhr Regina Müller fort. »Interessant ist auch, dass Günther Franke ebenfalls kurze Zeit danach nach Stuttgart umgezogen ist, obwohl er sich erst drei Monate zuvor eine Eigentumswohnung in Oberlautern gekauft hatte, die er selbst bewohnte.«

Wolfgang Mozer stand auf, holte eine Flasche Sprudel aus dem Schrank und füllte drei Gläser. »Das heißt, es wurde nie jemand für den Unfall und die Fahrerflucht angeklagt«, fasste er zusammen. »Wir sollten mit der damaligen Augenzeugin sprechen.«

»Das ist nicht mehr möglich«, sagte Regina Müller. »Frau Junghans ist vor drei Jahren verstorben.«

»Was ist mit den Eltern des Kindes?«, fragte Riedlinger.

»Sie sind aus Oberlautern fortgezogen. Wo und wie sie heute leben, weiß ich im Moment noch nicht. Wenn Sie erlauben, Chef, werde ich das nachprüfen, denn es könnte ja sein, dass sie etwas mit dem Mordanschlag zu tun haben.«

Jürgen Riedlinger musterte seine Mitarbeiterin unter gesenkten Lidern. Er hatte die junge Frau offenbar unterschätzt, denn sie hatte nicht nur etwas sehr Wichtiges, was die Familie Franke anging, herausgefunden, sondern zog die Schlüsse daraus, die auch ihm durch den Kopf gingen.

»Ja, finden Sie heraus, wo die Eltern des Kindes heute leben, und laden Sie diese vor, wenn es möglich ist. Es wäre interessant, sich mit ihnen zu unterhalten.«

Mozer kratzte sich am Kopf und wandte ein: »Wenn es sich um einen Racheakt handeln sollte – warum erst jetzt? Der Unfall liegt acht Jahre zurück, da sollte man meinen, die Eltern hätten längst Vergeltung gefordert.«

»Das, mein lieber Jürgen, werden wir herausfinden. Auf jeden Fall haben wir jetzt einen Hinweis, dass der Anschlag doch Andreas Franke gegolten haben könnte und Robert Mager nur ein unschuldiges Opfer war. Wir fahren jetzt nach Oberlautern raus, Motzi. Ich möchte von den Frankes wissen, warum sie uns von dem Vorfall nichts erzählt haben, und bin auf deren Erklärung gespannt.«

Er griff nach den Autoschlüsseln. An der Tür drehte er sich noch mal um. »Und Sie, Müllerchen, laden mir Günther Franke vor. Er soll so schnell wie möglich ins Präsidium kommen, am besten gleich morgen. Die Sache ist mir zu brisant, als dass ich sie den Stuttgarter Kollegen überlassen möchte.«

»Ist gut, Chef, ich schaue, ob ich ihn gleich erreichen kann«, sagte Regina Müller. »Ach ja, die kompletten Akten über den Unfall beziehungsweise die, die noch vorhanden sind, habe ich bereits aus Balingen angefordert.«

Die Tür klappte hinter Riedlinger und Mozer zu. Regina Müller wollte gerade in ihr Büro gehen, als Riedlinger nochmals zurückkehrte. Beinahe verlegen sagte er: »Übrigens – gute Arbeit, Frau Müller, machen Sie weiter so.«

»Danke, Chef.«

Riedlinger hörte ihre Worte nicht mehr, so schnell war er wieder verschwunden.

Regina erfüllte das mit Stolz, denn Riedlinger lobte sie höchst selten bis gar nicht. Sie wollte ihm beweisen, dass sie eine gute Polizistin war, und hatte auch schon eine Idee, was sie als Nächstes tun würde. Davon würde sie den beiden Kommissaren allerdings nichts sagen, denn vielleicht kam nichts dabei heraus. Wenn nicht, war es auch nicht schlimm, denn sie tat das schließlich in ihrer Freizeit. Niemand konnte ihr untersagen, am nächsten Sonntag zum Sommerfest der Firma Franke zu gehen und sich ein wenig über das kommende Reiseprogramm zu informieren. Vielleicht konnte sie nebenbei etwas mehr über *Franke-Reisen* herausfinden.

8

Die Abendsonne tauchte die Landschaft in ein goldenes Licht und hohe Tannen warfen lange Schatten auf das saftige Grün der Wiesen. Die Gegend zwischen Schömberg und Oberlautern zeigte beinahe unberührte Natur. Die große Hitze des Tages hatte nachgelassen, es war jedoch immer noch angenehm warm.

Wolfgang Mozer seufzte, als er den Dienstwagen die kurvige Straße nach Oberlautern entlanglenkte. »Ein perfekter Abend, um mit Freunden im Garten zu sitzen und zu grillen, dazu ein kühles Weizen …«

Riedlinger lachte. »Ich denke, du isst kein Fleisch, und Bier trinken habe ich dich auch noch nicht oft gesehen.«

»Es gibt so wunderbare Tofuprodukte zum Grillen.« Mozer warf seinem Kollegen einen spöttischen Seitenblick zu. »Ebenso alkoholfreies Bier, das zudem weniger Kalorien hat. In Maßen genossen schadet es dem Körper nicht, im Gegenteil, manchmal muss man sich auch etwas gönnen.«

»Tja, damit wirst du allerdings warten müssen, bis wir diesen Fall abgeschlossen und den Mörder dingfest gemacht haben. So lange ist das Wort Freizeit aus unserem Sprachgebrauch gestrichen.«

Wolfgang Mozer lachte und bog nach rechts in die Straße ein, die zum Betriebsgelände der Firma Franke führte. Der große Bau lag ruhig da, kein Mensch war zu sehen.

»*Die* haben Feierabend«, bemerkte Mozer spitz und parkte vor dem Haupteingang.

Riedlinger deutete auf die Villa aus Glas am Hang neben dem Gebäude. »Dann wollen wir den Inhaber mal privat stören. Als Busunternehmer scheint man gut zu verdienen, sieh dir mal dieses Haus an.«

Mozer nickte. »Frau Müller und ein Kollege sind dabei, die Vermögensverhältnisse der Frankes zu überprüfen, soweit das möglich ist. Die Staatsanwältin gibt uns dafür keine rechtliche Handhabe, da gegen die Frankes nichts vorliegt.«

»Außer dass einer von ihnen vor Jahren ein Kind totgefahren hat«, murmelte Riedlinger und legte einen Finger auf den Messingklingelknopf.

Sie mussten nicht lange warten, bis die helle Tür geöffnet wurde.

»Ja, bitte?« Eine hübsche, rotblonde Frau Mitte dreißig, der Riedlinger und Mozer zuvor noch nicht begegnet waren, sah sie skeptisch an.

Riedlinger zückte seinen Ausweis und hielt ihn der Frau vor die Nase. »Kommissar Riedlinger von der Mordkommission Rottweil, und das ist mein Kollege Wolfgang Mozer. Und Sie sind?«

»Franke, Doris Franke«, antwortete die Frau schnell, und ihr Blick flackerte. »Matthias ist mein Mann, Sie möchten bestimmt ihn sprechen?«

Riedlinger nickte und folgte Doris Franke durch einen mit weißem Marmor gefliesten Flur in ein großes Wohnzimmer. Durch die meterlange Fensterfront, die nach Westen ausgerichtet war, fiel der Blick auf baumbestandene Hügel.

»Wir haben gerade gegessen«, sagte Doris Franke und führte die Kommissare in das angrenzende Esszimmer.

Matthias Franke erhob sich, und Riedlinger nickte wohlwollend.

»Wie schön, da haben wir ja die ganze Familie beisammen.«

Um den ausladenden Esstisch saßen neben Matthias Franke und vier Kindern im Alter zwischen fünf und zehn Jahren auch Andreas Franke und ein älteres Paar. Riedlinger vermutete, dass es sich hierbei um die Eltern handelte.

Er stellte sich und Mozer kurz vor, und Matthias sagte zu seiner Frau: »Bringe bitte die Kinder nach oben.«

»Papa, ich will aber hierbleiben.« Der älteste Junge zog einen Flunsch, aber Doris Franke nahm ihn an der Schulter und führte ihn hinaus.

Seine Geschwister, zwei Schwestern und ein Bruder, folgten widerspruchslos.

»Was wollen Sie denn schon wieder?«, stöhnte Andreas Franke. »Ich war doch erst vorhin bei Ihnen und dachte, wir hätten alles besprochen.«

»Es gibt neue Erkenntnisse«, sagte Riedlinger knapp, und Matthias Franke besann sich auf seine guten Manieren.

»Möchten Sie sich nicht setzen, meine Herren?« Er zog zwei Stühle heran. »Was für neue Erkenntnisse sind das? Haben Sie den Täter?«

Langsam blickte Riedlinger von einem zum anderen. Die Ähnlichkeit zwischen Matthias und seinem Vater war unverkennbar. Horst Franke musste in jüngeren Jahren ein sehr attraktiver Mann gewesen sein. Martha, seine Frau, hatte ein freundliches, gütiges Gesicht und einen offenen Blick. Ihr graues Haar lag in kurzen Locken um ihren Kopf. Riedlingers Blick fiel auf Andreas Franke. Erneut wunderte er sich über die mangelnde Ähnlichkeit des Busfahrers mit seinem Bruder und den Eltern, dann besann er sich auf den Grund ihres Besuches und kam gleich zur Sache.

»Warum haben Sie uns nichts von dem Unfall, in den Günther Franke verwickelt war, erzählt?«

Andreas zog scharf die Luft ein, und Riedlinger bemerkte, wie Matthias mit seiner Mutter einen schnellen Blick tauschte.

»Ich weiß nicht, von welchem Unfall Sie sprechen.« Matthias' Stimme klang zwar ruhig, aber Riedlinger bemerkte einen angespannten Unterton.

»Nun, Sie wissen genau, was wir meinen. Ich meine den Unfall, bei dem ein Kind angefahren und getötet wurde. Eine Zeugin hatte Ihren Bruder Günther eindeutig als Fahrer erkannt.«

Andreas fuhr hoch. »Die Sache ist längst erledigt.« Eine Ader trat an seiner Schläfe hervor und pochte heftig. »Wer immer diese furchtbare Tat begangen hat – unser Bruder war es nicht. Wir waren zusammen in Stuttgart bei einem Fußballspiel im Stadion, wie Sie sicher den Akten entnommen haben. Diese Frau, die Günther angeblich gesehen haben will, war alt und extrem kurzsichtig.«

»Zudem wurden an keinem von unseren Fahrzeugen irgendwelche Spuren eines Unfalls gefunden.« Martha Frankes Stimme war leise, sanft, aber bestimmt.

Eine Frau, die stets wusste, was sie wollte und dies auch durchsetzte, dachte Riedlinger sofort.

»Weder jemand aus unserer Familie noch ein Angestellter hat das Kind angefahren und hilflos liegen gelassen.«

»Sie hätten uns davon erzählen sollen«, wandte Wolfgang Mozer ein.

»Warum?«, fragte Andreas. »Die Sache liegt über acht Jahre zurück.«

Riedlinger legte seine Fingerspitzen zusammen und betrachte einen Moment lang seine Nägel, bevor er langsam, jedes Wort betonend, sagte: »Vielleicht möchte sich jemand dafür rächen, dass der Unfallfahrer damals nicht zur Verantwortung gezogen werden konnte.«

»Deswegen hätte man Mager umgebracht?« Andreas schüttelte den Kopf. »Das ist völlig absurd ...«

»Der Täter hatte es nicht auf Robert Mager abgesehen«, unterbrach Mozer. »Oder es war ihm gleichgültig, wen er tötete, Hauptsache, Ihre Firma trägt Schaden davon.«

Matthias begann zu verstehen. Er lächelte, als er sagte: »Sie meinen also, die Eltern des Kindes würden sich an uns rächen, weil unserem Unternehmen keine Beteiligung an dem Unfall nachzuweisen war? Wenn dem so sein sollte – warum dann erst nach so vielen Jahren? Man sollte meinen, solche Gedanken kommen einem früher.«

Matthias hatte genau den Punkt angesprochen, der Riedlinger ebenfalls nicht an ein solches Motiv glauben ließ.

»Sie müssen verstehen, dass wir jeder Spur nachgehen müssen. Wir werden Ihren Bruder zu einer Befragung bitten.«

»Das wird nicht möglich sein.« Zum ersten Mal sprach Horst Franke. »Günther befindet sich seit drei Monaten in

Südamerika. Seine Firma baut dort ein neues Netzwerk auf, und Günther ist einer der verantwortlichen Ingenieure.«

Jürgen Riedlinger versuchte, sich seine Enttäuschung nicht anmerken zu lassen, daher sagte er beinahe schroff: »Wieso hat Ihr Sohn nach dem Unfall, an dem er angeblich keine Schuld hatte, Oberlautern so schnell verlassen? Er war doch auch Busfahrer und in Ihrem Unternehmen angestellt, und plötzlich zieht er von einem Tag auf den anderen nach Stuttgart und macht etwas völlig anderes.«

»Haben Sie eigentlich nichts anderes zu tun, als in unseren Privatangelegenheiten herumzuschnüffeln?« Horst Franke runzelte unwillig die Stirn und bedachte Riedlinger mit einem unfreundlichen Blick.

»Wir müssen alles in Erwägung ziehen, das uns bei der Lösung des Falles helfen könnte, Herr Franke«, erwiderte Riedlinger ruhig. »Also, warum ist Ihr Sohn so plötzlich umgezogen?«

Andreas antwortete an der Stelle seines Vaters: »Sie haben gut recherchiert, mein Kompliment, Herr Riedlinger. Offenbar ist Ihnen jedoch entgangen, dass mein Bruder Informatik studiert und als einer der Besten seines Jahrganges abgeschlossen hat. Nur weil er nach seinem Studium nicht sofort eine Stelle fand, arbeitete er aushilfsweise als Fahrer bei uns. Es war reiner Zufall, dass er kurz nach diesem Unfall von einer Stuttgarter Firma ein gutes Angebot erhalten und deswegen Oberlautern verlassen hat.«

»Zufall?« Riedlinger hob die Augenbrauen und blickte von einem zum anderen. »Meine Berufserfahrung hat mich gelehrt, nicht an Zufälle zu glauben. Wissen Sie, was ich glaube?« Er beugte sich vor, und sein Blick fixierte Andreas. »Ich glaube, dass Sie Ihrem Bruder damals ein falsches Alibi gegeben haben. Da Günther Franke derzeit in Deutschland jedoch nicht greifbar ist, möchte Ihnen jemand das heimzahlen. Oder aber …«, Riedlinger machte eine kurze Pause, um dann mit einem Gedanken, der ihm gerade eben durch den Kopf geschossen war, fortzufahren, »… Robert Mager hat von der Sache gewusst, vielleicht hatte er sogar Beweise und hat Sie damit erpresst, und darum musste er sterben.«

Für eine Sekunde herrschte Totenstille. Martha Franke erbleichte, und ihr Mann schnappte empört nach Luft. Andreas erhob sich so hastig, dass sein Stuhl nach hinten kippte und mit einem Knall auf dem makellosen Parkettboden aufschlug.

»Das ist eine infame Unterstellung!«

Auch Matthias stand auf. »Wenn Sie sonst keine Fragen mehr haben, möchten wir Sie bitten zu gehen.« Sein sonst freundliches Gesicht verhärtete sich, und seine Stimme klang kalt. »Wir sind an der Aufklärung des Todes von Robert Mager ebenso interessiert wie Sie, und Sie bekommen von uns jede Unterstützung, die uns möglich ist. Ihr Verdacht ist jedoch völlig an den Haaren herbeigezogen. Wahrscheinlich sitzt Ihnen die Presse im Nacken, und Sie stehen unter Druck, auf Teufel komm raus einen Schuldigen zu präsentieren, dass Sie sich solch haltlose Vorwürfe zurechtbasteln!«

Riedlinger zeigte keine Regung, als er leise sagte: »Glauben Sie mir, bisher haben wir noch jeden Fall aufklären können, und oft sind die Motive im familiären Umfeld zu finden. Sie werden von uns hören.« Er wandte sich zum Ausgang, und Mozer folgte ihm. »Einen schönen Abend noch.«

Als die beiden Kommissare bei ihrem Auto waren, entlud sich Mozers Anspannung in einem Seufzer. »Du hast dich gerade mächtig aus dem Fenster gelehnt.« Aufmerksam sah er Riedlinger an. »Wie kommst du denn auf den Gedanken, dass jemand von den Frankes für den Anschlag verantwortlich sein könnte?«

Riedlinger zuckte mit den Schultern, stieg ein und legte erst den Gurt an, bevor er antwortete: »Es ist nicht mehr als ein Gefühl, ich habe dafür keine Beweise. Diesem Andreas Franke jedoch traue ich nicht über den Weg. Hinter seiner lächelnden und immer fröhlichen Fassade verbirgt sich etwas, und das möchte ich herausfinden.«

Mozer seufzte erneut. »Wir haben alle Mitarbeiter, Freunde und auch die Parteimitglieder von Andreas Franke befragt. Keiner hat auch nur ein einziges schlechtes Wort über ihn geäußert, im Gegenteil, jeder hat ihn als äußerst zuverlässig, kompetent und liebenswürdig beschrieben. Riedl, pass auf, dass du dich da in nichts verrennst. Ich gebe zu, die Sache mit dem Tod des Kindes vor acht Jahren ist wirklich seltsam, aber vielleicht sind wir auf der völlig falschen Spur. Ich schlage vor, wir durchleuchten nochmal das Umfeld von Mager und befragen Sibylle Häfeles Bruder erneut. Der hatte genügend Grund, seinen Schwager zu hassen, und auch die Kenntnisse, die Bremsen zu manipulieren. Sein Alibi ist vielleicht nicht so wasserdicht, wie es auf den ersten Blick scheint. Vom Bodensee nach Oberlautern ist es nicht weit. Da wäre für Häfele genügend Zeit gewesen, um nach Oberlautern zu fahren und die Bremsen zu manipulieren, während der Bus noch in der Firma stand.«

Riedlinger nickte. »Laden wir Häfele erneut vor. Zu dumm, dass außer von Andreas Franke keine Fingerabdrücke oder DNA-Spuren an den Bremsleitungen gefunden worden sind.«

»Nun, der Täter hat hundertprozentig Handschuhe getragen. Wir sollten versuchen, einen Durchsuchungsbeschluss für Karlheinz Häfeles Wohnung zu bekommen. Vielleicht finden wir da ja etwas.«

Ein erneutes Nicken von Riedlinger, dann sagte er: »Trotzdem möchte ich wissen, was aus den Eltern des Kindes geworden ist. Hoffentlich kann uns Frau Müller bald mehr darüber sagen.«

Mozer enthielt sich eines Kommentars. In den Jahren, in denen er mit Jürgen Riedlinger zusammenarbeitete, hatte er mehrmals erlebt, dass sich sein Kollege an einer Idee regelrecht festbiss. Meistens hatte er mit seinem Verdacht aber auch recht behalten.

»Am liebsten würde ich die Firma und die Häuser der ganzen Familie durchsuchen lassen«, sagte Riedlinger plötzlich.

»Was?« Entsetzt warf Mozer seinem Kollegen einen kurzen Seitenblick zu. »Dafür bekommst du von der Pfeffer niemals die Erlaubnis. Wir haben gegen die Frankes nichts, aber auch nicht das Geringste in der Hand. Im Gegenteil, es sind erfolgreiche und unbescholtene Bürger, zudem wird Andreas Franke im nächsten Jahr für den Kreistag kandidieren.«

»Ich weiß.« Resignation mischte sich in Riedlingers Stimme, dann sagte er betont fröhlich: »Nun, für heute machen wir Feierabend. Wenn du ein bisschen aufs Gaspedal drückst, können wir vor der Dunkelheit zu Hause sein. Vielleicht wird es ja doch noch etwas mit einem gemütlichen Abend auf der Terrasse.«

Riedlinger wusste, dass er sich selbst etwas vormachte. Solange der Mörder von Mager frei herumlief, würde er keine Stunde Gemütlichkeit haben, sondern Tag und Nacht darüber grübeln, welchen wichtigen Hinweis er übersehen hatte.

Nachdem die Kommissare gegangen waren, schenkte Matthias Franke in vier Gläser Whisky ein. Selbst sein Vater, der eigentlich keinen Alkohol trinken sollte, nahm ein Glas und nippte dankbar an der goldbraunen Flüssigkeit. Doris war mit den Kindern noch oben. Matthias war froh, dass seine Frau von dem Gespräch nichts mitbekommen hatte.

»Der Kommissar verdächtigt tatsächlich mich!« Fassungslos schüttelte Andreas den Kopf, leerte sein Glas in einem Zug und schenkte sich gleich ein zweites Mal ein. »Warum hätte ich Mager töten sollen? Er konnte unmöglich etwas von dem Unfall wissen.«

Beruhigend legte Martha eine Hand auf den Unterarm ihres Sohnes. »Es war nur ein Schuss ins Blaue, mein Junge. Mach dir keine Sorgen, die haben nicht den geringsten Beweis. Zu dumm, dass die Polizei die alte Sache wieder ausgegraben hat.«

»Polizeiakten werden nie weggeworfen.« Matthias lachte bitter. »Ich bin nur froh, dass Günther in Chile ist, sonst würde er auch noch in die Sache reingezogen werden.«

»Vielleicht ist es doch keine gute Idee, am Wochenende das Sommerfest durchzuziehen«, sagte Matthias, aber Martha winkte ab und erwiderte energisch: »Papperlapapp, gerade jetzt müssen wir an die Öffentlichkeit und zeigen, dass die Firma Franke zuverlässig und vertrauenswürdig ist. Wir haben nichts zu verbergen, oder?« Ihr strenger Blick wanderte zwischen ihren Söhnen hin und her.

»Natürlich nicht, Mama.« Andreas beugte sich hinab und hauchte seiner Mutter einen Kuss auf die Wange. »Es wird sich bald alles aufklären, ganz sicher. Ihr erlaubt, dass ich jetzt gehe? Ich möchte allein sein.«

Matthias brachte seinen Bruder zur Tür. Dort sah er über die Schulter zurück, aber sie waren allein.

»Ich habe die Unterlagen vernichtet«, flüsterte Matthias Andreas ins Ohr. »Ich hoffe, du hast bei dir nichts mehr herumliegen?«

Andreas schüttelte den Kopf. »Mach dir keine Sorgen, ich habe alles fest im Griff. Die nächste Fahrt ist erst in einem Monat geplant, also wird Swoboda sich im Laufe der kommenden Woche melden, um die Einzelheiten zu besprechen.«

»Wir sollten über den Sommer pausieren«, erwiderte Matthias. »Zumindest so lange, bis der Mörder von Mager gefasst ist und wieder Ruhe eingekehrt ist.«

»Das halte ich für keine gute Idee. Du weißt, wie schnell man aus dem Geschäft raus ist, wenn man einmal nicht zuverlässig arbeitet. Unsere Geschäftspartner würden dafür wenig Verständnis zeigen.«

»Vielleicht hast du recht.« Matthias seufzte. »Mir gefällt die Sache aber immer weniger. Wir müssen aufpassen, dass Mama und Papa nichts davon erfahren.«

»Von mir nicht, Bruderherz.« Andreas setzte wieder sein unbekümmertes Lächeln auf. »Grüß Doris und die Kleinen von mir und schlaft gut.«

Nachdem Matthias ins Esszimmer zurückgekehrt war, erhoben sich seine Eltern.

»Wir gehen jetzt auch nach Hause«, sagte Martha und griff den Arm ihres Mannes. Horst Frankes Teint war fahl, und Matthias blickte besorgt auf seinen Vater. Er hatte ein schwaches Herz und sollte von Aufregungen ferngehalten werden.

»Papa, Mama, macht euch keine Sorgen«, sagte Matthias und bemühte sich um ein zwangloses Lächeln. »Diese impertinenten Beamten haben nichts in der Hand, und der Unfall von damals wird ganz bestimmt nicht wieder aufgerollt. Der Tod Magers hat nichts damit zu tun. Es war ganz bestimmt irgendeine Eifersuchtssache. Wir wissen ja alle, dass Mager nichts hat anbrennen lassen und sich gerne verheiratete Frauen in sein Bett geholt hat.«

»Ach, mein Junge.« Martha strich Matthias über die Wange. »Seit über neunzig Jahren hat es nicht den Hauch eines Skandals in unserer Familie gegeben. Sogar durch die schrecklichen Jahre des Dritten Reichs und des Zweiten Weltkriegs haben deine Großeltern die Firma unbeschadet gebracht. Als dein Großvater im Krieg gestorben ist, hat deine Großmutter das Unternehmen ganz alleine weitergeführt und ausgebaut. Wir Frankes sind stark und werden uns von dieser Sache nicht unterkriegen lassen.«

Horst Franke lachte und gab seiner Frau einen Kuss. »Das ist meine Martha!«, rief er lachend. »Darum habe ich dich geheiratet, denn du schaffst es, in jeder noch so ausweglos erscheinenden Situation stets eine positive Einstellung zu behalten.«

Nachdem sich die Tür hinter den Eltern geschlossen hatte, lehnte Matthias sich schwer atmend mit dem Rücken dagegen. Im oberen Stockwerk hörte er Doris rumoren, dann die Stimme seiner jüngsten Tochter, die offenbar keine Lust hatte, sich die Zähne zu putzen. Ein warmes Gefühl durchzog seinen Körper. Er hatte eine wunderbare Familie – eine hübsche, intelligente Frau, vier wundervolle und gesunde Kinder und Eltern, die sich nach fast fünfzig Ehejahren immer noch so liebten wie am Tag ihrer Hochzeit. Die Sache musste aufhören, sie war es nicht wert, all das aufs Spiel zu setzen. Obwohl Magers Tod nichts damit zu tun haben konnte – die Polizei hatte sie nun im Visier.

Es war vielleicht nur noch eine Frage der Zeit, bis dieser spitzfindige Kommissar herausfinden würde, womit die Einnahmen von *Franke-Reisen* nebenbei gesteigert wurden. Es war Andreas' Idee gewesen, und Matthias – der immer schon der nachgiebigere der Brüder gewesen war – war irgendwie mit reingeschlittert. Er wollte Andreas aber nicht die ganze Schuld zuschieben, denn schließlich hatte er nicht nein gesagt, und die Firma konnte jeden zusätzlichen Euro gut gebrauchen. Nun jedoch hatte jemand einen Fahrer ermordet und vielleicht hatte der Anschlag sogar seinem Bruder gegolten.

Nach dem Sommerfest am kommenden Sonntag wollte er mit Andreas ein ernstes Wort sprechen und ihn bitten, künftig keine derartigen Geschäfte mehr zu tätigen.

9

»Also, ich habe mit dem Vater des getöteten Mädchens telefoniert.« Regina Müller strich sich eine Strähne ihres schulterlangen blonden Haars aus der Stirn und legte eine Aktennotiz vor Riedlinger auf den Schreibtisch.

Der Kommissar sah sie erwartungsvoll an. »Und? Wo lebt die Familie jetzt?«

»Es gibt keine Familie mehr.« Regina seufzte. »Das Ehepaar Holzmann ist nach dem Unfall ihrer Tochter Sabrina nach Leipzig gezogen. Herrn Holzmann wurde die Leitung einer Filiale seiner Firma angeboten und sie haben die Chance genutzt, den Erinnerungen in Oberlautern zu entfliehen. Die Ehe ist jedoch nach dem Tod des Kindes zerbrochen, sie haben sich nach zwei Jahren scheiden lassen und Frau Holzmann ist vor drei Jahren an Brustkrebs gestorben.«

Riedlinger schloss die Augen und lehnte sich zurück. »Das wäre ein weiteres Motiv von Holzmann, sich an dem Todesfahrer oder demjenigen, der ihm geholfen hat, zu rächen.«

»Es tut mir leid, Chef, aber Holzmann können wir als Täter ausschließen.«

»Warum?« Riedlinger öffnete wieder die Augen und sah seine Mitarbeiterin gespannt an. »Wenngleich Jahre vergangen sind – im Grunde ist der, der das Mädchen angefahren hat, für die Trennung des Paares und vielleicht sogar für den Tod der Frau verantwortlich. Manche vertreten die Meinung, dass psychische Probleme bei Krebs durchaus eine Rolle spielen können.«

Regina Müller schüttelte den Kopf. »Holzmann hat ein wasserdichtes Alibi. Nicht nur für den Tag des Unfalls, sondern auch für die Tage davor und danach. Er lag in einem Leipziger Krankenhaus und ist erst gestern entlassen worden. Laut seinen Angaben ist er auf der Kellertreppe ausgerutscht und hat sich ein Bein gebrochen. Er ist operiert worden, war tagelang bewegungsunfähig und trägt jetzt einen Gehgips.« Bevor Riedlinger nachfragen konnte, fuhr Regina schnell fort: »Ich habe Holzmanns Angaben bei der Krankenhausverwaltung überprüft. Es wäre ihm unmöglich gewesen, sein Krankenbett zu verlassen, hierherzufahren und den Anschlag zu verüben.«

»Verwandte?« Riedlinger sagte nur das eine Wort, aber Regina verstand.

Erneutes Kopfschütteln. »Keine. Beide Eltern tot, keine Geschwister oder sonstigen Verwandten.«

»Also wieder eine Sackgasse.«

Riedlinger griff nach seiner Kaffeetasse, stellte fest, dass diese leer war und stand auf, um sich einen neuen Kaffee zu holen. In diesem Moment betrat Wolfgang Mozer das Büro. Mit knappen Worten informierte Regina ihn über ihre Recherchen.

»Das gibt es doch gar nicht!« Mozer verdrehte die Augen. »Wir haben zwar Verdächtige, die alle ein Motiv hätten, Mager oder auch Franke zu töten – Häfele, Magers Exschwager, der ehemalige Busunternehmer Haller und auch Holzmann – aber alle haben ein einwandfreies Alibi.«

Wolfgang Mozer war den ganzen Vormittag unterwegs gewesen, um Karlheinz Häfeles Alibi zu überprüfen. Er hatte dessen Motorradfreunde befragt, und alle sechs bestätigten einhellig, den ganzen Samstag über mit Karlheinz Häfele zusammengewesen zu sein. Sie hätten bemerkt, wenn Häfele sich auch nur eine halbe Stunde von der Gruppe entfernt hätte. Außer beim Gang auf die Toilette war er nie allein gewesen.

»Ich weiß, es gefällt dir nicht, Motzi«, sagte Riedlinger zu seinem Kollegen. »Ich möchte jedoch mehr über die Frankes erfahren. Irgendwie scheint mir die Familie nicht koscher zu sein, wie man so schön sagt. Sie haben uns verschwiegen, dass Günther Franke verdächtigt wurde, ein Kind tödlich verletzt zu haben, und ich bin überzeugt, sie sagen uns auch jetzt nicht die Wahrheit.«

»Was können wir tun?« Mozer runzelte skeptisch die Stirn.

»Das Untere nach oben wühlen, wenn es sein muss.« Riedlinger trank seinen Kaffee, trat ans Fenster und schaute hinaus. »Uns fehlt die offizielle Handhabe, gegen die Frankes zu ermitteln, denn wir haben nicht den kleinsten Hinweis, dass einer von ihnen bei Magers Tod die Hände im Spiel gehabt haben könnte. Dennoch möchte ich mehr über die Familie wissen. Alles, was herauszubekommen ist, und besonders interessiert mich dieser Andreas.«

»Sie glauben doch nicht, Andreas Franke hätte Mager umgebracht?« Regina Müllers Stimme bekam einen unnatürlich hohen Klang, und Riedlinger fuhr zu ihr herum.

»Müllerchen, Sie haben sich hoffentlich nicht in den Mann verliebt?« Das leichte Erröten auf Reginas Wangen und ihr verlegener Blick veranlasste Riedlinger zu einem langen Seufzer, der aus tiefster Seele kam. »Sie kennen unsere Prinzipien, Frau Müller«, fuhr er betont formell fort. »Grundsätzlich mische ich mich nicht in die Privatangelegenheiten meiner Mitarbeiter ein, aber in diesem Fall bitte ich Sie, sich von Andreas Franke fernzuhalten. Nein, es ist kein Bitte, sondern eine dienstliche Anweisung. Haben Sie mich verstanden, Frau Müller?«

Allein die Tatsache, dass Riedlinger »Frau Müller« und nicht wie sonst »Müllerchen« sagte, zeigte Regina, wie ernst es ihm war. Sie senkte betroffen den Kopf. »Selbstverständlich, Chef. Brauchen Sie mich noch?«

»Nein.« Riedlinger schüttelte den Kopf. »Oder doch, ja, kochen Sie mir bitte eine neue Kanne Kaffee, dieser hier ist schon beinahe kalt.«

»Du wirst von dem vielen Kaffee noch ein Magengeschwür bekommen«, gab Mozer zu bedenken.

Riedlinger wusste, dass er sich derzeit nicht gerade gesund ernährte. Wenn er jedoch einen Mordfall aufzuklären hatte, dann brauchte er handfeste Nahrung und Kaffee. Es war zwar nur Einbildung, dennoch meinte er, dass starker, schwarzer Kaffee seine Gedanken beflügelte.

»Machen wir Feierabend für heute«, sagte Riedlinger. »Es ist Freitag, und wir können am Wochenende ohnehin nicht viel tun.«

»Was dich allerdings nicht davon abhalten wird, Tag und Nacht über den Fall zu grübeln.« Mozer grinste, nahm seine Jacke und ging zur Tür. »Ich treffe mich morgen mit Sibylle Häfele, wir möchten einen Spaziergang machen. Vielleicht ist ihr doch noch etwas eingefallen.«

Riedlinger verzichtete auf einen Kommentar. Dass Mozer die Exfrau des Ermordeten traf, war sicher nicht ausschließlich dienstlich. Er verzichtete jedoch darauf, ihm die gleichen Worte wie Regina Müller zu sagen, da er wusste, dass sein Kollege sich stets an die Vorschriften hielt.

»Es läuft besser als erwartet.« Matthias Franke trank einen Schluck Mineralwasser und sah sich um. »Ich habe befürchtet, dass aufgrund der vergangenen Ereignisse die Gäste ausbleiben würden.«

Martha Franke legte eine Hand auf den Unterarm ihres Sohnes und nickte ihm aufmunternd zu. »Natürlich fehlen ein paar Stammkunden, ich sehe aber viele neue, unbekannte Gesichter. Ich bin sicher, der Unfall hat einige sensationslustige Besucher angelockt. Ob die eine Reise bei uns buchen, sei dahingestellt.«

Matthias füllte sein Glas erneut. Der heutige Tag war für das jährliche Sommerfest perfekt. Warm und sonnig, aber nicht zu heiß, so dass am Grillstand ebenso viel Betrieb wie am Eisstand herrschte.

»Ich bin froh, dass du dich entschieden hast, das Fest nicht ausfallen zu lassen«, sagte Horst Franke und bat seine Frau um eine Tasse Kaffee, woraufhin Martha mit dem Kopf schüttelte und ihn vorwurfsvoll ansah.

»Der Arzt hat dir Kaffee verboten, mein Lieber. Hast du deine Tabletten heute schon genommen?«

»Natürlich, meine strenge Krankenschwester«, knurrte Horst Franke, aber seine Augen lächelten. »Ich habe eine leichte Herzschwäche, ganz normal in meinem Alter, und kein Grund, daraus eine große Affäre zu machen. Wenn ich schon nicht mehr hinter dem Steuer sitzen kann, so kann ich mich immer noch um unsere langjährigen Kunden kümmern.«

Das jährliche Sommerfest auf dem Betriebsgelände von *Franke-Reisen* besaß eine inzwischen zehnjährige Tradition, die weit über Oberlautern hinaus bekannt war. An diesem Tag erhielten alle Interessierten nicht nur die Gelegenheit, sich über das Reiseprogramm des kommenden Herbstes und Winters zu informieren, sondern es standen auch sämtliche Busse zur Ansicht zur Verfügung. Bei den Kindern besonders beliebt war der Luxus-Reisebus – ein Doppelstöcker auf dem Stand der neusten Technik mit achtundsiebzig Sitzplätzen und modernster Ausstattung. Mitarbeiter achteten darauf, dass die Kinder in dem Bus keinen Unsinn machten, und erklärten interessierten Erwachsenen die technischen Details. Für das leibliche Wohl war bestens gesorgt, und bei einer Tombola konnte eine einwöchige Reise für zwei Personen in die Toskana gewonnen werden. Die Erlöse der Tombola sowie fünf Prozent von jeder an diesem Tag gebuchten Reise gingen als Spende an ein Kinderhospiz in der Nähe von Haigerloch. Dies brachte natürlich eine große Presseresonanz, von der die Firma profitierte. Heute jedoch interessierten sich die Journalisten in erster Linie für den Unfall mit dem Oldtimerbus. Seit Stunden beantwortete Matthias Franke die Fragen nach der Sicherheit seiner Busse. Unglücklicherweise war durchgesickert, dass der Tod von Robert Mager kein Unfall, sondern ein Mordanschlag gewesen war, obwohl die Polizei eine Nachrichtensperre verhängt hatte.

»Ich versichere Ihnen, die Polizei tut alles in ihrer Macht Stehende, den Verantwortlichen zu finden. Ein solches Verbrechen wird kein zweites Mal geschehen.« Diesen Satz hatte Matthias heute bestimmt schon zehnmal gesagt, und jetzt drängte sich eine junge Journalistin mit grüngesträhnten Haaren zu ihm durch.

»Und wenn der Täter nun erneut zuschlägt und dieses Mal einen Bus manipuliert, in dem Fahrgäste sitzen?«, fragte sie provokant. »Glauben Sie wirklich, dass die Leute noch Vertrauen in Ihr Unternehmen haben können? Also, ich würde mich niemals in einen Bus setzen, wenn ich befürchten müsste, dass der Mörder wieder zuschlägt.«

Ein anderer Reporter trat hinzu und erhob die Stimme. »Genau, Herr Franke, was unternehmen Sie, um einen neuen Anschlag zu verhindern? Müssen Sie nicht um Ihr Leben und das Ihrer Passagiere bangen?«

Matthias seufzte verhalten, doch bevor er antworten konnte, mischte sich seine Mutter ins Gespräch.

»Unsere Stammkunden wissen um unsere absolute Zuverlässigkeit«, sagte sie bestimmt und baute sich mit in die Hüften gestemmten Armen vor der Reporterin auf. Obwohl Martha Franke eine kleine, zierliche Person war, strahlte sie eine Autorität aus, der man sich nicht entziehen konnte. »Es gibt jeden Grund anzunehmen, dass der Anschlag unserem Fahrer Robert Mager gegolten hat, die Polizei ermittelt in dessen privatem Umfeld. Mit unserer Firma hat die Sache absolut nichts zu tun.«

»Aber …«, begann die Journalistin, doch Martha ließ sie nicht aussprechen.

»Wenn Sie Fragen zu den Reisen oder zum sozialen Engagement der Firma haben, so werden wir Ihnen diese gerne beantworten. Ansonsten lassen Sie uns jetzt in Ruhe, wir müssen uns um unsere Kunden kümmern.«

Sie hängte sich an Matthias' Arm, mit der anderen Hand griff sie nach ihrem Mann. Die drei wandten sich ab und ließen die Reporter einfach stehen.

Mit einem Grinsen kam Andreas, der die kleine Szene verfolgt hatte, auf sie zu. »Recht so, Mama, denen hast du es gegeben.« Er klopfte seinem Bruder kameradschaftlich auf die Schulter. »Es läuft doch ganz gut, nicht wahr? So schrecklich Magers Tod ist, unsere Kunden wissen, dass sie uns vertrauen können.«

Er ging zum Bierstand und nahm ein bereits fertig eingeschenktes Glas vom Tresen. Bevor er jedoch trinken konnte, eilte wie zur Bestätigung seiner Worte seine Sekretärin Elke Haaser auf ihn zu.

»Herr Franke, haben Sie einen Moment Zeit?«, fragte sie und deutete auf das Bürogebäude. »Herr Keil, ein Lehrer von der Realschule in Rottweil, möchte mit Ihnen gerne über eine Klassenreise im kommenden Herbst sprechen.«

Andreas nickte. Der Lehrer war ihm bekannt. Seit fünf Jahren fuhr er mit ihm und den Schülern der jeweiligen Abschlussklasse nach Berlin, Hamburg oder München – je nachdem, wie viel die Schulbehörde an Geldern locker machte. Andreas wusste, dass Herr Keil auf jeden Fall ihn als Fahrer wollte.

»Ich komme sofort«, sagte Andreas.

Elke Haaser nickte, und Andreas wollte gerade einen Schluck von seinem Bier nehmen, das langsam im Glas abzustehen begann, als sein Blick auf eine Frau fiel, die etwas verloren am Rand der großen Fuhrhalle stand.

»Verdammt!«, entfuhr es ihm, und Elke Haaser blickte ihn überrascht an.

Andreas drückte ihr sein Bierglas in die Hand. »Vertrösten Sie den Lehrer ein paar Minuten, ich muss noch etwas erledigen. Bieten Sie Herrn Keil derweil doch einen Kaffee und ein Stück Kuchen an oder auch ein Bier, wenn ihm das lieber ist.«

Ohne eine Antwort abzuwarten, eilte Andreas auf die Frau zu, packte sie am Arm und zog sie um die Ecke der Halle, wo sich keine Kunden aufhielten. »Nora, was machst du denn hier?«

Nora schluckte bei Andreas' unfreundlichen Worten. »Ich dachte, du freust dich …«

»Ich habe keine Zeit, mich um dich zu kümmern«, gab Andreas harsch zurück. »Du siehst ja, was hier los ist.«

Nora deutete auf Matthias und dessen Eltern. »Das ist dein Bruder, nicht wahr?«, stellte sie fest. »Und deine Eltern …«

Andreas erschrak, und er sagte schnell: »Halte dich bitte von ihnen fern, Nora. Am besten ist es, du verschwindest wieder, ich habe gleich ein längeres Gespräch mit einem wichtigen Kunden. Ich ruf dich heute Abend an, wir können uns nächste Woche mal treffen.«

Nora versuchte, die aufkommenden Tränen zu unterdrücken. Obwohl sie sich geschworen hatte, Andreas nicht zu drängen, schmerzte sie sein abweisendes Verhalten.

»Warum darf ich deine Familie nicht kennen lernen?«, fragte sie und konnte einen weinerlichen Unterton in ihrer Stimme nicht verbergen. »Heute wäre doch eine gute Gelegenheit dafür.«

»Ich habe dir schon gesagt, ich brauche noch etwas Zeit«, erwiderte Andreas wenig freundlich. Als er jedoch merkte, wie Noras Unterlippe zitterte und er befürchten musste, sie würde gleich in Tränen ausbrechen, strich er ihr schnell, aber zärtlich über die Wange. »Nora, Schatz, wir haben heute alle Hände voll zu tun. Da kann ich nicht vor meine Eltern treten, ihnen eine Frau präsentieren und sagen, das ist meine Freundin.«

»Umschauen kann ich mich hier doch, oder?«

Noras Stimme bekam einen schnippischen Unterton. Sie war nicht gewillt, sich länger mit ein paar Almosen, die Andreas ihr hinwarf, abspeisen zu lassen. Wenn Andreas nichts zu verbergen hatte, dann konnte er zu ihr stehen. Wenn er jedoch bereits anderweitig gebunden war, wäre es besser, sie würde es erfahren, auch wenn dies schrecklich wehtun würde. Lieber ein Ende mit Schrecken als ein Schrecken ohne Ende.

»Natürlich kannst du dir unsere Angebote ansehen.« Andreas sah sich unsicher um, aber niemand schien ihnen Aufmerksamkeit zu schenken. »Mein Schatz, wir werden im August zusammen nach England fahren, und ich werde meinem Bruder sagen, dass mich meine Freundin begleitet. Bis dahin bitte ich dich um Zurückhaltung. Das ist doch nicht zu viel verlangt, oder?«

Nora schluckte und suchte nach einer passenden Antwort, wurde dieser jedoch enthoben, denn plötzlich entstand Tumult vor dem Bürogebäude. Eine Frau kreischte, ein paar Kinder schrieen, und die Menschen liefen zusammen und bildeten einen Kreis.

»Was ist denn jetzt schon wieder los?« Mit seinen langen Beinen war Andreas in wenigen Schritten bei der Gruppe, und was er sah, ließ ihm den Atem stocken. Elke Haaser war zusammengebrochen, ihr Gesicht wachsbleich, und ihre Lippen hatten sich bläulich verfärbt.

Andreas sah in die Runde. »Hat schon jemand den Notarzt verständigt?«

»Ja, ich habe den Notruf gerade abgesetzt.« Matthias trat zu seinem Bruder, und gemeinsam knieten sie sich neben die reglose Frau.

»Plötzlich hat sie über Schmerzen in der Brust geklagt, wurde blass und ist einfach zusammengebrochen.« Eine ältere Frau hockte sich ihnen gegenüber und tastete Elkes Puls. »Ich habe direkt neben ihr gestanden und bin Krankenschwester«, sagte sie zur Erklärung. »Es ist kein Puls mehr zu spüren.«

Andreas, der wie alle Fahrer regelmäßig Erste-Hilfe-Kurse belegte, überprüfte mit einem fachkundigen Griff die Atmung. »Kein Puls, keine Atmung. Bis der Notarzt eintrifft, müssen wir reanimieren.« Andreas warf seinem Bruder einen Blick zu. »Bring die Leute hier weg.«

Matthias verstand. Er versuchte, die Neugierigen zu beruhigen, und lud sie alle zu einem Freigetränk ein. Die Krankenschwester öffnete Elke Haasers Bluse, und Andreas überstreckte ihren Kopf. Gerade, als er mit der Beatmung beginnen wollte, hielt ihn ein Ruf zurück.

»Halt! Benutzen Sie zur Sicherheit ein Taschentuch!«

Überrascht sah Andreas Regina Müller an, die sich durch die Menge drängte. Er erinnerte sich an die junge Polizistin. »Was machen Sie denn hier?«

»Das ist egal«, gab sie rasch zurück und reichte Andreas ein sauberes Stofftaschentuch, das sie aus ihrer Handtasche zog. »Wenn die Frau vergiftet worden ist, sollten Sie nicht mit ihrem Mund in Kontakt kommen.«

»Vergiftet!« Einige der Umstehenden hatten zugehört und wichen angstvoll zurück.

Regina Müller zückte ihren Ausweis. »Ich bin von der Kripo und ich muss Sie alle bitten, das Gelände nicht zu verlassen. Wir werden Fragen an Sie haben.« Aus den Augenwinkeln sah sie eine dunkelhaarige Frau, die sich umdrehte und eilig das Betriebsgelände verließ. »Halt! Warten Sie!«

Regina lief der Frau nach, konnte sie jedoch nicht mehr einholen, denn sie stieg hastig in ihr Auto und fuhr davon. Regina war zu weit entfernt, um das Kennzeichen zu erkennen, sie registrierte lediglich, dass es sich um ein dunkelblaues Cabrio handelte.

»Verdammt«, fluchte sie wenig damenhaft und ging dann wieder zu dem Opfer zurück.

Die Krankenschwester und Andreas waren bemüht, Elke Haaser zu reanimieren, und Regina nahm ihr Handy, um Riedlinger zu informieren. Sie erwischte ihn zu Hause, wo er es sich gerade auf einer Liege im Garten bequem gemacht hatte, und schilderte ihm mit knappen Worten den Vorfall.

»Chef, ich glaube nicht, dass es Zufall ist. Vielleicht wurde die Frau vergiftet.«

Riedlinger stieß einen Fluch aus, obwohl er sonst nicht zu Kraftausdrücken neigte, und versprach, sofort mit einem Team nach Oberlautern zu kommen.

Als nur zwölf Minuten später der Rettungsdienst und der Notarzt eintrafen, konnten sie nichts mehr für die Sekretärin tun. »Es tut mir leid.« Nach zwanzig Minuten erhob sich der Notarzt, seufzte und blickte betroffen auf die tote Frau. Obwohl er seit über zwanzig Jahren diesen Job machte, ging es ihm jedes Mal nahe, wenn er einen Menschen nicht mehr retten konnte. »Ich vermute Herzstillstand, empfehle jedoch eine genaue Untersuchung, da die Frau noch recht jung war.«

In diesem Moment trafen Riedlinger und Mozer ein, und Regina eilte ihnen entgegen.

»Sie haben gut reagiert.« Anerkennend nickte Wolfgang Mozer der jungen Mitarbeiterin zu, während Riedlinger die Stirn runzelte und sie harsch fragte: »Was machen Sie eigentlich hier, Frau Müller? Ich hatte Ihnen doch untersagt …«

»Es ist Sonntag, und ich habe frei.« Regina fiel ihrem Chef ins Wort. »Vielleicht wollte ich mich über eine Reise informieren. Schließlich stehen mir in diesem Jahr noch vier Wochen Urlaub zu, Chef.«

»Ist ja gut, wir müssen uns um den Fall kümmern«, lenkte Riedlinger ein und trat zu dem Opfer.

Er ging in die Hocke, vermied aber jede Berührung der Leiche. Auf den ersten Blick erkannte er in ihr die Frau, die ihm bei seinem ersten Besuch in der Firma Franke Kaffee angeboten hatte. Riedlinger ließ seinen Blick schweifen, konnte auf die Schnelle jedoch nichts Außergewöhnliches entdecken. Die Spurensichersicherung musste jeden Moment eintreffen, er hatte sie unverzüglich nach Regina Müllers Anruf informiert. Solange er nichts über die Todesursache der jungen Frau wusste, würde er von einem Tötungsdelikt ausgehen. Alles sah zwar nach einem Herzanfall, vielleicht auch nach einem Infarkt aus, es war allerdings ein seltsamer Zufall, dass ausgerechnet eine Mitarbeiterin der Firma, in der bereits ein Mordanschlag geschehen war und die außerdem für eine Herzerkrankung viel zu jung war, plötzlich ohne Grund zusammenbrach. Vorsichtshalber hatte Riedlinger gleich ein komplettes Team informiert, so wurden die geschockten Besucher des Festes von rund einem Dutzend Polizisten in das Gebäude geführt.

»Wir brauchen von jedem Name, Adresse und was sie eventuell beobachtet haben.« Wolfgang Mozer gab routiniert seine Anweisungen, dann wandte er sich an die Brüder Franke. »Kommen Sie bitte mit, wir haben einige Fragen an Sie.«

Während sie zu Riedlinger hinübergingen, fragte Matthias: »Sie glauben doch nicht, dass diese Sache etwas mit dem Tod von Robert Mager zu tun hat?«

»Wir glauben gar nichts, wir halten uns an Fakten.« Mozer zuckte mit den Schultern. »Sie müssen jedoch zugeben, eine zweite Leiche in so kurzer Zeit ist schon ein seltsamer Zufall.«

Andreas nickte betroffen. »Wir haben alles versucht, Elke zu retten. Ihre Kollegin wies mich an, zum Beatmen ein Taschentuch zu benutzen. Halten Sie es für möglich, dass unsere Mitarbeiterin vergiftet worden ist?«

Jürgen Riedlinger hatte Andreas' Frage gehört und antwortete knapp: »Das wird die Obduktion zeigen.«

»Obduktion! Hören Sie, das ist sicher nur ein Zufall!« Martha Franke rang stöhnend die Hände. »Ein schrecklicher und grausamer Zufall, wer sollte ausgerechnet Elke töten wollen? Das Mädchen war äußerst zuverlässig, höflich und beliebt. Nein, mit diesem Verdacht irren Sie sich ganz bestimmt.«

»Wir werden sehen«, antwortete Riedlinger, dann wollte er von den Frankes wissen, wo sie zum Zeitpunkt von Haasers Zusammenbruch gewesen waren und was sie getan hatten.

Es war später Abend und die Sonne zeigte nur noch einen schmalen, roten Streifen am Horizont, als die Polizei ihre Arbeit beendete und die Leiche abtransportiert werden konnte. Martha Franke hatte Elke Haasers Eltern und ihren Bruder informiert – einen Mann gab es derzeit nicht in ihrem Leben – und sie gebeten, zu kommen. Mit versteinertem Gesicht hatten die Haasers von Riedlinger erfahren, was vorgefallen war. Bei dem Wort »Rechtsmedizin« fuhr Herr Haaser auf.

»Ich lasse nicht zu, dass an meiner Tochter herumgeschnitten wird.«

»Beruhige dich, Papa, die Polizei tut nur ihre Pflicht.« Ralf Haaser, Elkes Bruder, kämpfte mit den Tränen. »Du weißt, dass Elke nie krank war, und mit dem Herz hatte sie erst recht nichts. Willst du nicht wissen, woran sie gestorben ist?«

Frau Haaser weinte, und ihr Mann schüttelte den Kopf. »Unsere Elke ist tot, da ist es doch völlig gleichgültig, woran und wieso, es war Gottes Wille. Ich stimme einer Obduktion auf keinen Fall zu, das verbietet unser Glaube.«

Bei allem Respekt der trauernden Familie gegenüber musste Jürgen Riedlinger sich eine scharfe Bemerkung verkneifen. Im Laufe seiner Tätigkeit waren ihm immer wieder Angehörige diverser religiöser Gruppierungen begegnet, die sich gegen Gentests und Obduktionen stellten.

»Es tut mir leid, Herr Haaser … Frau Haaser …«, langsam sah Riedlinger von einem zum anderen, »aber das Gesetz schreibt bei einer ungeklärten Todesursache eine genaue Untersuchung vor. Sie können doch nicht wollen, dass ein eventueller Mord an Ihrer Tochter ungesühnt bleibt?«

»Mord?« Ralf Haaser war sichtlich erschrocken. »Wer sollte Elke denn ermorden? Sie hat nie jemandem etwas getan.«

»Das herauszufinden, ist unsere Aufgabe«, antwortete Riedlinger und sah auf seine Armbanduhr. »Es ist spät, fahren Sie nach Hause. Sobald wir Genaues wissen, werden wir Sie sofort informieren. Vielleicht litt Ihre Tochter ja wirklich an einer unerkannten Krankheit.« Den letzten Satz hatte Riedlinger zur Beruhigung der Eltern gesagt, er selbst glaubte nicht daran. Ein ungutes Gefühl in seinem Bauch sagte ihm, dass der »Fall Franke« Züge annahm, mit denen er nicht gerechnet hatte. Und sie hatten nach wie vor nicht die geringste Spur …

10

»Gleichgültig, wie lange ich noch in diesem Job arbeite – hierher werde ich niemals gerne kommen.« Fröstelnd zog Jürgen Riedlinger das Jackett fest um seine Schultern.

Wolfgang Mozer nickte zustimmend, während sie durch den weiß gekachelten und völlig kahlen Flur auf das Büro des Pathologen zugingen. Obwohl es wieder ein heißer Sommertag war, an dem das Thermometer sich bereits morgens um neun Uhr der Dreißig-Grad-Marke näherte, war es hier drinnen eiskalt. Außerdem roch es nach Desinfektionsmitteln und anderen nicht definierbaren chemischen Substanzen.

»Wer geht schon gerne in die Rechtsmedizin? Ich würde jetzt auch lieber in einem Straßencafé in der Sonne sitzen«, sagte Mozer mit einem verhaltenen Lächeln. »Wir müssen eben unseren Job tun.«

Am Morgen hatte der Rechtsmediziner bei Riedlinger angerufen und ihm mitgeteilt, dass die ersten Ergebnisse der Obduktion vorlägen. Die Stadt besaß keine eigene Rechtsmedizin, die Toten wurden in der Regel in das Institut nach Tübingen überführt.

Obwohl es eine Fahrt von einer Dreiviertelstunde war, ließen es sich Riedlinger und Mozer nicht nehmen, auf der Stelle selbst dorthin zu fahren. Riedlinger wollte die Leiche der jungen Frau noch einmal sehen und persönlich mit dem Pathologen sprechen, anstatt die Informationen nur auf einem nüchternen Aktenblatt zu lesen. Am gestrigen Tag hatte Riedlinger ohne Rückfrage bei der Staatsanwaltschaft entschieden, den Fall Elke Haaser zu übernehmen, obwohl die Frau im Zollernalbkreis gestorben war und damit eigentlich die Polizeidirektion Balingen zuständig wäre. Riedlinger wusste, sein eigenmächtiges Handeln könnte unangenehme Folgen für ihn haben, wenn die Sekretärin tatsächlich nur an einem Herzanfall gestorben war. Damit hätte er seine Kompetenzen eindeutig überschritten. Die Sache war jedoch zu brisant, um erst noch den ganzen Papierkram zu erledigen, damit die Tote in seinen Zuständigkeitsbereich kam. Wolfgang Mozer teilte die Meinung seines Kollegen, dass Elke Haasers überraschender Tod kein Zufall sein konnte. Irgendjemand hatte es auf die Frankes abgesehen und tat alles, um dem Unternehmen – oder der Familie selbst – zu schaden. Dieser Jemand schreckte auch vor kaltblütigen Morden nicht zurück.

Als die beiden Kommissare das Büro des Rechtsmediziners betraten, erhob dieser sich hinter seinem Schreibtisch.

»Guten Morgen, meine Herren, was für ein schöner Sommertag, nicht wahr? Einen Kaffee, bevor wir rübergehen und einen Blick auf die Tote werfen?« Er deutete auf die Kanne Kaffee, die stets gefüllt auf einem Sideboard in seinem Büro stand.

»Nein danke, Doktor Kunstfeld«, sagte Riedlinger, obwohl er einem Kaffee gegenüber sonst nie abgeneigt war. Die Beklemmung in seiner Brust nahm jedoch zu, er wollte so schnell wie möglich wieder von hier fort. »Kommen wir gleich zur Sache. Woran ist das Opfer gestorben?«

Riedlinger kannte den noch recht jungen Dr. Dieter Kunstfeld, seit dieser als Rechtsmediziner in Tübingen tätig war. Dr. Kunstfeld war ein hervorragender Wissenschaftler, nur leider neigte er zu ausschweifenden Erklärungen und liebte es, seine Informationen häppchenweise preiszugeben, um die Spannung zu erhöhen. Da die »Patienten«, mit denen er es zu tun hatte, nicht sehr gesprächig waren, nutzte Kunstfeld jede Gelegenheit eines kommunikativen Austauschs mit den Lebenden.

Riedlinger und Mozer folgten dem Arzt in den angrenzenden Raum, in dem der tote Körper von Elke Haaser auf dem Obduktionstisch lag. Riedlinger war froh, dass ihr Gesicht unter einem Tuch verborgen war, trotzdem lief ihm ein kalter Schauer über den Rücken. Gut, er hatte regelmäßig mit Toten zu tun, und oft waren die Leichen, zu denen er gerufen wurde, kein schöner Anblick, aber freiwillig den ganzen Tag kalte und tote Körper zu sezieren, konnte er sich nicht vorstellen.

Dr. Kunstfeld trat neben den Tisch, schlug das Tuch zur Seite und Riedlinger starrte nun auf das bleiche, starre Gesicht der jungen Frau. Inzwischen wusste er, dass Elke Haaser sechsundzwanzig Jahre alt gewesen war. Wie sie jedoch hier lag, wirkte sie viel jünger. Jung und unschuldig … Unwillkürlich ballte Riedlinger die Hände zu Fäusten. Wenn es Mord war – und er war überzeugt, dass es Mord war –, musste er das Schwein finden!

»Und, Doktor?« Riedlinger blickte zu dem Arzt, um nicht länger in Haasers Gesicht sehen zu müssen. Noch gestern hatte diese junge Frau gelacht und war fröhlich gewesen. Und jetzt lag sie da … »Was ist die Todesursache?«, fragte er rasch.

Kunstfeld gähnte hinter verhaltener Hand, dann sagte er: »Mein Team und ich haben die ganze Nacht durchgearbeitet. Das Ergebnis einer toxikologischen Untersuchung steht noch aus, aber ich kann bereits jetzt mit neunundneunzig Prozent Sicherheit sagen, woran unser Opfer gestorben ist.«

»Ja?« Riedlinger und Mozer blickten den Pathologen gespannt an. »Nun reden Sie schon.« Riedlinger verbarg nicht seine Ungeduld.

»Es war ein Herzinfarkt.«

»Wirklich? Das hatte ich nicht erwartet.«

Riedlinger war enttäuscht. Er tauschte mit Mozer einen Blick, der besorgt die Stirn runzelte. Die Eigenmächtigkeit, die Tote in die Rechtsmedizin nach Tübingen überführen zu lassen, würde ihnen beiden einen Verweis von der Staatsanwaltschaft einbringen. Auch dass Riedlinger das ganze Team der Spurensicherung auf dem Gelände des Busunternehmens eingesetzt und alle Besucher einer Befragung unterzogen und sich ihre Adressen notiert hatte, würde nicht ohne Folgen für ihn bleiben. Dabei war Riedlinger so sicher gewesen, dass die Sekretärin getötet worden war, und nun schien ihr Tod wirklich nur ein seltsamer Zufall zu sein.

»Moment, meine Herren.« Dr. Kunstfeld bemerkte die Beklemmung der Kommissare. Er hob die Hand und lächelte. »Der Tod ist zwar durch Herzversagen eingetreten, das Opfer war jedoch kerngesund. Ihr Herz war kräftig, und keine Arterie zeigte auch nur die Spur einer Verengung. Sie war in einem außerordentlich guten körperlichen Allgemeinzustand, kein Wunder bei dem Alter. Außerdem liegt keine Entzündung des Herzmuskels vor, wie man es manchmal bei jungen Menschen nach einer nicht ausgeheilten Grippe findet. Das ist dann die häufigste Ursache, wenn jemand in diesem Alter einen Infarkt erleidet.« Der Pathologe brach ab, und Riedlingers Puls beschleunigte sich vor Aufregung. »Wie ist es dann zu dem Infarkt gekommen, Doktor?«

»Indem man einem solch gesunden Menschen wie Elke Haaser ein Medikament verabreicht, das auch das gesündeste Herz lahmlegt. Wie gesagt, es sind noch nicht alle Untersuchungen abgeschlossen, die ersten Tests haben jedoch bereits eine hohe Konzentration von Digitalis im Blut des Opfers gezeigt. Rückstände davon haben wir auch im Mageninhalt gefunden.«

»Digitalis? Das Gift des Fingerhutes?« Wolfgang Mozer beugte sich interessiert über die Leiche. »Das hat sie bestimmt nicht freiwillig genommen, oder, Doktor?«

Dr. Kunstfeld lachte laut auf. »Dafür gab es keinen Grund. Wie gesagt, das Opfer war kerngesund, aber Digitalis – oder vielmehr herzwirksame Glykoside, wie die Medikamente richtigerweise heißen – sind eine Gruppe von Wirkstoffen, die in der Lage sind, eine positive Wirkung auf das Herz zu entfalten und werden daher in geringen Dosen bei verschiedenen Herzerkrankungen verabreicht. Chemisch sind diese Wirkstoffe dadurch charakterisiert, dass sie drei in der Natur selten vorkommende Desoxyzucker enthalten, aber diese Erklärung würde jetzt zu weit führen, meine Herren. Das steht dann alles ausführlich in meinem Bericht. Der Volksmund nennt Herzglykoside vereinfacht Digitalis, in Anlehnung an den Fingerhut, der diese Stoffe enthält.«

»Dann war es Mord.« Riedlinger brachte die Sache auf den Punkt. »Wie kann dieses Herzglyx... äh ... Digitalis einem Menschen verabreicht werden? Ich meine, ohne dass es dieser bemerkt.«

»Da gibt es mehrere Möglichkeiten. In der Regel wird das Medikament in Tablettenform verabreicht, es gibt jedoch auch Digitalissaft. Dieser wird in der Therapie bei Kleinkindern verwendet. Leider erkranken nämlich auch Kinder am Herzen, und das Medikament ist die einzige Möglichkeit, dass sie überleben. Digitalis ist farblos, es schmeckt jedoch sehr bitter. Im Körper der Toten haben wir eine Dosis gefunden, die ausgereicht hätte, drei Menschen zu töten. Aus diesem Grund ist der Tod auch binnen weniger Minuten eingetreten.«

»Bitter?« Mozer legte einen Finger an seine Nasenspitze und überlegte. »Auf dem Fest wurde Bier ausgeschenkt, vielleicht hat man es ihr auf diese Art verabreicht.«

»Das ist wahrscheinlich.« Dr. Kunstfeld nickte. »Im Magen der Frau habe ich Bier gefunden, das sie unmittelbar vor dem Tod zu sich genommen hat. Die Frau hätte dennoch den starken, bitteren Geschmack bemerken müssen. Wobei ...«, Dr. Kunstfeld zögerte und zog eine Augenbraue hoch, »wenn die Tote einen kräftigen Schluck Bier getrunken hat, aus Durst vielleicht, dann ist genügend Digitalis in ihren Magen geflossen, um sie zu töten. Selbst wenn sie den bitteren Geschmack bemerkt hätte, die Flüssigkeit war längst in ihren Magen gelangt, bevor die Geschmacksnerven auf der Zunge reagiert haben. Nur wenn sie sich sofort erbrochen hätte, hätte sie eine Chance gehabt, zu überleben. Wahrscheinlich hat sie jedoch gedacht, dass das Bier verdorben war. Wie ich bereits gesagt habe, der Tod muss nur wenige Minuten später eingetreten sein.«

Jürgen Riedlinger wandte sich zur Tür. Für den Moment hatte er genug gehört, und er wollte der beklemmenden Atmosphäre der Rechtsmedizin schnell entfliehen.

»Wir danken Ihnen, Doktor«, sagte er, eine Hand bereits auf der Türklinke. »Sie schicken uns dann den schriftlichen Bericht so bald wie möglich.«

»Sobald alle toxikologischen Untersuchungen abgeschlossen sind.« Dr. Kunstfeld nickte. »Das kann noch zwei, drei Tage dauern, aber ich bin mir sicher, dass der Tod dieser jungen Frau keine natürliche Ursache hat.« Riedlinger hatte die Tür bereits geöffnet, als Dr. Kunstfeld rief: »Halt, meine Herren, da ist noch etwas, was Sie wissen sollten.«

»Ja?« Riedlinger wandte sich um. Der Pathologe grinste schelmisch, und Riedlinger knirschte mit den Zähnen, weil Kunstfeld ihn mal wieder auf die Folter spannte.

»Das Opfer war schwanger.« Wie eine Bombe ließ Kunstfeld diese Nachricht platzen. »In der elften Woche. Wer immer ihr das Gift verabreicht hat – der Mörder hat damit zwei Menschen auf dem Gewissen.«

Jürgen Riedlinger empfand keine Befriedigung darüber, dass er recht gehabt hatte mit seiner Vermutung. Irgendwo lief tatsächlich ein Mörder herum, der es auf die Mitarbeiter des Busunternehmens abgesehen hatte, und sie hatten nicht die geringste Spur. Riedlinger wusste, sie mussten sich beeilen, denn wer konnte sagen, ob der Täter nicht bald wieder zuschlagen würde?

Während sein Kollege den Wagen durch den vormittäglichen Berufsverkehr Tübingens zur B 27 lenkte, lehnte Riedlinger mit geschlossenen Augen im Sitz und dachte nach.

Schließlich sagte er: »Wir müssen mit den Eltern sprechen. Der Vater ist streng religiös, er machte mir nicht den Eindruck, als würde er es akzeptieren, dass seine Tochter ein uneheliches Kind bekommt.«

»Von einem Freund hat niemand etwas gesagt«, fuhr Mozer fort. »Das hat jedoch nichts zu sagen. Wir leben im einundzwanzigsten Jahrhundert, und Elke Haaser war eine attraktive Frau, die ganz sicher nicht als Nonne gelebt hat. Vielleicht liegt das Motiv des Mordes in ihrer Schwangerschaft? Ein eifersüchtiger Ex oder vielleicht hatte sie sogar ein Verhältnis mit einem verheirateten Mann, der nicht wollte, dass ihre Beziehung ans Licht kommt.«

Riedlinger blinzelte seinem Kollegen von der Seite zu. »Glaubst du das wirklich? Solltest du recht haben, dann hätten wir zwei ungeklärte Morde mit uns bisher völlig unbekannten Motiven, und zufällig sind beide Opfer im selben Unternehmen tätig. Nein.« Riedlinger schüttelte heftig den Kopf. »Es gibt eine Verbindung zwischen den Morden und es gibt eine Verbindung zum Busunternehmen Franke. Wir müssen sie nur finden.«

Die beiden Kommissare passierten gerade das Zementwerk in Dotternhausen, als Riedlingers Handy klingelte. Er warf einen Blick auf das Display und seufzte. »Die Staatsanwältin.« Er nahm ab, und Mozer konnte an der Lautstärke der Stimme hören, wie aufgeregt Frau Dr. Pfeffer war, wenn er das Gesprochene auch nicht verstehen konnte.

Riedlinger ließ ihren Redeschwall über sich ergehen, dann sagte er: »Wir sind in zwanzig Minuten im Präsidium, Frau Doktor Pfeffer, dann werde ich Ihnen Bericht erstatten. Vorab so viel – meine Entscheidung, den Fall zu übernehmen, war richtig. Elke Haaser wurde ermordet.«

»O je, da scheint aber jemand mächtig sauer zu sein«, bemerkte Mozer, als Riedlinger das Gespräch beendet hatte.

»Wenn unsere Frau Staatsanwältin weiß, was wir wissen, wird sie sich wieder beruhigen.« Riedlinger nickte zufrieden. »Auf jeden Fall ist es jetzt an der Zeit, eine Sonderkommission zu bilden. Wir haben zwei Morde und wahrscheinlich nur einen Täter.«

Eine halbe Stunde später hatte sich Anne Pfeffer keineswegs beruhigt. Aufgeregt lief die Staatsanwältin in ihrem Büro auf und ab, als die beiden Kommissare eintraten.

»Wissen Sie eigentlich, was hier heute Morgen los ist?«, fuhr sie Riedlinger an. »Seit Stunden hänge ich am Telefon und muss mir Beschwerden anhören. Lobeck von der Direktion in Balingen droht mit einem Verfahren, weil wir den Fall an uns gerissen haben, und dieser Franke will wissen, wann wir das Betriebsgelände wieder freigeben. Ebenso gibt es Beschwerden von Leuten, die von unseren Mitarbeitern gestern Abend stundenlang festgehalten und befragt wurden. Die Presse, die gestern ja leider zahlreich anwesend war, zerreißt uns in der Luft und spricht bereits von einer Mordserie bei den Frankes. Zu guter Letzt will der Oberstaatsanwalt wissen, was Sie veranlasst hat, die Tote nach Tübingen zu überführen und unsere gesamte Spusi und die KTU in Oberlautern einzusetzen. Er macht mich für Ihre Eigenmächtigkeit verantwortlich, Riedlinger. Ich weiß nicht, wo mir der Kopf steht.«

»Nun beruhigen Sie sich, Frau Staatsanwältin.« Riedlinger sprach leise und langsam. »Wie ich Ihnen am Telefon gesagt habe, wurde der Sekretärin ein Gift verabreicht, Digitalis, um genau zu sein. Somit handelt sich eindeutig um Mord.«

»Das konnten Sie gestern aber nicht wissen!«, fiel Anne Pfeffer dem Kommissar ins Wort.

»Wir haben es geahnt.« Unbemerkt war Regina Müller eingetreten und hob schlichtend eine Hand. »Ich habe gesehen, wie Frau Haaser zusammenbrach, und ich vermutete sofort, dass es sich dabei nicht um eine körperliche Schwäche handelt.« Regina Müller warf ihrem Vorgesetzten einen Seitenblick zu und hoffte, er würde sie nicht erneut fragen, was sie in Oberlautern zu suchen gehabt hatte. Sie lächelte die Staatsanwältin freundlich an. »Nennen Sie es weibliche Intuition oder auch Bauchgefühl.«

Anne Pfeffer seufzte und setzte sich. Ihre Fingernägel trommelten nervös auf der Schreibtischplatte. »Also, was ergab die Obduktion?«

In knappen Worten gab Riedlinger die Worte des Pathologen wieder. Als er geendet hatte, nickte die Staatsanwältin zufrieden.

»Sie haben mit der Entscheidung zwar Ihre Kompetenzen überschritten, Riedlinger, aber ich denke, wir können es mit Gefahr im Verzug begründen. Da es sich eindeutig um ein Tötungsdelikt handelt, hätten wichtige Spuren vernichtet werden können, wenn Sie erst auf die Genehmigung gewartet hätten, den Fall zu übernehmen. Gibt es schon Ergebnisse der KTU und der Spurensicherung?«

»Deshalb bin ich gekommen.« Regina Müller legte eine Akte, die sie bisher in der Hand gehalten hatte, auf den Schreibtisch. »In der Nähe der Toten wurde ein zerbrochenes Bierglas gefunden, das ihr aus den Händen glitt, als sie zusammenbrach. Neben Bierresten sind auch Spuren von Digitalis an den Scherben nachweisbar.«

»Wie Dr. Kunstfeld gesagt hat«, wandte Wolfgang Mozer ein. »Jemand hat ihr also das Gift ins Bier geschüttet. Sind Fingerabdrücke auf den Scherben?«

Frau Dr. Pfeffer warf einen Blick auf die erste Seite der Akte, überflog kurz den Text und nickte dann. »Einige, keine davon befinden sich jedoch in unserer Kartei. Wir müssen also die Abdrücke der Toten, des Catering-Services, der das Bier ausschenkte, und eigentlich von allen Besuchern des Festes nehmen.«

»Das ist unmöglich«, stellte Riedlinger fest. »Dafür bekommen wir nie eine Genehmigung.«

»Moment, meine Herren, Frau Staatsanwältin.« Regina Müller hob unterbrechend die Hand. »Lesen Sie bitte Seite zwei. Die Spusi hat nämlich auch eindeutige Fingerabdrücke von Andreas Franke identifiziert. Nach dem Busunfall haben wir Franke die Abdrücke zur Abgleichung mit anderen Spuren genommen.«

»Andreas Franke?« Riedlinger sprang auf. »Ich will sofort mit dem Mann sprechen. Rufen Sie ihn an und bestellen Sie ihn ins Präsidium, Müllerchen.«

»Ist schon geschehen, Chef. Andreas Franke wird in ungefähr einer Stunde hier sein.«

»Gut, dann bin ich gespannt, wie er erklärt, dass seine Fingerabdrücke auf einem Glas mit Gift sind, das einen Menschen getötet hat.« Die Staatsanwältin stand auf und gab damit das Zeichen, dass sie das Gespräch für beendet hielt. »Um 14 Uhr geben wir eine Pressekonferenz, wir müssen uns der

Öffentlichkeit stellen, damit nicht noch mehr Unsinn in den Zeitungen gedruckt wird. Ich werde mich um die Einrichtung einer SOKO kümmern, denn dieser Fall scheint Formen anzunehmen, die wir hier bisher noch nicht gekannt haben. Ach ja, und Riedlinger – Sie finden so schnell wie möglich heraus, wer der Vater des Kindes von Elke Haaser ist. Wenn nötig mit einem Gentest. Ich werde Ihnen alle dafür notwendigen Genehmigungen beschaffen.«

Mit versteinertem Gesicht hörte Andreas Franke den Ausführungen Riedlingers zu. Als der Kommissar geendet hatte, schlug Andreas die Hände vors Gesicht. Seine Schultern zuckten, und als er die Hände wieder senkte und Riedlinger ansah, bemerkte dieser erstaunt Tränen in Frankes Augen.

»Es ist meine Schuld. Das Bier war meines.«

»Was sagen Sie da?« Riedlinger fuhr aus seinem Stuhl hoch, stützte die Hände auf den Schreibtisch und starrte Andreas erstaunt an.

»Ja, es stimmt.« Andreas nickte und fuhr sich mit einer Hand über die Stirn. »Ich hatte mir das Glas vom Ausschank geholt, bin jedoch nicht zum Trinken gekommen, da ich einen wichtigen Kunden begrüßen musste. Darum habe ich Frau Haaser gebeten, mir das Glas abzunehmen. Ich dachte, sie würde es irgendwo abstellen, ich konnte ja nicht ahnen, dass sie selbst von dem Bier trinken würde.«

Riedlingers Puls beschleunigte sich, und seine Wangen wurden heiß. »Ist Ihnen die Tragweite dessen, was Sie hier sagen, bewusst, Herr Franke? Binnen zweier Wochen geschehen zwei Morde. Beide Male handelt es sich um Mitarbeiter Ihrer Firma, und beide Male hätte es Sie treffen können. *Sie* sollten den Bus mit den manipulierten Bremsen fahren, und für *Sie* war das vergiftete Bier bestimmt!«

Andreas' Atmung beschleunigte sich, und Schweißperlen traten auf seine Stirn. Mit weit geöffneten Augen starrte er Riedlinger an. »Ich verstehe, Herr Riedlinger, und ich glaube, ich war nach Magers Tod etwas zu blauäugig. Da draußen läuft tatsächlich jemand rum, der es auf mich abgesehen zu haben scheint.«

Riedlinger nickte und fragte: »Haben Sie eine Erklärung, wie das Digitalis in das Bier gelangt sein könnte? Sie haben gesagt, Sie haben das Bier vom Ausschank geholt. Ist es danach für einen Moment unbeaufsichtigt herumgestanden?«

Andreas überlegte kurz, dann schüttelte er den Kopf. »Nein, aber das Glas war bereits eingeschenkt, als ich es von der Theke genommen habe. Am Getränkestand war ein großer Andrang, so dass die Verkäufer immer Gläser im Voraus gefüllt haben, sonst wären sie nicht nachgekommen. Ich habe mir irgendein Glas von der Theke genommen, es hätte ebenso gut jemand anderer nach diesem greifen können.«

»Das glaube ich nicht«, sagte Riedlinger leise und fast wie zu sich selbst. »Herr Franke, überlegen Sie genau, wer Ihnen schaden will. Oder vielmehr, wer Sie so sehr hasst, dass er Sie töten will. Dann noch eine andere Frage: Ihre Sekretärin, Frau Haaser, hatte sie eigentlich einen Freund?«

»Einen Freund? Nein, ich glaube nicht, wobei wir kaum privaten Kontakt hatten. Allerdings weiß ich, dass ihre Eltern streng religiös sind und es nie zugelassen hätten, dass Elke eine Beziehung zu einem Mann hat, ohne mit diesem verheiratet zu sein. Warum fragen Sie?«

»Weil sie schwanger war«, entgegnete Riedlinger und ließ Andreas nicht aus den Augen, aber der Unternehmer zeigte keine ungewöhnliche Reaktion. »Sie war im dritten Monat.«

»Das wird ihrem Vater wenig gefallen haben«, sagte Andreas und stand auf. »Ist das alles für heute? Ich habe nämlich noch einen Termin.«

»Ja, ja.« Riedlinger winkte ab, doch dann schoss ihm ein Gedanke durch den Kopf. »Sie haben sicher nichts gegen einen Genabstrich, Herr Franke?«

Andreas zögerte kurz, aber lange genug, dass Riedlinger eine gewisse Unsicherheit an dem sonst so beherrschten Busfahrer bemerkte.

»Einen Genabstrich? Warum denn das? Meine Fingerabdrücke haben Sie bereits.«

»Wir müssen alle Männer, die mit Elke Haaser Kontakt hatten, überprüfen, denn einer von ihnen könnte der Vater ihres Kindes sein.«

»Was spielt die Vaterschaft für eine Rolle?« Andreas hatte sich wieder im Griff und sah Riedlinger von oben herab an. »Der Giftanschlag hat eindeutig mir gegolten, Elke war ein unschuldiges zufälliges Opfer.«

»Ich glaube nicht an Zufälle«, entgegnete Riedlinger. »Sonst wäre ich nicht Polizist, sondern Croupier geworden. Sie sind mit dem Gentest also einverstanden?«

Andreas seufzte und ließ sich wieder auf den Stuhl fallen. »Also gut, Sie haben gewonnen. Das Kind könnte von mir sein.«

»Von Ihnen?« Riedlinger hatte es zwar geahnt, war nun aber doch über Frankes schnelles Geständnis überrascht. »Sie sagten bei einem unserer letzten Gespräche, Sie hätten keine Freundin, und eben betonten Sie, dass Sie und Elke Haaser kaum privaten Kontakt zueinander hatten.«

Franke nickte und wirkte aufrichtig zerknirscht. »Ich war nicht ganz ehrlich, es tut mir leid. Das zwischen mir und Elke … es war nur eine flüchtige Affäre, nichts Ernstes. Das war uns beiden klar, und Elke hat durchaus immer mal wieder Beziehungen zu Männern gehabt. Hinter dem Rücken ihrer Eltern natürlich.«

»Haben Sie gewusst, dass sie schwanger war?«

Gespannt wartete Riedlinger auf die Antwort.

»Nein, sie hat darüber kein Wort verloren.«

Andreas sah Riedlinger offen in die Augen, und der Kommissar musste zugeben, dass er selten einen ehrlicheren Blick gesehen hatte. Darum war er geneigt, Franke zu glauben.

»Ich weiß nicht, ob Elke es mir gesagt hätte, wenn die Schwangerschaft nicht mehr zu verbergen gewesen wäre.«

»Sie sagten gerade, das Opfer hätte auch Beziehungen zu anderen Männern unterhalten. Warum sind Sie sich dann so sicher, der Vater des Kindes zu sein?«

Andreas zuckte mit den Schultern und lächelte bitter. »Mit meiner Bemerkung habe ich nicht gemeint, dass Elke von einem Bett ins nächste gehüpft ist. So eine war sie nicht. Sie haben gesagt, sie wäre im dritten Monat gewesen, und unsere kleine Liaison hat genau in dieser Zeit stattgefunden. Zudem haben wir nicht verhütet. Das war ein Fehler, ich weiß, aber im Eifer des Gefechts, wenn die Hormone verrückt spielen, passiert das schon mal. Danach waren wir uns einig, dass es eine einmalige Sache war, da wir unsere berufliche Zusammenarbeit nicht aufs Spiel setzen wollten. Ist ein Gentest immer noch nötig?«

»Ja, zur Sicherheit werden wir einen machen, Herr Franke.«

Riedlinger hatte keine Ahnung, wie er den Unternehmer einschätzen sollte. Es sprach für ihn, dass er die Affäre mit dem Opfer offen zugab. Andererseits stand Franke mit dem Rücken zur Wand. Riedlinger hätte es ohnehin in ein paar Tagen erfahren, wenn das Ergebnis vorlag. Es machte immer einen besseren Eindruck, etwas zuzugeben, das ohnehin nicht mehr zu leugnen war.

»Ich rufe gleich im Labor an wegen des Abstriches«, sagte Riedlinger. »Dann können Sie gehen, aber bitte, Herr Franke, überlegen Sie, wer Ihnen feindlich gesinnt ist. Wir müssen befürchten, dass der Mörder ein drittes Mal versucht, Sie zu töten, nachdem er zwei Mal keinen Erfolg hatte.«

11

Nach diesem ereignisreichen Tag wollte Riedlinger gerade Feierabend machen – Mozer und Müller hatte er bereits nach Hause geschickt –, als das Telefon klingelte. Am Display erkannte er, dass das Gespräch von der Pforte kam. Er seufzte und nahm den Hörer ab.

»Herr Riedlinger, hier ist eine Frau, die Sie sprechen möchte«, sagte der diensthabende Beamte. »Es geht um den Fall Franke, und sie meint, es wäre wichtig.«

»Gut, schicken Sie sie rauf.«

Als es wenig später an der Tür klopfte, fiel sein »Herein« brummig aus, denn es war bereits nach 20 Uhr, und er hatte sich auf den Feierabend gefreut. Andererseits – wenn die Aussage zur Klärung der Morde beitragen konnte, dann war sein Feierabend zweitrangig. Riedlinger kannte die Frau nicht, die zögernd sein Büro betrat und sich unsicher umsah.

»Sie wünschen?« Riedlinger erhob sich und trat der Fremden einen Schritt entgegen.

»Kommissar Riedlinger?« Sie lächelte. »An der Pforte sagte man mir, dass Sie für den Fall Franke zuständig sind. Ich muss unbedingt mit Ihnen sprechen.«

Riedlingers unwillige Stimmung wandelte sich in Interesse, und er bat die Frau, Platz zu nehmen. »Haben Sie eine Aussage zu machen?«

Sie nickte. »Entschuldigen Sie bitte, dass ich Sie so spät aufsuche. Ich musste erst warten, bis meine Freundin abgefahren war. Sie hätte es nämlich niemals zugelassen, dass ich zur Polizei gehe, da sie es selbst nicht tun will, obwohl ich sie gedrängt habe, eine Aussage zu machen.«

»Ihre Freundin?« Riedlinger runzelte die Stirn. »Am besten fangen wir von vorn an. Wie lautet Ihr Name?«

»Martina Traub, ich wohne in Rottweil, aber es geht nicht um mich, sondern um meine Freundin.« Sie lächelte erneut und hob entschuldigend die Hände. »Meine beste Freundin, wie man so schön sagt. Wir kennen uns seit der Kindergartenzeit, darum wird Nora mir nie verzeihen, dass ich hinter ihrem Rücken zur Polizei gehe. Ich kann jedoch nicht zulassen, dass da draußen ein Mörder rumläuft und Andreas Franke vielleicht doch noch tötet.«

Riedlinger zuckte wie elektrisiert zusammen. »Wie kommen Sie darauf, dass die Anschläge auf Robert Mager und Elke Haaser etwas mit Andreas Franke zu tun haben könnten?«

Martina Traub seufzte. Sichtlich unbehaglich knetete sie ihre im Schoß gefalteten Hände. »Ich glaube, ich weiß, wer der Täter ist«, sagte sie leise. »Zumindest weiß ich, wer ein starkes, ein sehr starkes Motiv hätte, Andreas töten zu wollen, weil er ihn nämlich hasst.«

Riedlinger griff zum Tonband und schob das Mikrofon vor Martina. »Sind Sie damit einverstanden, wenn wir Ihre Aussage aufzeichnen, Frau Traub?«

Sie nickte. »Selbstverständlich. Ich habe mich nach langem Überlegen entschieden, hierherzukommen, und ich stehe dazu.«

Riedlinger schaltete das Gerät ein und fragte: »Also, wen verdächtigen Sie und warum?«

»Ich habe bereits meine Freundin erwähnt, ihr Name ist Nora Burger. Eigentlich ist sie vor fast dreißig Jahren aus Rottweil weggezogen und hat dann in Stuttgart gelebt, aber jetzt hat sie ihren Mann verlassen und wohnt derzeit bei mir, bis sie eine eigene Wohnung gefunden hat.«

»Aha.«

Gespannt wartete Riedlinger, dass Martina fortfuhr. Er merkte, wie schwer es der Frau fiel, ihre Aussage zu machen.

»Nora hat seit einem Jahr eine Beziehung mit Andreas Franke«, fuhr Martina fort. »Deswegen hat sie ihren Mann verlassen, der damit alles andere als einverstanden ist.« Sie sah auf und blickte Riedlinger eindringlich an. »Verstehen Sie? Jochen Burger, Noras Mann, hat allen Grund, Andreas zu hassen, denn er akzeptiert die Trennung nicht und würde alles tun, damit Nora zu ihm zurückkommt.«

»Ihre Freundin hat ein Verhältnis mit Andreas Franke?«, fragte Riedlinger überrascht. »Herr Franke hat angegeben, er sei alleinstehend.«

Martina nickte. »Das ist eine seltsame Sache. Obwohl Nora meine Freundin ist, denke ich, dass dieser Mann ihr nicht guttut. Sie verstehen, was ich meine? Seit einem Jahr verheimlicht Franke die Beziehung.«

»Und warum?«

»Ich weiß es nicht genau.« Martina zuckte mit den Schultern. »Nora hat mir erzählt, Franke könne es sich nicht erlauben, eine Beziehung zu einer verheirateten Frau zu haben. Es würde seinem Ruf schaden, ebenso dem Ansehen der Firma. Auch für seine politische Karriere ist ein Verhältnis mit einer verheirateten Frau wenig förderlich, zumal Nora auch noch einige Jahre älter ist als Franke.«

Riedlinger schüttelte den Kopf. »Wir leben doch nicht mehr im neunzehnten Jahrhundert«, bemerkte er. »Selbst hochrangige Politiker, die unser Land regieren, lassen sich scheiden oder heiraten Frauen, die ihre Töchter sein könnten.«

»Das genau ist der Punkt.« Martina hob die Stimme, ihre Augen funkelten. »Wenn ein Mann sich eine deutlich jüngere Frau nimmt, dann sagt niemand etwas dagegen. Im Gegenteil, dieser Mann wird sogar bewundert, weil er ein so toller Hecht ist und er eine Junge, Knackige geködert hat. Ist die Frau jedoch älter, dann zerreißt sich jeder gleich das Maul darüber. Sie wissen bestimmt, dass Andreas Franke einer konservativen Partei angehört, zudem ist er katholisch. Die Partei und seine Familie werden wenig erfreut sein über die Tatsache, dass die Frau an seiner Seite in Scheidung lebt und außerdem noch acht Jahre älter ist.«

Riedlinger nickte. »Da haben Sie sicher nicht ganz unrecht, aber Sie sind bestimmt nicht gekommen, um mit mir über die Gleichberechtigung der Frau zu diskutieren. Sie sagten, der Mann Ihrer Freundin, dieser …«

»Jochen Burger«, warf Martina ein.

»Also, dieser Jochen Burger könnte für die Anschläge auf Andreas Franke verantwortlich sein?«

»Ja, Herr Riedlinger. Es fällt mir wirklich schwer, das zu behaupten, denn ich mag und schätze Jochen sehr. Er hat jedoch ein Motiv, das müssen Sie zugeben. Und wird nicht am meisten aus Eifersucht gemordet?«

»Sie sehen zu viele Krimis.« Riedlinger lächelte zwar, die Behauptung von Martina Traub war jedoch nicht ganz von der Hand zu weisen. »Wo ist Ihre Freundin jetzt?«

»Sie arbeitet als Schauspielerin und hat morgen einen Drehtag beim Südwestrundfunk«, antwortete Martina. »Darum ist sie heute Abend bereits gefahren und übernachtet in Baden-Baden, da der Dreh morgen in aller Frühe losgeht.« Martina seufzte und sah Riedlinger eindringlich an. »Den ganzen Tag habe ich auf Nora eingeredet, dass sie zu Ihnen gehen und von ihrer Beziehung zu Andreas erzählen soll. Ebenso, dass Jochen schrecklich eifersüchtig ist und gedroht hat, alles zu tun, damit sie zu ihm zurückkommt. Sie meinte, sie würde es sich überlegen, aber sie kommt frühestens in einer Woche nach Rottweil zurück. Bis dahin könnte Jochen einen erneuten Anschlag versuchen. Ich möchte nicht, dass der Mörder vielleicht doch noch Erfolg hat.«

»Es war richtig, dass Sie zu mir gekommen sind, Frau Traub.« Beruhigend sah Riedlinger die Frau an. »Ich bin sicher, Ihre Freundin wird Ihnen verzeihen, wenn es uns dadurch gelingt, das Leben ihres Freundes zu schützen und den Täter zu fassen.«

»Danke, Sie sind sehr freundlich. So ganz anders, als man sich einen Kommissar vorstellt.« Martina schenkte Riedlinger ein strahlendes Lächeln. »Sie erinnern mich ein bisschen an den englischen Detektiv Barnaby. Kennen Sie die Serie?«

Riedlinger konnte ein Grinsen nicht verbergen. »Ja, das ist die Lieblingsserie meiner Frau, sie verpasst keine Folge. Ich muss Ihnen jedoch sagen, dass sich die Ermittlungsmethoden der britischen Kollegen doch sehr von den unseren unterscheiden.«

Martina stand auf und griff nach ihrer Handtasche. »Sie werden Jochen Burger also überprüfen?«, fragte sie.

»Moment!« Riedlinger hielt sie zurück. »Ich brauche dazu noch einige Angaben. Die Adresse von Burger und was er so macht. Außerdem müssen Sie morgen noch mal kommen, um das Protokoll Ihrer Aussage zu unterschreiben. Meine Sekretärin hat heute bereits Feierabend gemacht, sie kann es erst morgen aufsetzen.«

Martina setzte sich wieder, und Riedlinger notierte die Adresse Burgers in Stuttgart.

»Er arbeitet als selbstständiger Architekt und ist recht vermögend. Nora und er haben keine Kinder«, erklärte Martina Traub bereitwillig. »Vielleicht ist deswegen die Ehe gescheitert, auf jeden Fall ist meine Freundin der festen Überzeugung, in Andreas Franke *den* Mann fürs Leben gefunden zu haben.«

»Wir müssen so schnell wie möglich mit Frau Burger sprechen«, sagte Riedlinger am Schluss. »Sie wird den Dreh unterbrechen müssen.«

Martina runzelte die Stirn. »O je, sie wird mächtig sauer auf mich sein. Ich hoffe, das ist nicht das Ende unserer Freundschaft.«

Bei der Teambesprechung am nächsten Morgen lauschten alle gespannt der Tonbandaufzeichnung des Gesprächs zwischen Riedlinger und Martina Traub.

Als Riedlinger das Gerät abschaltete, lehnte er sich entspannt zurück und verschränkte die Arme vor der Brust. »Ich habe die ganze Nacht darüber nachgedacht.« Er sah von einem Kollegen zum anderen. »Und ich glaube, das könnte eine gute Spur sein. Am besten, wir laden Jochen Burger noch heute vor.«

Die Staatsanwältin runzelte skeptisch die Stirn. »Also, ich weiß nicht so recht. Das Motiv scheint mir recht schwach. Glauben Sie wirklich, dass ein eifersüchtiger Ehemann sich derart komplizierte Vorgänge wie das Manipulieren von Bremsen und einen Giftmord einfallen lässt, um sich an seinem Nebenbuhler zu rächen?«

»Eifersucht ist eines der stärksten Motive«, wandte Wolfgang Mozer ein und wiederholte damit Martinas Worte. »Wenn man glaubt, den Menschen, den man über alles liebt, für immer zu verlieren, kann man schon mal durchdrehen.«

»Das ist es ja!« Anne Pfeffer hob ihre Stimme. »Ja, man dreht durch. Ich würde es sofort glauben, wenn dieser Burger zu Franke gefahren wäre, ihn zur Rede gestellt und ihn tätlich angegriffen hätte. So verhält sich ein gehörnter Ehemann, er schmiedet jedoch nicht zwei kaltblütige und komplizierte Mordpläne, die eine detaillierte Vorbereitung erfordern.«

»Ach, haben Sie damit Erfahrung?«, entfuhr es Riedlinger, was ihm sofort einen zornigen Blick von Anne Pfeffer einbrachte. »Es tut mir leid«, entschuldigte sich Riedlinger schnell. »Ich habe nur gesagt, dass es endlich eine Spur gibt, denn bisher sind alle unsere Ermittlungen im Sand verlaufen.«

»Wenn die Theorie stimmt und Franke wirklich das Ziel beider Anschläge gewesen ist, was wir immer noch nicht genau wissen.« So einfach gab sich die Staatsanwältin nicht geschlagen. »Dafür gibt es bisher keine Beweise.«

»Bei allem Respekt, Frau Doktor, was wollen Sie noch mehr?« Wolfgang Mozer blickte kopfschüttelnd zu seinem Kollegen und dann wieder zu Anne Pfeffer. »Es ist kein Zufall, dass zuerst ein Bus verunglückt, den Franke fahren sollte, und dann ein Glas Bier vergiftet wird, das Franke bereits in der Hand gehalten hatte.«

»Gut, laden Sie Jochen Burger vor«, lenkte Anne Pfeffer ein. »Bringen Sie alles über ihn in Erfahrung, auch, ob er Kenntnisse in der Automechanik und mit Bremsen hat und ob er Zugang zu Digitalis hat. Natürlich überprüfen Sie sein

Alibi auf Herz und Nieren. Wir müssen endlich Ergebnisse aufweisen, die Presse zerreißt uns bereits in der Luft.«

»Wir werden uns heute noch darum kümmern«, sagte Riedlinger. »Außerdem werden wir noch mit Nora Burger, der Freundin von Franke sprechen. Jemand muss nach Baden-Baden fahren.«

»Das könnte ich ja machen!«, rief Regina Müller. »Ich meine, so von Frau zu Frau spricht es sich vielleicht leichter, besonders wenn es um Liebesangelegenheiten geht.«

Riedlinger lächelte und nickte. »Machen Sie das, Müllerchen. Ich bin nur gespannt, wie Frau Burger reagiert, wenn sie erfährt, dass Franke vor drei Monaten eine Affäre mit seiner Sekretärin hatte und diese geschwängert hat. Das wird sie wenig freuen.«

Die Staatsanwältin sah Regina Müller eindringlich an. »Achten Sie darauf, wie Frau Burger reagiert, wenn Sie ihr das mitteilen. Vielleicht wusste die Burger von dem Verhältnis. Dann wäre sie alles andere als gut auf Franke zu sprechen. Sie verlässt ihren Mann für ihn, doch er verheimlicht ihre Beziehung und geht mit einer anderen ins Bett. Das wäre ebenfalls ein Motiv.«

»Giftmorde werden hauptsächlich von Frauen begangen«, gab Regina Müller zu bedenken. »Und es soll auch Frauen geben, die sich mit Bremsleitungen auskennen. Wir wissen von Nora Burger ja so gut wie nichts, außer dass sie Schauspielerin ist.«

Anne Pfeffer stand auf und wandte sich zur Tür. Beim Hinausgehen rief sie Riedlinger zu: »Ab sofort setzen Sie jeden verfügbaren Mann auf den Fall an. Wir haben jede Menge Verdächtige, es wird uns doch verflixt noch mal gelingen, den Mörder in den nächsten Tagen zu fassen!«

Als die Staatsanwältin das Büro verlassen hatte, schenkte sich Wolfgang Mozer ein Glas Mineralwasser ein und sagte: »Dann versuche ich, Jochen Burger zu erreichen, und Frau Müller fährt nach Baden-Baden. Was wirst du heute machen, Riedl?«

Riedlinger stand auf und griff nach seiner Jacke, die über der Stuhllehne hing. »Ich fahre nochmal nach Oberlautern raus und bin gespannt, was Franke zu seiner Freundin zu sagen hat.«

»Na, dann viel Spaß.« Mozer rollte mit den Augen. »Hoffentlich triffst du ihn überhaupt an, wahrscheinlich ist er mal wieder irgendwo unterwegs. Nerven hat diese Familie, das muss man ihr lassen. Da werden binnen weniger Tage zwei ihrer Mitarbeiter getötet, aber der Fuhrbetrieb bleibt uneingeschränkt bestehen.«

Riedlinger zuckte mit den Schultern. »Nun, sie leben schließlich von den Einnahmen. Sie können ja schlecht das Unternehmen schließen oder Reisen, die seit Monaten gebucht und bezahlt sind, absagen. Auf jeden Fall werde ich auch bei Baumann, dem Parteivorsitzenden, vorbeischauen und hören, was er über das Privatleben Frankes zu sagen hat.«

Zehn Minuten später verließen Riedlinger, Mozer und Regina Müller das Präsidium. Die heißen Tage waren vorüber, und der kalendarische Sommer zeigte sich von seiner kühlen und regnerischen Seite. Kurz dachte Riedlinger daran, dass er seit Jahren keinen Urlaub mehr gemacht hatte. Er wusste, seine Frau wünschte sich sehnlichst eine Kreuzfahrt – am liebsten auf der Ostsee mit Besuchen in Stockholm, Helsinki und St. Petersburg. Eine bekannte Schifffahrtslinie bot im September, nach Ende der Sommerferien, eine zehntägige Reise an, die sogar recht preisgünstig war.

»Wenn wir diesen Fall gelöst haben, schenke ich Karin die Reise«, murmelte Riedlinger, während er zu seinem Wagen ging.

Viel zu oft musste sie auf ihn verzichten, so auch die letzten Tage. Selbst wenn er zu Hause war, kreisten seine Gedanken um den Fall, und er lotete alle bisher ihm bekannten Informationen immer wieder aus. Er hoffte, den Mörder von Robert Mager und Elke Haaser bis September hinter Schloss und Riegel gebracht zu haben. Dann hatte er sich zwei Wochen Urlaub verdient, aber zuerst musste er sehen, wie diese harte Nuss zu knacken war.

Wie Jürgen Riedlinger befürchtet hatte, traf er Andreas Franke nicht an. Nur sein Bruder Matthias war im Büro, ansonsten schien das Gebäude wie ausgestorben. Auf dem Schreibtisch, an dem Elke Haaser gearbeitet hatte, standen Blumensträuße und Grabkerzen.

Matthias Franke bemerkte Riedlingers befremdeten Blick und erklärte: »Das haben die Kollegen gemacht, sie wollen Frau Haasers Andenken ehren. Ich konnte es ihnen nicht verwehren, jedenfalls nicht für ein paar Tage. So tragisch all diese Ereignisse auch sind – der Betrieb muss weitergehen, schließlich hängen fünfzig Arbeitsplätze von dem Geschäft ab.«

Riedlinger nickte verstehend. »Ich wollte eigentlich mit Ihrem Bruder sprechen.«

Matthias zog eine Augenbraue hoch. »Haben sich neue Erkenntnisse ergeben?«

Riedlinger nickte. »Das kann man so sagen, Herr Franke. Also, wo finde ich Ihren Bruder?«

Matthias warf einen Blick auf seine Armbanduhr und sagte dann: »Im Moment müsste er auf der Höhe von Luxemburg sein. Er ist heute morgen mit einer Reisegruppe nach Belgien aufgebrochen. Erste Station heute Abend ist Brüssel, dann geht es weiter nach Gent und Brügge.«

Riedlinger hätte am liebsten ein paar heftige Worte von sich gegeben. Er beherrschte sich, konnte jedoch nicht verhindern, dass seine Lippen schmal wurden, als er sagte: »Herr Franke, bei allem Verständnis für Ihr Unternehmen, aber Ihr Bruder muss sich zu unserer Verfügung halten. Es sind zwei Morde geschehen, bei denen Anlass zur Vermutung besteht, dass beide Anschläge Ihrem Bruder gegolten haben.«

Matthias Franke lächelte unverbindlich und zuckte mit den Schultern. »Andreas war nicht davon abzuhalten, zu fahren.«

»Dann beordern Sie ihn zurück. Sie werden ihn wohl telefonisch erreichen können, oder?«

»Ich verstehe nicht ...« Zum ersten Mal zeigte der Busunternehmer eine leichte Verunsicherung. »Die Leute haben für die Reise bezahlt, ich kann sie unmöglich abbrechen.«

Riedlinger atmete tief durch, bevor er sagte: »Ich kenne mich in Ihrem Metier zwar nicht aus, denke jedoch, dass Sie einen anderen Fahrer schicken können, der Ihren Bruder ablöst. Wenn er gerade in Luxemburg ist, so kann jemand in ungefähr fünf Stunden mit dem PKW dort sein.«

»Haben Sie für eine solche Anweisung eine rechtliche Handhabe?« Matthias Frankes Gesicht verschloss sich. »Ich muss Sie wohl daran erinnern, dass wir, unser Unternehmen, die Geschädigten sind, und jetzt behandeln Sie meinen Bruder, als wäre er verdächtig und zitieren ihn zu sich.«

Riedlinger ging auf die Bemerkung nicht ein. Stattdessen fixierte er Matthias Frankes Blick und fuhr fort: »Wissen Sie, dass Elke Haaser eine Affäre mit Ihrem Bruder hatte und von ihm schwanger war?«

Matthias war kein guter Schauspieler. Sein Blick flackerte unsicher und seine Wangen verloren jegliche Farbe.

»Das ist nicht wahr!« Erregt ging er im Büro auf und ab. »Wer immer Ihnen das erzählt hat, er hat gelogen. Andreas hat Privates und Berufliches stets streng getrennt, außerdem war Frau Haaser überhaupt nicht sein Typ. Sie dürfen nicht alles glauben, was die Leute schwätzen.«

»Nun, in diesem Fall hat Ihr Bruder die Affäre mir gegenüber selbst zugegeben, ebenso, dass er davon ausgeht, der Vater des Kindes zu sein.« Riedlinger zog seinen nächsten Trumpf aus der Tasche. »Sagt Ihnen der Name Nora Burger etwas?«

Matthias unterbrach sein Hin- und Hergehen und blieb vor Riedlinger stehen. »Nora Burger? Nie gehört, wer soll das sein?«

»Die Frau, mit der Ihr Bruder seit einem Jahr eine Beziehung führt.«

»Das ist lächerlich!« Mit einer Hand fuhr Matthias durch sein Haar, so dass es völlig zerzaust wurde.

Zu seiner Enttäuschung bemerkte Riedlinger, dass Franke wahrscheinlich wirklich nichts über das Liebesleben seines Bruders wusste, denn sein Erstaunen schien echt zu sein.

»Wir haben Beweise«, bemerkte Riedlinger kühl, obwohl die Aussage von Martina Traub, Noras Burgers Freundin, noch nicht bestätigt war.

Matthias lehnte sich mit dem Rücken an den Schreibtisch und schüttelte den Kopf. »Wenn Andreas eine Freundin hätte, hätten ich und meine Eltern das gewusst. Mein Bruder verschweigt nichts vor uns. Außerdem wollte er sich nie wieder fest binden, von Frauen hat Andreas die Nase voll, wie man so schön sagt.«

»Warum?«, fragte Riedlinger interessiert. »Gerade in seinem Job lernt er doch jede Menge Frauen kennen.«

»Es ist sehr privat, ich glaube nicht, dass ich es Ihnen erzählen sollte«, wich Matthias aus. »Andreas hat vor einigen Jahren eine große Enttäuschung erlebt, seitdem glaubt er nicht mehr an die Liebe. Sehr zur Enttäuschung unserer Eltern, die sich weitere Enkelkinder wünschen.«

»Sie haben doch schon vier Kinder, nicht wahr?«

Matthias nickte und entgegnete mit einem Lächeln. »Meine Mutter ist ein richtiges Familientier. Ihr wäre es am liebsten, wenn wir eine ganze Fußballmannschaft in die Welt setzen würden, die sie dann bemuttern kann. Besonders von Andreas wünscht sie sich Enkelkinder und lässt nichts unversucht, meinen Bruder an die Frau zu bringen, wenn Sie verstehen, was ich meine.«

Riedlinger verstand und dachte daran, was Martina Traub gesagt hatte. »Dann wäre es Ihrer Mutter wohl nicht recht gewesen, wenn Ihr Bruder mit einer geschiedenen älteren Frau angekommen wäre?«

»Älter?«, wiederholte Matthias. »Wie viel älter?«

»Acht Jahre, nach unserem Kenntnisstand.«

Matthias rechnete blitzschnell. »Also zu alt, um noch Kinder zu bekommen, denn mein Bruder ist achtunddreißig. Nein, mit einer solchen Verbindung wären unsere Eltern bestimmt nicht einverstanden gewesen, zumal die Frau auch noch geschieden ist.« Er blickte Riedlinger entschuldigend an. »Wir leben hier in einem kleinen Dorf. Neunzig Prozent der Einwohner sind katholisch wie unsere Familie auch.«

Riedlinger verstand und nickte. »Wahrscheinlich hat Ihr Bruder aus diesen Gründen die Beziehung geheim gehalten.«

»Ich verstehe jedoch nicht, was das mit den beiden Mordfällen zu tun hat«, sagte Matthias. »Oder haben Sie diese Frau etwa im Verdacht? Warum sollte sie meinen Bruder töten wollen?«

Weil sie erfuhr, dass Andreas eine Affäre mit einer Mitarbeiterin hatte, dachte Riedlinger, behielt den Gedanken jedoch für sich. »Wir ermitteln in alle Richtungen«, antwortete er ausweichend. »Jedes noch so kleine Detail, auch aus dem Privatleben, ist wichtig.«

»Dann sind Sie überzeugt, dass die Anschläge meinem Bruder gegolten haben?« Matthias Franke seufzte. »Nun gut, ich werde Andreas anrufen und ihn bitten, auf einen Ersatzfahrer zu warten. Damit wird die Reisegruppe viel später als geplant in Brüssel eintreffen und das Programm für den heutigen Tag wohl ausfallen. Das kostet mich eine Stange Geld, denn ich werde die Kunden dafür entschädigen müssen. Wenn es jedoch dazu dient, diesen Wahnsinnigen zu fassen, der da draußen rumläuft und meine Mitarbeiter umbringt, werde ich eben in den sauren Apfel beißen. Ist sonst noch etwas, Herr Riedlinger?«

»Im Moment nicht, Herr Franke.« Riedlinger wandte sich zur Tür. »Ich muss Sie nur bitten, sich zu unserer ständigen Verfügung zu halten. Bitte verlassen Sie und Ihr Bruder Oberlautern nicht mehr, bis dieser Fall gelöst ist.«

Matthias lächelte schief. »Selbstverständlich, wenn es der Aufklärung dient. Ich hoffe nur, Sie fassen den Mörder bald, denn wir haben jetzt bereits Umsatzeinbußen zu beklagen.«

»Es wäre sehr hilfreich, wenn Sie mir künftig gleich alles sagen würden«, sagte Riedlinger.

»Ich wusste wirklich nichts von Andreas' Beziehung zu Frau Haaser und dieser anderen Frau. Ehrlich nicht, das würde ich sogar auf die Bibel schwören.«

»Nun, das können Sie im Gericht tun, wenn es so weit ist«, entgegnete Riedlinger kühl. »Ich habe mit meiner Bitte auch eher andere Tatsachen gemeint, wie zum Beispiel den Unfall vor einigen Jahren, als ein Kind getötet wurde.«

»An dem niemand aus unserem Unternehmen oder gar aus meiner Familie beteiligt war!«, brauste Matthias auf. »Diese angebliche Augenzeugin hat sich geirrt, und das Verfahren wurde fallengelassen.«

»Trotzdem hätte ich es gerne von Ihnen erfahren.« Riedlinger blieb bestimmt. »Es macht immer einen schlechten Eindruck, solche Dinge im Archiv zu entdecken. Auch wenn Ihnen damals keine Beteiligung am Tod des Kindes nachgewiesen werden konnte, bleibt ein gewisses Gschmäckle, wie wir Schwaben sagen.«

Matthias machte einen Schritt auf Riedlinger zu und stemmte die Hände in die Seiten. »Ich kann Ihnen versichern, dass es mein größtes Interesse ist, dass die Mordfälle so schnell wie möglich aufgeklärt werden. Nicht allein aus wirtschaftlichen Gründen. Ich habe Angst um meinen Bruder und um weitere Mitarbeiter, sollte es der Mörder noch mal versuchen. Sagen Sie mal, mein Herr: Sind wir eigentlich die Opfer oder die Verdächtigen?«

Riedlinger lächelte und zuckte die Schultern. »Das, Herr Franke, weiß ich selbst noch nicht so genau.«

12

Regina Müller erkannte die Frau sofort wieder. Es war dieselbe, die sie am Sommerfest des Busunternehmens aus der Ferne gesehen hatte und die mit einem dunkelblauen Cabrio fortgefahren war, ohne dass Regina das Kennzeichen hatte erkennen können. Sie ließ sich dies jedoch nicht anmerken, als sie sich aus der Sitzgruppe im Foyer des Südwestrundfunks in Baden-Baden erhob und Nora Burger entgegenging. Der Pförtner hatte telefonisch das Studio, in dem Nora drehte, informiert und sie gebeten, ins Foyer zu kommen.

»Wer sind Sie und was wollen Sie?«

Nora war wenig erfreut, mitten aus der Arbeit gerissen zu werden. Demonstrativ sah sie auf ihre Armbanduhr.

Regina Müller ließ sich durch Noras unfreundliche Art nicht verunsichern. Sie lächelte freundlich und hielt Nora ihren Ausweis hin.

»Mein Name ist Regina Müller von der Mordkommission in Rottweil. Ich muss mit Ihnen sprechen, Frau Burger.«

Nora erschrak. »Polizei? Was habe ich mit der Polizei zu tun, und dann noch mit der Mordkommission? Ist etwas passiert? Mit meiner Freundin vielleicht?«

Regina schüttelte den Kopf und warf einen Blick zum Pförtner, außerdem liefen dauernd Leute durch das Foyer.

»Vielleicht können wir ein paar Schritte gehen, Frau Burger?«, sagte sie. »Es braucht ja nicht jeder zu hören, was ich mit Ihnen zu besprechen habe.«

Sie traten durch die große Glastür ins Freie. Erst als sie einige Schritte gegangen waren und den Besucherparkplatz erreicht hatten, fuhr Regina fort.

»Sie scheinen tatsächlich erstaunt zu sein, dass die Polizei mit Ihnen sprechen möchte, Frau Burger, dabei sollte man annehmen, Sie hätten uns zu den Tötungsdelikten, die in der Firma Franke in Oberlautern geschehen sind, einiges zu sagen.«

Nora zuckte zusammen und blieb ruckartig stehen. »Ich? Warum ausgerechnet ich? Und woher wissen Sie eigentlich, wo ich bin?«

Regina ging auf Noras letzte Frage nicht ein. Dass ihre Freundin der Polizei alles erzählt hatte, war eine Sache, die die beiden Frauen unter sich ausmachen mussten.

»Warum haben Sie sich nicht gemeldet und gesagt, dass Sie seit über einem Jahr ein Verhältnis mit Andreas Franke haben?«

Noras Augen weiteten sich, sie wurde blass wie ein Leintuch. »Woher wissen Sie das?«, flüsterte sie, obwohl niemand in der Nähe war. »Hat Andreas Ihnen das gesagt?«

»Das spielt keine Rolle«, antwortete Regina routiniert. »Können Sie diese Aussage bestätigen?«

Nora nickte. Ihr Mund war so trocken, dass ihr die Zunge am Gaumen klebte. »Andreas wollte nicht, dass es jemand erfährt, da er von Seiten seiner Familie Widerstand gegen unsere Beziehung befürchtet«, presste sie schließlich hervor. »Sie wissen vielleicht auch, dass ich noch verheiratet und einige Jahre älter als Andreas bin.«

Regina nickte und musterte Nora von der Seite. Laut der Aussage von Martina Traub war Nora sechsundvierzig Jahre alt, sah aber deutlich jünger aus. Wenn Regina ihr Alter nicht gewusst hätte, hätte sie sie ohne weiteres auf Mitte, höchstens Ende dreißig geschätzt. Nora Burger hatte eine schlanke, sportliche Figur, nicht zu dünn, sondern mit Rundungen an den richtigen Stellen, und in ihrem dichten, schwarzen Haar zeigte sich keine graue Strähne. Regina war sich sicher, dass Nora die Haare färbte, aber auch ihr Gesicht war nahezu faltenlos und selbst ihr Hals – normalerweise der Spiegel des Alters – war schlank und glatt.

»Sie hätten trotzdem zur Polizei gehen sollen«, sagte Nora und legte für einen Moment eine Hand auf Noras Arm. »Sie wissen doch, dass zwei Anschläge verübt worden sind, bei denen Mitarbeiter des Busunternehmens zu Tode kamen, und bei beiden Anschlägen hätte es ebenso gut Ihren Freund Andreas Franke treffen können.«

Nora nickte und sah Regina mit einem entschuldigenden Blick an. »Andreas meinte, ich solle mir keine Sorgen machen, die Sache würde sich bald aufklären. Aber ich habe mir Sorgen gemacht, ich mache sie mir jeden Tag und jede Nacht und auch jetzt. Darum bin ich froh, dass Sie nun alles wissen.« Nora sah Regina eindringlich an. »Sie werden alles tun, um Andreas zu schützen, nicht wahr? Ich könnte es nicht ertragen, wenn ihm etwas zustößt.«

Regina Müller las die Panik in Noras Augen. »Sie lieben diesen Mann sehr, Frau Burger.« Es war keine Frage, sondern eine Feststellung.

»Über alles«, antwortete Nora leise. »Bevor ich Andreas traf, wusste ich nicht, was Liebe bedeutet. Das mag für Sie jetzt wie eine Phrase aus einem Groschenroman klingen, aber erst durch Andreas habe ich erfahren, wie es ist, einen Mann mit allen Sinnen zu lieben und sich ohne ihn wie amputiert zu fühlen.«

Regina spürte bei Nora deutlich, wie stark diese Liebe war, und erinnerte sich daran, welchen Eindruck der Busfahrer bei ihrer ersten Begegnung auf sie selbst gemacht hatte. Optisch war Franke kein Mann, nach dem sich eine Frau auf der Straße umdrehte, er schien jedoch über Eigenschaften zu verfügen, die solch tiefe Gefühle auslösen konnten. Dies hatte sie selbst festgestellt, obwohl sie sich in einer glücklichen Beziehung befand. Andreas Franke hatte einfach etwas an sich, das sie bereits bei ihrer ersten Begegnung fasziniert hatte.

Regina Müller ließ Nora nicht aus den Augen, als sie ihre nächste Frage stellte. »Wussten Sie, dass Andreas Franke ein Verhältnis mit seiner Sekretärin hatte?«

Nora zuckte zusammen. »Das war vor meiner Zeit ...«

»Nein, Frau Burger«, unterbrach Regina bestimmt. »Er hat zugegeben, vor ungefähr drei Monaten eine Affäre mit Elke Haaser gehabt zu haben.«

»Elke Haaser?« Nora konnte das Zittern in ihrer Stimme nicht verbergen. »Das ist doch die Frau, die ...« Sie brach ab, konnte das Entsetzliche nicht aussprechen.

»Die beim Sommerfest vergiftet wurde«, vollendete Regina den Satz. »Außerdem war Frau Haaser schwanger, und Andreas Franke hat zugegeben, der Vater des Kindes gewesen zu sein.«

»Das ist nicht wahr!« Nora schwankte und wäre gestürzt, wenn Regina sie nicht um die Taille gefasst und gestützt hätte.

Regina führte Nora zu einer Bank und sie setzten sich.

»Herr Franke hat es meinem Vorgesetzten selbst erzählt«, sagte Regina.

Sie konnte nicht anders, aber irgendwie tat ihr Nora Burger leid. Dann jedoch erinnerte sie sich an die Worte der Staatsanwältin, und Regina setzte eine unverbindliche Miene auf. Sie durfte nicht vergessen, dass Nora Burger Schauspielerin war, die ihr ohne weiteres mühelos alle Gefühle, von Überraschung, Erstaunen bis zu Entsetzen, vorspielen konnte.

»Mein Vorgesetzter möchte mit Ihnen sprechen, Frau Burger«, sagte sie kühl. »Darum muss ich Sie bitten, mit mir nach Rottweil zu fahren.«

»Jetzt?« Noras Kopf ruckte hoch. »Ich stecke mitten in den Dreharbeiten für eine Vorabendserie und kann hier unmöglich weg. In vier, fünf Tagen bin ich fertig …«

»Sie müssen *heute* mit mir kommen«, unterbrach Regina. »Es könnte doch sein, dass Sie von der Affäre Ihres Freundes mit Frau Haaser wussten und darüber erbost waren.«

»Ach, und Sie glauben, ich hätte sie vergiftet?« Nora verstand, und ihr Gesicht verschloss sich.

»Nun, immerhin waren Sie auf dem Sommerfest des Unternehmens«, setzte Regina nach.

»Woher wollen Sie das wissen? Hat Andreas das gesagt?«

»Nein.« Regina schüttelte den Kopf. »Ich war ebenfalls dort und habe Sie gesehen, Frau Burger. Ebenso wie ich sah, dass Sie, nachdem Elke Haaser zusammengebrochen war, so schnell wie möglich das Gelände verlassen haben. Verstehen Sie nun, warum mein Chef mit Ihnen sprechen möchte?«

In Noras Magen bildete sich ein Klumpen, und sie atmete schneller. »Ich habe mit dem Tod dieser Frau nichts zu tun.« Ihre Stimme klang schrill und panisch. »Ja, ich war dort, ich wollte, dass Andreas endlich seiner Familie gegenüber zu unserer Liebe steht und dachte, das Sommerfest wäre eine gute Gelegenheit dazu. Ich habe dieser Frau jedoch nichts getan.«

Regina wechselte das Thema. »Was ist mit Ihrem Mann?«

»Mit Jochen? Was hat Jochen damit zu tun? Er ist in Stuttgart.«

»Nun, er hat jeden Grund, nicht gut auf Andreas Franke zu sprechen zu sein, schließlich haben Sie ihn wegen des Busfahrers verlassen.«

Noras Augen weiteten sich und lagen wie dunkle Kohlen in ihrem bleichen Gesicht. »Woher wissen Sie das alles?«

Regina verzichtete auf eine Antwort und stand auf. »Ich muss Sie jetzt bitten, mit mir zu kommen. Sagen Sie bitte drinnen Bescheid, dass Sie heute nicht mehr drehen können. Am besten sagen Sie den gesamten Dreh für die nächsten Tage ab, wir wissen nicht, wie lange wir Sie in Rottweil benötigen.«

»Bin ich etwa verhaftet?«, fragte Nora entsetzt. »Das ist doch hier kein Film oder die versteckte Kamera oder etwas Ähnliches. Ich würde niemals einen Menschen umbringen!«

»Das sagen Sie meinem Chef«, entgegnete Regina ungerührt. »Bitte, packen Sie Ihre Sachen, damit wir fahren können.«

In Noras Kopf wirbelten die Gedanken durcheinander. Sie glaubte, sich in einem bösen Traum zu befinden, und wusste nicht, was sie sagen sollte. Aus den Krimis im Fernsehen wusste sie, dass jedes Wort gegen sie verwendet werden könnte, oder man würde ihr die Worte im Mund herumdrehen. Diese junge, eigentlich recht sympathische Frau konnte doch unmöglich annehmen, dass sie, Nora, Andreas etwas antun wollte. Andreas … In Noras Hals bildete sich ein Kloß und sie hatte Mühe, die Tränen zurückzuhalten. Hatte er sie wirklich derart belogen und betrogen? Waren all seine Worte von Liebe und seine zärtlichen Berührungen und die Momente intimer Nähe, in denen Nora zu spüren meinte, dass außer ihnen beiden nichts und niemand auf der Welt wichtig war, eine einzige Lüge gewesen? Wenn Andreas ähnlich empfunden hatte – warum hatte er sich so vehement dagegen gewehrt, ihre Beziehung öffentlich zu machen? War es wirklich nur, weil sie noch verheiratet und älter war, weshalb sie bisher niemand aus seiner Familie kennengelernt hatte? Während Nora ihre Sachen aus der Garderobe holte, merkte sie, dass der Betrug ihr mehr zusetzte als der Verdacht der Polizistin, etwas mit den Anschlägen zu tun zu haben.

Regina Müller hatte Nora nichts von der Anschuldigung ihrer Freundin Martina erzählt und ebensowenig, dass ihr Mann in Verdacht geraten war. Das war Sache von Jürgen Riedlinger. Sie hatte nur dafür Sorge zu tragen, Nora Burger zur Vernehmung ins Präsidium zu bringen. Kurz vor Rottweil informierte Regina ihren Chef per Handy, dass sie in etwa zwanzig Minuten eintreffen würden.

Riedlinger war auf die Frau, die angeblich seit einem Jahr ein Verhältnis mit Andreas Franke hatte, gespannt. Als Nora Burger sein Büro betrat, sah er ihr erwartungsvoll entgegen.

»Sie wollten mich sprechen?« Nora sah sich vorsichtig um, es war eindeutig, dass sie sich in dieser Umgebung unwohl fühlte.

»Danke, dass Sie sich frei machen konnten und gleich gekommen sind«, sagte Riedlinger und bat Nora, sich zu setzen.

»Nun, das mit dem Freimachen stimmt nicht ganz.« Nora lächelte bitter. »Der Produzent und das Team waren alles andere als erfreut, als ich ihnen sagte, dass ich einer Vorladung der Polizei folgen muss.«

»Ich hoffe, Sie haben dadurch keine Unannehmlichkeiten?«, fragte Riedlinger.

»Wir werden sehen, ich hoffe aber, dass ich den Drehtag nächste Woche nachholen kann.« Nora sah Riedlinger offen ins Gesicht. »Sie haben mich aber bestimmt nicht hierherbestellt, um mit mir über meine Arbeit zu plaudern.«

Nora wollte gleich zur Sache kommen, obwohl Beklemmung ihren Brustkorb zuschnürte. Sie war jedoch eine Frau, die unangenehme Dinge lieber sofort erledigte und sie nicht auf die lange Bank schob.

»Warum haben Sie sich nicht gemeldet, als Sie von den Anschlägen auf Andreas Franke erfahren haben?«, fragte Riedlinger dann auch.

Nora zuckte mit den Schultern. »Ich habe keine Veranlassung dafür gesehen«, antwortete Nora. »Es ist ein Fahrer des Unternehmens ums Leben gekommen und dann diese ...« Sie stockte, und Riedlinger bemerkte, wie sich ihr Blick verdunkelte. »Der Tod dieser Sekretärin ist tragisch, aber seitdem habe ich mit Andreas keinen Kontakt mehr gehabt. Ich dachte, die Frau wäre eines natürlichen Todes gestorben.«

»Sie waren am vergangenen Sonntag, als Elke Haaser ermordet wurde, bei dem Fest in Oberlautern«, sagte Riedlinger direkt und ließ Nora nicht aus den Augen.

Jede Reaktion war wichtig, und auch wenn die Frau Schauspielerin war, hoffte Riedlinger, etwas zu entdecken, was ihm weiterhalf.

»Und Sie haben unmittelbar nach dem Anschlag das Gelände verlassen.«

Ein erneutes Schulterzucken. »Wie gesagt, ich habe nicht gewusst, dass Frau ermordet worden ist.«

Dann fragte Riedlinger Nora nach ihrem Verhältnis zu Andreas Franke, und Nora erzählte, was sie bereits Regina Müller gesagt hatte. Ihre Aussage, warum Franke um ihre Beziehung ein Geheimnis gemacht hatte, deckte sich mit der Vermutung von Matthias Franke.

»Wir haben Ihren Mann vorladen lassen«, sagte Riedlinger plötzlich.

»Jochen?« Nora fuhr vom Stuhl hoch. »Was hat Jochen ... ich meine, mein Mann denn damit zu tun?«

»Nun, Sie haben ihn wegen Franke verlassen und laut unseren Informationen war er damit nicht einverstanden.«

Nora begann zu verstehen. Sie schüttelte ungläubig den Kopf.

»Sie können nicht im Ernst glauben, Jochen würde Andreas etwas antun wollen. Nein, da irren Sie sich. Außerdem versteht Jochen nichts von Bussen und von Bremsleitungen noch weniger. Er kann zwar einen Reifen wechseln und den Ölstand messen, mehr aber nicht.«

Riedlinger ging auf diese Aussage nicht ein, sondern fragte stattdessen: »Hat Ihr Mann Zugang zu Herzmedikamenten? Digitalis oder Ähnlichem?«

Nora runzelte die Stirn. Sie wusste nicht, was der Kommissar mit dieser Frage bezweckte, da Regina Müller ihr nicht gesagt hatte, woran die Sekretärin gestorben war, und in den Zeitungen war nur von einem ungeklärten Todesfall die Rede gewesen.

»Die Oma meines Mannes ist herzkrank«, antwortete sie wahrheitsgemäß. »Sie ist knapp siebenundneunzig und lebt seit Jahren in einem Pflegeheim in Stuttgart. Es könnte sein, dass sie Digitalis bekommt, ich kenne mich mit solchen Medikamenten nicht aus.«

Für einen Moment schloss Riedlinger die Augen und atmete tief ein und aus. Endlich eine Spur, endlich ein Lichtblick in diesem verworrenen Dschungel von Verdächtigen, die allesamt ein Motiv, aber wasserdichte Alibis hatten.

Nora wusste nicht, dass ihr Mann im Nebenzimmer saß und bereits von Riedlinger vernommen worden war, bevor sie eingetroffen war. Sie konnte ebenfalls nicht wissen, dass Jochen weder für den Tag, als der Bus verunglückte, noch für den letzten Sonntag ein Alibi hatte. Jochen Burger hatte angegeben, an beiden Tagen im Garten gearbeitet zu haben, da das Wetter schön gewesen war. Leider konnte er dafür keine Zeugen benennen. Er hatte mit niemandem gesprochen, außerdem waren die Nachbarn rechts neben seinem Haus im Urlaub, und die Terrasse des linken Nachbarhauses ging auf die andere Seite hinaus, so dass von dort keine Einsicht in Burgers Garten bestand. Riedlinger wusste, er durfte sich nicht an Jochen Burger festbeißen, aber zum ersten Mal passten die bisher vorliegenden Puzzleteile zusammen und begannen, ein Bild zu ergeben.

Riedlinger betrachtete Nora Burger unauffällig. Sie war eine gutaussehende Frau, der man ihr Alter nicht ansah. Riedlinger erging es wie seiner Mitarbeiterin. Hätte er Noras Alter nicht gewusst, hätte er sie gut und gerne zehn Jahre jünger geschätzt. Außerdem schien sie eine Frau zu sein, die mit beiden Beinen im Leben stand und wusste, was sie wollte, auch wenn sie jetzt deutlich verunsichert und nervös war. Wer aber war das nicht bei einer Vernehmung?

Riedlinger richtete sich auf, räusperte sich und sagte: »Gut, Sie müssen noch das Protokoll unterschreiben, dann können Sie gehen.«

Nora zuckte zusammen. »Darf ich ins Studio zurückfahren? Dann kann ich morgen wieder drehen.«

Riedlinger nickte. »Ich muss Sie jedoch bitten, Baden-Baden nicht zu verlassen, außer wenn Sie nach Rottweil zurückkommen. Halten Sie sich bitte zu unserer Verfügung, wir werden bestimmt noch Fragen an Sie haben.«

»Dann verdächtigen Sie mich nicht, Elke Haaser ermordet zu haben?«

Riedlinger hörte die unterschwellige Angst in Noras Stimme, er konnte sie jedoch nicht vollständig beruhigen.

»Wir verdächtigen bisher jeden, der mit Andreas Franke in Kontakt steht. Sie, Frau Burger, müssen zugeben, dass Sie ein Motiv hätten, Ihrem Freund zu schaden, wenn Sie von seiner Affäre gewusst haben.«

»Ich wusste aber nichts davon!« Nora hob ihre Stimme. »Erst als Ihre Kollegin mir davon erzählte, erfuhr ich von dieser … Beziehung. Außerdem – ich habe keine Ahnung, wie man Bremsleitungen manipuliert, und ich liebe Andreas. Wenn er mich tatsächlich betrogen hat, dann würde ich das auf eine andere Art und Weise mit ihm regeln als versuchen, ihn zu ermorden.«

Riedlinger konnte sich nicht helfen, aber irgendwie glaubte er der Frau. Dennoch durfte er sie nicht völlig aus dem Kreis der Verdächtigen ausschließen.

Nora stand auf und wandte sich zur Tür.

Im Hinausgehen drehte sie sich um und fragte: »Wie haben Sie eigentlich von Andreas und mir erfahren? Und von meinem Mann?«

Riedlinger lächelte unverbindlich und hob die Hände.

»Ich verstehe, das dürfen Sie mir nicht sagen«, fuhr Nora fort. »Egal, eigentlich bin ich ganz froh, dass das Versteckspiel endlich vorbei ist. Guten Tag.«

Auf dem Flur atmete Nora tief ein und aus. Ihre Knie zitterten, und der Puls schlug ihr bis zum Hals. Sie musste so schnell wie möglich mit Andreas sprechen, aber seit Tagen ging er nicht an sein Handy und reagierte auf keine ihrer SMS. Sie ging zur Treppe und stand plötzlich Andreas gegenüber.

Er starrte sie ebenso überrascht an. »Was machst du denn hier? Ich denke, du bist in Baden-Baden beim Drehen?«

Nora schluckte. Sie hätte sich eine andere Begrüßung erhofft, denn sie hatten sich seit Tagen nicht mehr gesehen.

»Der Kommissar wollte mit mir sprechen«, sagte sie leise.

Andreas runzelte die Stirn. »Riedlinger? Hast du ihm etwa von uns erzählt?« Sein Gesichtsausdruck ließ keinen Zweifel daran, dass er darüber nicht gerade begeistert war.

In Nora regte sich Trotz. Alles in ihr war in Aufruhr, trotzdem gelang es ihr ruhig zu bleiben, und sie sagte leise: »Das war nicht nötig, er wusste bereits alles. Und er hat mir von deiner Affäre mit deiner Sekretärin erzählt und dass sie ein Kind von dir erwartet hat.«

»Ich kann dir das erklären.«

Nora schüttelte den Kopf. »Du bist mir keine Rechenschaft schuldig. Von Anfang an war unsere Beziehung wohl nie mehr als eine unverbindliche Affäre. Eine Affäre, die zwar über ein Jahr gedauert hat, dennoch hast du nie ernsthafte Absichten gehabt. Jetzt verdächtigen sie mich, Elke

Haaser aus Eifersucht ermordet zu haben, und meinen Mann, dich töten zu wollen, da ich ihn wegen dir verlassen habe.«

Nora merkte, dass sie die Tränen nicht länger zurückhalten konnte, darum drängte sie sich an Andreas vorbei. Er hielt sie am Arm fest und sah ihr in die Augen. Nora begann zu zittern. Andreas' Blick war offen und ehrlich, frei von jeglicher Lüge, und sie hatte seinen hellbraunen Augen noch nie widerstehen können. In diese Augen hatte sie sich damals als Erstes verliebt.

»Riedlinger hat mich aus Luxemburg zurückbeordert, um mit mir zu sprechen«, sagte Andreas. »Warte bitte auf mich, ja? Wir müssen reden. Treffen wir uns in einer Stunde im Gasthaus Becher?«

Nora wusste, sie hätte Andreas jetzt stehen lassen und gehen müssen, konnte seiner Anziehungskraft jedoch nicht widerstehen, darum nickte sie.

»Ich weiß zwar nicht, was es in dieser eindeutigen Situation noch zu erklären gibt, aber gut, ich werde warten. Ich muss heute Abend aber noch zurück nach Baden-Baden.«

Andreas sah sich rasch um, aber sie waren auf dem Flur allein. Rasch küsste er Nora auf die Lippen und drückte sie kurz an sich. »Ich liebe dich, das darfst du niemals vergessen.«

Bei diesen Worten tat Noras Herz einen Sprung. Sie wusste nicht, was es war, das sie veranlasst hatte, wegen Andreas ihr bisheriges sorgloses und sicheres Leben an der Seite von Jochen einfach aufzugeben. Sie wusste jedoch, dass sie nie zuvor einen Mann so sehr geliebt hatte und jemals wieder jemanden mit der gleichen Intensität lieben würde.

13

Nach der Vernehmung durch Kommissar Riedlinger, und nachdem die Sekretärin das Protokoll aufgenommen und er es unterschrieben hatte, war Jochen Burger auf die Toilette gegangen, die sich auf demselben Stockwerk befand. Er wusste nicht, dass Nora nur ein Zimmer weiter ebenfalls vernommen wurde, denn er hatte seit Wochen keinen Kontakt mehr zu seiner Frau gehabt. Nicht mehr, seit er eines Freitagabends, als er vom Büro nach Hause gekommen war, lediglich einen Zettel mit ihrer Handschrift in der Küche vorgefunden hatte: »Verzeih mir, Jochen, aber ich kann nicht mehr mit Dir leben. Ich liebe Andreas und muss den Schritt in ein neues Leben wagen. Nora.«

Nora hatte auf keinen seiner Anrufe oder SMS reagiert, auch nicht, als er extra nach Rottweil gefahren war, um sie zur Rede zu stellen. Jochen konnte sich denken, dass Nora bei ihrer Freundin Martina Traub untergeschlüpft war, aber Martina – mit der er bisher ein recht freundschaftliches Verhältnis gehabt hatte – hatte ihm einfach die Tür vor der Nase zugeschlagen und gemeint, Nora würde sich bei ihm melden, wenn sie zur Ruhe gekommen wäre. Ihr Entschluss, die Scheidung einzureichen, stünde jedoch fest.

Seitdem war kein Tag vergangen, an dem Jochen nicht darüber nachdachte, was in seiner Ehe falsch gelaufen war. Als sie damals heirateten, hatten sie sich doch geliebt, und jeder Tag war von liebevollen Worten und kleinen Zärtlichkeiten geprägt gewesen. Gut, er arbeitete zu viel, aber er war ein großes Risiko eingegangen, als er sich vor sieben Jahren zusammen mit einem Partner selbstständig gemacht hatte, denn Architekten gab es wie Sand am Meer. Ihre kleine Firma hatte sich auf Großbauten wie Krankenhäuer, Fabrik- und Bürogebäude spezialisiert. Anfangs hatte Nora dafür noch Verständnis gehabt, aber als sie sich vor fünf Jahren ein Haus kauften und er seine ohnehin knapp bemessene Freizeit in dem dazugehörigen Garten verbrachte, hatte Nora immer häufiger ihren Unwillen gezeigt. Sie verstand nicht, dass Jochen nach einem anstrengenden Tag im Büro oder auf der Baustelle die beste Entspannung im Grünen fand. Innerhalb von zwei Jahren hatte er aus dem verwilderten Grundstück ein Kleinod mit Blumen und Nutzpflanzen geschaffen, das nicht nur sein Auge, sondern auch sein Herz erfüllte.

Natürlich wusste er, dass Nora es lieber gesehen hätte, wären sie öfters zusammen ausgegangen – wie zu Beginn ihrer Ehe. Freunde treffen, ins Kino, ins Musical oder zum Essen, aber nach einem harten Arbeitstag konnte sich Jochen immer weniger dazu aufraffen. Seit er den Garten hatte, wollte er auch nicht mehr in Urlaub fahren. Wieso sollte er irgendwo auf der Welt Geld für Natur ausgeben, wenn er diese kostenlos direkt vor seiner Nase hatte?

Jochen wusste, wie gern Nora reiste, besonders Großbritannien hatte es ihr angetan. Früher waren sie zwei oder drei Mal im Jahr auf der Insel gewesen, doch jetzt war es ein stetiger Kampf, wenigstens einmal im Jahr für zwei Wochen nach England zu reisen. Bereits bevor sie sich kennenlernten, hatte Nora immer mal wieder als Reiseleiterin bei Studienreisen nach Großbritannien gearbeitet, daher war Jochen froh, wenn sich für seine Frau eine solche Gelegenheit ergab.

Von der Reise im letzten Jahr war Nora jedoch völlig verändert zurückgekommen. Sie wirkte Jahre jünger, obwohl die Tätigkeit als Reiseleiterin keine Erholung, sondern harte Arbeit war. Danach hatte sie sich immer mehr von ihm zurückgezogen. Nachdem Jochen sie darum gebeten hatte, hatte sie ihm dann ein paar Fotos der Reise gezeigt. Auffällig oft war auf diesen Bildern der Busfahrer zu sehen. Nora mochte beruflich zwar eine gute Schauspielerin sein, privat konnte sie ihre Gefühle jedoch nicht lange verheimlichen. Dazu kam, dass sie plötzlich alle paar Wochen übers Wochenende zu ihrer Freundin nach Rottweil fuhr, obwohl sie diese in den letzten Jahren nicht öfter als zwei oder drei Mal im Jahr besucht hatte.

Es war im Februar gewesen, als Jochen seiner Frau auf den Kopf zusagte, ein Verhältnis mit dem Busfahrer zu haben. Nora hatte es nicht geleugnet. Nach dem ersten Schock und der Wut beschloss Jochen, um seine Frau zu kämpfen. Er reduzierte seine Arbeit, soweit es finanziell möglich war, und führte Nora öfters aus. Es war jedoch zu spät, Nora entfremdete sich immer weiter von ihm.

Dennoch war Jochen überrascht, als sie ihn von einem Tag auf den anderen verließ. Sie hatte doch alles gehabt – ein schönes Haus mit Garten, eine Putzfrau, die ihr die gröbsten Arbeiten im Haushalt abnahm, finanzielle Sicherheit, denn als freiberufliche Schauspielerin war sie manchmal monatelang ohne Engagement und damit auch ohne Einkommen. Dennoch war sie gegangen und zudem noch zu einem Typen, der überhaupt nicht zu ihr passte. Jochen hatte Andreas Franke nur auf den Fotos gesehen. Im Vergleich zu dem Busfahrer war Nora eine Schönheit, auch wenn sie ein paar Jahre älter war. Ein Busfahrer!

Jochen stöhnte. Er beugte sich über das Waschbecken und wusch sein Gesicht mit kaltem Wasser. Auch wenn es sich bei Franke um einen der Firmeninhaber handelte, so war er doch andauernd unterwegs. Gut, Nora konnte ihn auf seinen Reisen begleiten, wenn sie nicht gerade drehte, aber sie würde an der Seite eines solchen Mannes niemals glücklich werden. Jochen trocknete sich mit einem Papierhandtuch das Gesicht ab und sah in den Spiegel. Er war knapp einsachtzig groß, schlank, und sein kurzes, hellblondes Haar begann an den Schläfen zu ergrauen. Trotzdem fand er sich weitaus attraktiver als diesen Busfahrer. Nora schien jedoch an Franke andere Werte zu schätzen. Wahrscheinlich war er gut im Bett, obwohl Jochen mit seinem und Noras Sexleben bisher zufrieden gewesen war.

Jetzt waren zwei Anschläge auf Franke verübt worden, und die Polizei hatte ihn im Verdacht, dafür verantwortlich zu sein. Jochen konnte den Kommissar sogar verstehen. Er hatte ein Motiv und für die fraglichen Zeiten kein Alibi, er war sich jedoch sicher, dass sich die Sache bald aufklären würde.

Jochen beschloss, Nora anzurufen oder bei Martina vorbeizuschauen. Deren Wohnung im Stadtgraben lag keine dreihundert Meter vom Präsidium entfernt. Wenn er schon in Rottweil war, dann wollte er mit Nora sprechen, sie konnte ihm nicht ewig aus dem Weg gehen. Jochen verließ die Toilette, trat auf den Flur und war überrascht, plötzlich am Ende des Ganges Nora zu sehen. Sie war jedoch nicht allein. Obwohl Jochen Andreas bisher nur auf Fotos gesehen hatte, erkannte er ihn sofort. Schnell trat er wieder in den Toilettenraum zurück und zog die Tür so weit zu, dass er durch einen kleinen Spalt die beiden beobachten konnte. Die Worte, die sie wechselten, konnte er nicht verstehen, sah jedoch an Noras Gesichtsaudruck, dass sie wohl einen kleinen Streit hatten. Dann küsste Franke sie, und Jochen ballte in hilfloser Wut die Hände zu Fäusten. Er wartete, bis Nora sich abwandte und nicht mehr zu sehen war, dann trat er aus der Toilette und ging auf Andreas zu.

»Was wollen Sie von meiner Frau?« All die Wut und Enttäuschung, die sich seit Noras Weggang in Jochen angestaut hatten, entluden sich, als er dem Verursacher seines Schmerzes gegenüberstand. »Lassen Sie sie in Ruhe!«

Andreas stutzte einen Moment, dann zogen sich seine Mundwinkel nach unten, und er sagte: »Ich nehme an, Sie sind Jochen Burger, Noras Noch-Ehemann.«

»Ganz recht.« Jochen starrte seinen Nebenbuhler wütend an. »Nicht nur, dass Sie Nora aus ihrem gewohnten Lebensumfeld gerissen haben, jetzt verwickeln Sie sie auch noch in einen Mordfall! Bisher hatte Nora mit der Polizei nichts zu schaffen, außer vielleicht aufgrund eines Strafzettels wegen Falschparkens!«

»Sie entschuldigen, aber der Kommissar wartet auf mich.«

Andreas wollte sich an Jochen vorbeidrängen, da holte Jochen aus und schlug Andreas seine geballte Faust mitten ins Gesicht. Für einen Moment hatte Jochen vergessen, dass er sich im Polizeipräsidium befand.

»Sind Sie völlig verrückt?«

Andreas taumelte zurück und hielt sich die blutende Nase, da schlug Jochen erneut zu, und Andreas hatte Mühe, den Schlägen auszuweichen.

Durch den Tumult aufgeschreckt erschienen Riedlinger und Mozer gleichzeitig an den Türen ihrer Büros. Mit einem Blick erfasste Mozer die Situation. Er packte Jochen und drehte ihm einen Arm auf den Rücken.

»Ganz ruhig, Herr Burger. Sie kommen am besten wieder mit.«

Durch die unerwartete Konfrontation mit Andreas Franke war Jochen außer sich. Er versuchte, sich aus Mozers Griff zu befreien und rief: »Ich wünschte, dieses Schwein wäre tot! Ich wünschte wirklich, der Mörder hätte den Richtigen erwischt!«

Regina Müller reichte Andreas ein Taschentuch, mit dem er sich das Blut vom Gesicht wischte. Durch Burgers zweiten Schlag hatte er eine Platzwunde an der linken Schläfe erlitten.

»Sie müssen ins Krankenhaus, die Wunde muss genäht werden«, sagte Regina. »Am besten fahre ich Sie gleich hin.«

Andreas sah zu Riedlinger, um seine Lippen bildete sich trotz der Schmerzen ein triumphierendes Lächeln. »Damit wäre der Fall wohl abgeschlossen, oder? Da haben Sie den Täter. Der Mann ist verrückt, wenn er sich nicht einmal scheut, mich mitten im Polizeigebäude niederzuschlagen.«

»Wir werden mit Burger sprechen«, antwortete Riedlinger ausweichend.

Damit gab sich Andreas jedoch nicht zufrieden. »Was gibt es da noch zu sprechen?«, rief er aufgeregt, und das Blut lief ihm aus der Nase und beschmutzte sein helles Poloshirt. »Ich kann von Glück sagen, dass dieser Irre keine Waffe bei sich hatte. Was, wenn er mich einfach abgeknallt oder niedergestochen hätte? Hier … direkt vor Ihrer Tür. Dieser Typ ist für die Anschläge verantwortlich, und ich hoffe, Sie sperren ihn für den Rest seines Lebens ein!«

Riedlinger ging auf Andreas' Worte nicht ein.

Er sagte zu Regina Müller: »Fahren Sie Herrn Franke ins Krankenhaus, damit die Wunde versorgt werden kann. Dann aber möchte ich mit Ihnen sprechen, Herr Franke, und zwar unverzüglich.«

Andreas verzichtete auf eine Erwiderung. Als sein Bruder ihn angerufen und befohlen hatte, auf einem Rastplatz in Luxemburg auf einen Ersatzfahrer zu warten und dann unverzüglich nach Rottweil zu kommen, hatte er schon Schlimmes geahnt. Zuerst war Andreas über diese Anweisung verärgert gewesen und hatte geplant, Riedlinger die Meinung zu sagen, jetzt jedoch schien es die richtige Entscheidung gewesen zu sein. Jochen Burger hatte ihn vor Zeugen angegriffen und ihm gedroht. Andreas lächelte, senkte aber schnell den Kopf, damit es Regina Müller nicht sah. Der Fall stand vor dem Abschluss, denn aus dieser Sache würde sich Jochen Burger nicht mehr herausreden können.

»Du meine Güte, wie siehst du denn aus?« Martha Franke konnte einen Schrei nicht unterdrücken, als sie ihrem Sohn die Tür öffnete. »Hattest du einen Unfall?«

Andreas grinste, was ihm ein groteskes Aussehen gab. In der Notaufnahme war das Nasenbluten gestillt und die Platzwunde mit drei Stichen genäht worden. Sein Gesicht jedoch war dick geschwollen, und die Haut begann sich bläulich zu verfärben. Zusammen mit dem Kopfverband sah er aus wie einem Horrorfilm entstiegen.

»Ich erkläre es dir gleich«, sagte Andreas und ging die Treppe ins Wohngeschoss seiner Eltern hinauf.

»Wir haben gerade zu Abend gegessen«, sagte Martha. »Ich kann dir aber noch etwas aufwärmen.«

Andreas winkte ab. »Ich habe keinen Hunger, Mama.«

Im Esszimmer saß neben seinem Vater auch Matthias Franke. Beide Männer erschraken bei Andreas' Anblick, und Matthias sprang auf. »War das schon wieder ein Anschlag?«

»So könnte man es nennen.« Seufzend ließ sich Andreas auf die gemütliche Eckbank fallen. »Könnte ich bitte ein Bier haben?«

»Natürlich«, versicherte seine Mutter. »Und einen kalten Lappen für deine Nase ebenfalls.«

Horst Franke musterte seinen Sohn gründlich, dann stellte er nüchtern fest: »Dir hat jemand was auf die Nase gegeben, im wahrsten Sinne des Wortes. Ich hoffe, du hast ihn angezeigt?«

»Das war nicht nötig.«

Andreas griff nach der Flasche Bier, die seine Mutter auf den Tisch stellte. Er nahm sich nicht die Zeit, ein Glas einzuschenken, sondern trank direkt aus der Flasche.

»Jochen Burger hat mich direkt im Polizeipräsidium zusammengeschlagen. Vor den Augen und Ohren der Kommissare. Ich glaube, sie haben den Täter, der Mager und Elke umgebracht hat und damit mich treffen wollte. Der Fall ist jetzt wohl abgeschlossen.«

»Jochen Burger?« Horst Franke runzelte die Stirn. »Wer ist das? Ich habe den Namen noch nie gehört. Welchen Grund hat der Mann, dich zu töten?«

Andreas wechselte mit seinem Bruder einen Blick, und Matthias sagte: »Ich habe nichts gesagt, das ist deine Privatangelegenheit.«

Martha griff nach dem Arm seines Sohnes und drückte ihn fest. »Was verheimlicht ihr beide? Na los, raus mit der Sprache, ihr habt schon als Kinder schlecht lügen können.«

Andreas seufzte und gab sich einen Ruck. »Jochen Burger ist der Ehemann der Frau, mit der ich seit Monaten befreundet bin. Sie heißt Nora und hat ihren Mann wegen mir verlassen.«

Martha erbleichte, und Andreas' Vater keuchte.

Sofort wandte sich Martha an ihren Mann. »Hast du deine Tabletten genommen? Dein Herz …«

»Ist völlig in Ordnung«, knurrte Horst. »Ja, ich habe die Tabletten genommen, und ich kann es schon verkraften, wenn mein Sohn ein Verhältnis mit einer verheirateten Frau hat, wenngleich ich mir eine passendere Verbindung gewünscht hätte. Ist sie wenigstens hübsch?«

Andreas lächelte und verzog sogleich das Gesicht, denn jede Bewegung schmerzte ungemein. »Ich glaube, ich muss euch jetzt die Wahrheit sagen«, meinte er und sah seine Mutter entschuldigend an. »Von Matthias ist es sehr nett, dass er geschwiegen hat, aber früher oder später werdet ihr es ohnehin erfahren.«

Offen und ehrlich erzählte Andreas seinen Eltern von Nora und verschwieg auch nicht die Affäre mit Elke Haaser. Martha schüttelte ungläubig den Kopf, als sie von deren Schwangerschaft erfuhr.

»Wie konntest du nur so leichtsinnig sein!«, rief sie, als Andreas geendet hatte. »Darauf brauche ich jetzt erst mal einen Obstler.«

Martha schenkte für sich und ihre Söhne ein Glas ein, ignorierte jedoch den Blick ihres Mannes, der gerne auch einen Schnaps getrunken hätte, wegen der Medikamente jedoch keinen Alkohol zu sich nehmen durfte.

»Elke wäre genau die Richtige für dich gewesen, Andreas«, sagte Martha, als sie den Obstler mit einem Schluck hinuntergestürzt hatte. »Sie war jung und hübsch, hat in der Firma gearbeitet und war eine von hier. Warum hast du sie sitzen lassen?«

Andreas zuckte mit den Schultern. »Das zwischen Elke und mir war ein einmaliger Ausrutscher, da waren wir uns beide einig. Sie wollte keinen Mann aus Oberlautern oder Umgebung, denn dann wäre sie niemals von ihren Eltern losgekommen. Es geschah nach dem Betriebsfest im Frühjahr, an dem wir beide zu viel getrunken hatten, mit Liebe hatte das nichts zu tun.«

»Du willst aber nicht sagen, dass du diese Nora, oder wie immer ihr Name ist, liebst?« Martha sah Andreas fest in die Augen. »Eine solche Beziehung kommt auf keinen Fall in Frage.«

»Warum nicht?«, entgegnete Andreas. »In ein paar Monaten wird Nora geschieden sein. Außerdem sieht sie viel jünger aus, niemand würde den Altersunterschied bemerken ...«

»Eine Geschiedene, wahrscheinlich auch noch protestantisch, kommt mir nicht ins Haus!« Energisch klopfte Martha mit einer Hand auf den Tisch. »Junge, hast du vergessen, was du dem Ruf unserer Firma schuldig bist? Und dass du im kommenden Jahr für den Kreisrat kandidierst? Glaubst du, auch nur ein aufrechter Bürger wird dir seine Stimme geben, wenn du mit einer älteren und geschiedenen Frau zusammenlebst? Was für einen Beruf übt sie denn aus?«

»Schauspielerin«, wiederholte Andreas zerknirscht.

Die Reaktion seiner Mutter überraschte ihn keineswegs, er hatte schon mit ihrer Ablehnung gerechnet.

»Das wird ja immer noch schöner!« Martha Franke echauffierte sich so sehr, dass sie einen knallroten Kopf bekam. »Du brauchst eine Frau, die dir Kinder, Erben für das Unternehmen, schenkt und die dir den Haushalt führt. Das Haus sauber hält, deine Wäsche macht und das Essen kocht, wenn du nach deinen Reisen in ein gemütliches Heim kommst!«

»Martha, wir leben doch nicht mehr im neunzehnten Jahrhundert!« Zum ersten Mal, seit Andreas von Nora erzählt hatte, mischte sich sein Vater in die Unterhaltung. »Wenn der Junge die Frau liebt ...«

»Das ist keine Liebe«, entgegnete Martha barsch. »Die Frau ist nur auf das Geld aus. Sie will sich ins gemachte Nest setzen und vermutet, dass ein Busunternehmen eine Goldgrube ist.«

»Mama, du tust Nora Unrecht«, sagte Andreas bestimmt. »Im Gegenteil, sie hat ein so genanntes gemachtes Nest verlassen, um mit mir zusammen zu sein. Darum ist ihr Mann ja ausgerastet ...«

»Und hat versucht, dich zu töten«, vollendete Matthias den Satz. »Mein Gott, zwei unschuldige Menschen mussten sterben, nur weil du deine Hormone nicht im Griff hast! Damit ist jetzt aber Schluss. Am besten trennst du dich noch heute von dieser Nora Burger.«

Andreas fuhr zu seinem Bruder herum, seine Lippen wurden schmal, als er zischte: »Ja, du hast gut reden! Du hast ja immer den Vorstellungen unserer Eltern entsprochen. Hast das Abitur gemacht, danach dein Studium in der Mindestzeit und mit Bravour abgeschlossen und leitest perfekt die Firma. Du hast eine unbescholtene Frau aus einer einheimischen, katholischen Familie geheiratet und mit ihr ruckzuck vier wohlgeratene Kinder gezeugt. Wahrscheinlich war Doris in eurer Hochzeitsnacht sogar noch Jungfrau …«

»Jetzt ist es genug!« Energisch hieb Martha auf den Tisch und funkelte Andreas wütend an. »Es mag sein, dass Matthias Glück hatte, dass sich für ihn alles so entwickelt hat. Wir, dein Vater und ich, haben dir nie einen Vorwurf gemacht, dass du dein Leben anders gestaltet hast. Natürlich hofften wir, du würdest heiraten und Kinder bekommen, immerhin bist du bald vierzig. Trotzdem haben wir dir nie Vorschriften gemacht. Auch nicht, als du in der Realschule nicht genügend gelernt hast, um auf das Gymnasium zu wechseln und stattdessen deine Zeit auf dem Fußballplatz vertan hast. Auch gegen deinen Wunsch, eine Lehre als Automechaniker zu machen, haben wir uns nicht gestellt. Immerhin ist das für das Unternehmen ebenso nützlich, außerdem bist du inzwischen der beste und beliebteste Busfahrer der ganzen Firma.«

»Ja, so trage ich wenigstens etwas zu eurem großartigen Unternehmen bei, das sich seit Jahrzehnten in der Familie befindet.« Andreas lächelte, aber es war ein bitteres Lächeln. »Seit Jahren liegt ihr mir in den Ohren, ich solle mir eine Freundin suchen. Du, Mama, hast sogar jede Frau, die irgendwie in meine Nähe kam, durchgecheckt, ob sie als Schwiegertochter in Frage kommt, und jetzt …«

Beruhigend legte Martha Franke eine Hand auf den Arm ihres Sohnes und sah ihn liebevoll an. »Es tut mir leid, dass ich gerade etwas aufbrausend war. Seit der Sache mit Claudia habe ich mir Sorgen um dich gemacht.«

»Bitte, wir müssen nicht über Claudia sprechen«, unterbrach Andreas und zog seinen Arm fort.

Martha Franke schüttelte den Kopf. »Mein Junge, wir wissen alle, was Claudia dir angetan hat. Sieben Jahre lang hat sie dir die große Liebe vorgespielt und ich dachte, keine bessere Schwiegertochter bekommen zu können. Dann jedoch hat sich herausgestellt, dass sie dich monatelang betrogen hat. Dazu noch mit einem Chefarzt, der ihr ein luxuriöses Leben bieten konnte. Das ist aber alles drei Jahre her, es wird Zeit, dass du Claudia und alles, was geschehen ist, endgültig vergisst.«

Andreas stand auf. Er hatte keine Lust, das Gespräch fortzusetzen, zumal seine Mutter an eine Wunde rührte, die noch lange nicht verheilt war. Obwohl er schon vor drei Jahren gut verdient hatte und die Familie Franke finanziell nicht schlecht dastand, war er von seiner Freundin verlassen worden, weil ein anderer Mann mehr Geld hatte. Das würde er Claudia niemals verzeihen.

»Ihr entschuldigt mich? Ich bin müde, der Tag war anstrengend und aufregend.« Er sah seinen Bruder an. »Wir besprechen dann morgen den Einsatzplan der nächsten Tage. Vielleicht kann ich ein paar Fahrten übernehmen, denn eigentlich wäre ich ja die nächsten Tage in Belgien gewesen.«

Kein Wort der Entschuldigung über seine harschen Worte gegenüber Matthias kamen Andreas über die Lippen, aber Matthias kannte seinen Bruder. Andreas war kein Mensch, der sein Herz auf der Zunge trug, außerdem hatte er ja recht. Ihm, Matthias, war immer alles in den Schoß gefallen, er hatte nie für etwas kämpfen müssen. Schon in der Schule waren ihm die Mädchen nachgelaufen, und seine Frau Doris war eine der Schönsten an der Universität gewesen. Dass sie dann sehr schnell ein Kind nach dem anderen bekommen und damit das äußerste Wohlwollen seiner Mutter errungen hatte, trug natürlich dazu bei, dass Andreas ein bisschen neidisch auf seinen Bruder war.

Bevor Andreas den Raum verließ, trat Martha ihm in den Weg. Sie reichte ihm gerade bis zur Brust, doch wie sie jetzt, die Arme vor der Brust verschränkt, vor ihm stand, wirkte sie groß und mächtig. Mächtig wie die Frau, die das Unternehmen hinter den Kulissen immer noch leitete, obwohl sie sich bereits vor Jahren aus der Firmenführung zurückgezogen hatte.

»Eines lass dir gesagt sein, Andreas: Du wirst diese Nora nicht wiedersehen! Eine derartige Verbindung kann von Vater und mir nicht gebilligt werden, und ich werde alles dafür tun, dass diese Frau aus deinem Leben verschwindet.«

Als Andreas die wenigen Meter zu seinem Haus hinüberging, zweifelte er nicht, dass seine Mutter jedes Wort so meinte, wie sie es sagte.

14

»Ach, und jetzt ist zwischen dir und Andreas wieder alles Friede, Freude, Eierkuchen?« Martina Traub schüttelte fassungslos den Kopf und sah die Freundin eindringlich an. »Merkst du eigentlich immer noch nicht, wie dieser Mann dich nach Strich und Faden verarscht?«

Fünf Tage waren seit Noras Vernehmung durch Riedlinger vergangen, seitdem hatte sie von der Polizei nichts mehr gehört. Sie hatte ihre Drehtage in Baden-Baden vorerst beendet, der nächste Dreh für die kommenden Folgen fand erst im September statt, und nun saß sie mit angezogenen Knien auf Martinas Sofa.

»Ich glaube Andreas, wenn er sagt, dass die Nacht mit dieser Elke ein einmaliger Ausrutscher war.« Trotzig sah Nora ihre Freundin an. »Sie hatten beide zu viel getrunken, und da ist es einfach passiert …«

»Und mal wieder entschuldigt Alkohol alles«, warf Martina spöttisch ein. »Was würde dein Andreas denn sagen, wenn du dich volllaufen lässt und mit einem anderen Typ ins Bett hüpfst?«

»Er weiß, dass ich das niemals tun würde. Andreas hat sich entschuldigt und gesagt, dass er mich liebt. Viel schlimmer ist, dass die Polizei Jochen verdächtigt, für die Anschläge verantwortlich zu sein. Auch mich haben sie auf dem Kieker.«

»Dich?«, rief Martina überrascht. »Warum denn das?«

Nora zuckte mit den Schultern und antwortete bitter: »Eifersucht, weil Andreas mich betrogen hat. Der Kommissar denkt, ich wollte mich an ihm und der Sekretärin rächen. Außerdem hat mich dummerweise eine Polizistin bei dem Sommerfest gesehen.«

Martina schluckte trocken, dann sagte sie leise: »Das wollte ich nicht.«

Nora verstand sofort, als sie der Freundin ins Gesicht sah. »Du? Du hast der Polizei von meiner Beziehung zu Andreas erzählt? Zuerst dachte ich, es wäre Andreas selbst gewesen, er hat mir jedoch versichert, mich niemals erwähnt zu haben. Ich fragte mich schon die ganze Zeit, woher sie es gewusst haben.«

»Es tut mir leid«, sagte Martina zerknirscht. Sie setzte sich neben Nora aufs Sofa und legte einen Arm um ihre Schultern. »Ich wollte nie, dass die Polizei denkt, du könntest etwas damit zu tun haben, aber Jochen …«

»Niemals!«, unterbrach Nora und schüttelte Martinas Arm ab. »Wie kannst du Jochen Derartiges zutrauen?«

»Nun, er liebt dich und kann nicht akzeptieren, dass du die Scheidung willst.«

»Aber Jochen geht nicht einfach hin und mordet!« Nora sprang hoch und lief aufgeregt auf und ab. Schließlich blieb sie vor Martina stehen und sah der Freundin fest in die Augen. »Nur wegen der Tatsache, dass wir seit über vierzig Jahren die besten Freundinnen sind, werde ich dir diesen Vertrauensbruch verzeihen. Es ist geschehen, und du kannst es nicht mehr rückgängig machen. Aber Martina, ich bin sehr enttäuscht von dir!«

»Ich weiß.« Martina wich Noras Blick aus. »Ich wollte doch nur, dass die Polizei den Mörder findet. Wenn es wirklich jemand auf deinen Andreas abgesehen hat, dann könntest auch du in Gefahr sein.«

In Nora kämpften zwiespältige Gefühle miteinander. Auf der einen Seite war sie über den Vertrauensbruch ihrer Freundin sehr enttäuscht, andererseits war Martina die einzige Person, mit der sie offen und ehrlich über alles reden konnte und der sie sich so nah fühlte wie sonst niemandem. Ausgenommen Andreas natürlich, aber keine noch so große Liebe konnte die ganz besondere Vertrautheit, die es nur zwischen besten Freundinnen gibt, ersetzen.

»Vergessen wir es«, sagte Nora leise. »Wie gesagt, es ist nicht mehr zu ändern. Ich hoffe nur, dass der Verdacht gegen Jochen sich zerstreut, ebenso, dass dieser Kommissar nicht ernsthaft denken kann, ich hätte Andreas oder dieser Sekretärin etwas antun können. Außerdem kenne ich mich mit Bremsen überhaupt nicht aus, ich kann ja nicht einmal einen Reifen wechseln.«

»Ja, du bist technisch eine ebensolche Niete wie ich.« Martina grinste, ging zum Kühlschrank und öffnete die Tür. »Ich habe noch eine Flasche Sekt kalt stehen. Wie wär's mit einem Schluck?«

»Am Nachmittag?« Nora schmunzelte, dann nickte sie. »Warum nicht, auch wenn es eigentlich nichts gibt, worauf es sich anzustoßen lohnt, aber wir müssen heute ja nicht mehr weg.«

Es war Samstag, und die beiden Frauen hatten für den Abend keine Pläne. Nora stand nicht der Sinn nach Ausgehen, zumal sie sich am nächsten Vormittag mit Andreas treffen und dazu ausgeruht sein wollte. Am heutigen Abend hatte er keine Zeit, denn er war mit einer Gruppe von Rentnern an den Bodensee gefahren und wusste nicht, wann er zurück sein würde. Seit sie sich im Präsidium begegnet waren, hatten sie sich nicht mehr gesehen und nur einmal miteinander telefoniert. Eigentlich hatten sie sich im Gasthaus Becher in Rottweil treffen wollen, Andreas hatte sie jedoch angerufen und gesagt, er sei von Jochen niedergeschlagen worden, und hatte das Treffen abgesagt. In Nora stritten die unterschiedlichsten Gefühle. Auf der einen Seite konnte sie sich nicht vorstellen, dass Jochen ein kaltblütiger Mörder war, der Angriff auf Andreas zeigte jedoch eine Seite an ihm, die Nora bisher an ihrem Ehemann nicht gekannt hatte.

Andreas hatte vorgeschlagen, sich am Sonntagvormittag wieder am Eckhof zu treffen, und Nora blieb nichts anderes übrig, als sich seinem Wunsch zu fügen. Sie wusste, sie konnte Andreas nicht drängen, sich früher zu treffen, in diesem Punkt war er unnachgiebig. Seitdem fieberte Nora dem Sonntag entgegen.

Nachdem sie ein halbes Glas Sekt getrunken hatte, runzelte sie überlegend die Stirn. »Wenn die Polizei unfähig ist, den

Fall aufzuklären, dann müssen wir das eben tun«, sagte sie plötzlich.

»Was?« Martina glaubte, sich verhört zu haben. »Willst du etwa Miss Marple spielen? Dazu gehört wohl mehr, als am Sonntagabend den Tatort anzusehen und hin und wieder mal einen Krimi zu lesen. Wie stellst du dir das denn vor?«

Nora lächelte die Freundin an. »Ich weiß nicht, was genau ich eigentlich tun könnte, aber so kann es nicht weitergehen. Was, wenn dieser Irre erneut versucht, Andreas zu töten?« Sie seufzte und fuhr dann leise fort: »Und wenn es ihm gelingt? Du und ich wissen, dass ich es nicht war, und ich bin von Jochens Unschuld überzeugt. Was sonstige Verdächtige angeht, tappt die Polizei völlig im Dunkeln, denn offenbar haben alle, die ein Motiv hätten, ein hieb- und stichfestes Alibi.« Sie seufzte und fuhr sich mit dem Handrücken über die Stirn. »Ich finde diese Untätigkeit furchtbar.«

Martina stützte ihr Kinn in die Hände und zog grübelnd die Unterlippe zwischen die Zähne.

»Ich verstehe, dass du etwas tun möchtest, aber wir haben es hier mit einem gewissenlosen Mörder zu tun. Außerdem hast du ... haben wir keine Ahnung, was die Polizei bisher ermittelt hat. Es ist eine Schnapsidee, Nora.«

»Vielleicht, vielleicht auch nicht.« So einfach wollte Nora nicht aufgeben. »Soweit ich diesen Kommissar verstanden habe, glauben die jetzt fest, dass beide Anschläge Andreas galten. Das heißt, sie haben ihre anderweitigen Ermittlungen, die darauf beruhen, dass auch Robert Mager und Elke Haaser die Opfer sein könnten, eingestellt. Was, wenn dies nicht stimmt und es wirklich nur ein Zufall ist, dass beide Opfer bei Franke gearbeitet haben, und die Anschläge haben ihnen ganz persönlich gegolten?«

»Dann wäre dein Andreas aus dem Schneider«, warf Martina ein. Dann schoss ihr ein Gedanke durch den Kopf. »Angenommen, du hast recht, und der manipulierte Bus diente wirklich dazu, Mager zu töten ...« Sie holte tief Luft und schaute Nora eindringlich in die Augen. »Wer hat dann die

Sekretärin auf dem Gewissen? Sie hatte mit Mager nicht das Geringste zu tun …«

»Das wissen wir nicht«, warf Nora ein. »Vielleicht hatte sie mit Mager auch eine Affäre.«

Martina schüttelte den Kopf. »Das glaube ich nicht, allerdings hatte Elke Haaser eine enge Bindung zu Andreas. Immerhin trug sie sein Kind unter dem Herzen.« Sie griff nach der Sektflasche und füllte die Gläser erneut, bevor sie leise fortfuhr: »Nora, wenn es wirklich so ist, dass jemand Mager getötet hat, dann könnte es doch sein, dass Andreas die Gelegenheit genutzt hat, seine unbequeme Geliebte loszuwerden in der Hoffnung, man würde denken, dass auch dieser Anschlag ihm galt. Was die Polizei ja auch tut …«

»Nein!« Nora sprang auf. »Wie kannst du so etwas auch nur denken? Andreas würde ebenso wenig wie ich einem Menschen etwas antun.«

»Beruhige dich, Nora, es ist nur eine Idee, auf die die Polizei auch kommen könnte. Wir wissen nicht, ob Elke Haaser ihren One-Night-Stand mit Andreas wirklich nur als einmalige Sache angesehen hat. Vielleicht wollte sie mehr, spätestens als sie merkte, dass die Nacht nicht ohne Folgen geblieben war, und sah sich schon als neue Frau Franke. Vielleicht hat sie Andreas unter Druck gesetzt, sie zu heiraten, jetzt, da sie schwanger war? In der Zeitung stand, dass Elke aus einem strengen, gläubigen Elternhaus stammt, ihre Eltern wären mit einem unehelichen Kind gewiss nicht einverstanden gewesen. Außerdem nagt Andreas als Mitinhaber des Busunternehmens bestimmt nicht am Hungertuch. Ich denke, man kann ihn ruhig als vermögend und somit als gute Partie bezeichnen.«

Martinas Überlegungen waren für Nora so unvorstellbar, dass sie nur fassungslos den Kopf schütteln konnte. Natürlich lag eine gewisse Logik in der Sache – aber Andreas ein kaltblütiger Mörder?

»Niemals!« Noras Stimme war schrill und überschlug sich beinahe. »Das sagst du nur, weil du ihn nicht kennst. Ich glaube, ich gehe jetzt besser.«

Mit einem Schritt war Martina bei ihrer Freundin und schloss sie in die Arme. »Mädchen, wach auf und sieh der Realität endlich in die Augen!«, sagte sie leise und eindringlich. »Gut, ich bin deinem Andreas noch nie persönlich begegnet und weiß bis heute nicht, was du an ihm findest, dennoch traue ich ihm nicht ernsthaft einen Mord zu. Wir sollten jedoch alle Möglichkeiten in Betracht ziehen, die Polizei wird es ebenfalls tun. Komm, trinken wir noch einen Schluck und dann überlegen wir gemeinsam, was wir tun können.«

»Du wirst mir also helfen?« Zweifelnd sah Nora ihre Freundin an. »Oder willst du nur beweisen, dass du mit deiner Abneigung gegen Andreas von Anfang an Recht gehabt hast?«

»Ach, Nora, ich will nur, dass du glücklich bist.« Martina seufzte. »Und wenn du meinst, dein Glück liegt in den Armen dieses Mannes, dann soll es eben so sein. Wenn du willst, bin ich auch deine Trauzeugin.«

Der letzte Satz entlockte Nora ein Lächeln. »Nun, so weit sind wir noch lange nicht, noch bin ich mit Jochen verheiratet.« Außerdem hat Andreas mich nie gefragt, ob ich ihn heiraten möchte, fügte Nora in Gedanken hinzu. »Vielleicht sollte ich Jochen anrufen?«

Martina nickte. »Ich glaube, das bist du ihm schuldig.«

Jürgen Riedlinger genoss den Abend zu Hause. Seine Frau hatte ihm sein Lieblingsgericht – Bubenspitzle mit Schäufele und Sauerkraut – gekocht, eigentlich kein Essen für einen warmen Sommerabend, aber Riedlinger mochte es zu jeder Jahreszeit, und in wenigen Minuten würde live aus Mallorca die Sommerausgabe von *Wetten dass?* gesendet werden. Karin Riedlinger öffnete gerade eine Flasche Weißwein, als das Handy des Kommissars klingelte.

»Oh nein«, seufzte Karin und verdrehte die Augen.

Wenn jemand am Samstagabend ihren Mann auf dem Handy anrief, dann konnte das nur berufliche Gründe haben.

Am anderen Ende war Wolfgang Mozer. »Tut mir leid,

dich zu stören, Riedl, aber die Pfeffer hat gerade den Haftbefehl für Jochen Burger unterschrieben.«

»Was?« Riedlinger fuhr aus seinem gemütlichen Fernsehsessel hoch. »Gut, er hat ein Motiv, aber wir hatten doch keine stichhaltigen Beweise …«

»Bis heute Nachmittag«, unterbrach Mozer seinen Kollegen. »Bei der Durchsuchung von Burgers Haus haben unsere Leute ein angebrochenes Fläschchen mit Beta-Acetyldigoxin gefunden.«

Riedlinger reagierte sofort. »Digitalis?«

»Ja. Burger behauptet zwar, er habe die Flasche aus dem Pflegeheim seiner Oma mitgenommen, weil sie auf ein anderes Medikament umgestellt wurde, aber Frau Dr. Pfeffer meinte, es würde für einen Haftbefehl ausreichen.«

»Ist Burger bereits in Rottweil?«

»Wir erwarten ihn und die Stuttgarter Kollegen, die ihn zu uns überstellen, in etwa einer halben Stunde«, antwortete Mozer. »Ich dachte, du möchtest bei der Vernehmung vielleicht dabei sein.«

»Bin schon unterwegs.«

Bevor Riedlinger etwas zu seiner Frau sagen konnte, küsste Karin ihn auf die Wange. »Ist schon gut, ich weiß ja, dass dein Beruf vorgeht. Wenigstens hast du in Ruhe essen können, und den Wein trinken wir, wenn der Fall abgeschlossen ist.«

»Ach, Karin, was würde ich nur ohne dich machen.« Riedlinger lächelte und gab seiner Frau einen zärtlichen Nasenstüber. »Vermutlich haben wir den Mörder gefasst, dann werde ich künftig wieder mehr Zeit für dich haben.«

Karin erwiderte sein Lächeln und stellte die Weinflasche zurück in den Kühlschrank. Sie hatte gewusst, auf was sie sich eingelassen hatte, als sie Jürgen heiratete, schließlich war ihr Vater selbst Kriminalkommissar gewesen.

Jochen Burger zeigte sich wenig gesprächig. Unmittelbar nach seiner Verhaftung in Stuttgart hatte er seinen Anwalt angerufen, der – obwohl es Samstagabend war – versprach, so schnell wie möglich nach Rottweil zu kommen. Bis dahin sollte Burger jegliche Aussage verweigern. Zu dritt saßen sie im Vernehmungszimmer – Burger, Mozer und Riedlinger –, und Jochen Burger schwieg beharrlich.

Das Einzige, was er sagte, war: »Sie irren sich, ich habe diesem Franke nichts getan.«

»Sie haben ein Motiv und kein Alibi.« Riedlinger sah den Verdächtigen aufmerksam an. »Ihre Frau hat Sie verlassen, und da Sie dies nicht akzeptieren, wollten Sie Ihren Nebenbuhler aus dem Weg räumen. Eifersucht ist ein starkes Motiv, neben Gier sogar das stärkste. Geben Sie die Sache zu, dann werden Sie sich erleichtert fühlen, und ein umfassendes Geständnis macht beim Staatsanwalt einen guten Eindruck.«

Jochen Burger bedachte ihn mit einem kühlen Blick. »Ich sage nichts mehr, bis mein Anwalt hier ist.«

Das war sein gutes Recht, die Erfahrung zeigte jedoch, dass man manchmal auf Verdächtige nur lange genug einreden musste, bis sie anfingen zu plaudern. Manchmal brachen sie auch zusammen und gestanden, besonders wenn sie von Natur aus keine kaltblütigen Mörder waren. Trotz allem machte Jochen Burger nicht den Eindruck, als wäre er skrupellos, daher hoffte Riedlinger, ihm ein baldiges Geständnis entlocken zu können.

»Herr Burger, wie haben eine angebrochene Flasche des Medikaments, mit dem Elke Haaser getötet wurde, in Ihrem Haus gefunden. Sie behaupten, es stamme von ihrer Großmutter, was durchaus sein kann, dennoch wird vor Gericht dieses Indiz schwer wiegen. Dazu kommt, dass Ihre Nachbarn ausgesagt haben, Sie hätten öfters an Ihrem Auto gebastelt. Somit sind Sie also mit Bremsleitungen vertraut und …«

»Aber nicht mit denen von Bussen!« Erregt fuhr Jochen Burger von seinem Stuhl auf und stemmte die Handflächen auf die Tischplatte. »Hören Sie, Herr Riedlinger, wenn ich

Andreas Franke hätte vernichten wollen, dann hätte ich es auf andere Art und Weise getan, als ihn zu töten. Dieser Mann ist es nicht wert, für ihn ins Gefängnis zu gehen.«

»Ach, und wie?« Geschickt fing Riedlinger den Ball auf und sah Burger erwartungsvoll an.

Der zuckte mit den Schultern. »Ein wirtschaftlicher Ruin ist wirkungsvoller als ein Mord. Mir persönlich wäre es Genugtuung genug gewesen, wenn Franke pleite gegangen wäre.«

»Tja, zwei Morde binnen kurzer Zeit in einem Busunternehmen ... Ob sich das Unternehmen davon erholt, sei dahingestellt. Vielleicht galten die Anschläge tatsächlich zwei unschuldigen Menschen, um die Frankes zu ruinieren.«

Burger fuhr sich mit zwei Fingern in den Kragen, der ihm plötzlich zu eng schien. Seine unbedachte Äußerung hatte ihm mehr geschadet als geholfen, und er musste versuchen, sich nicht um Kopf und Kragen zu reden. Mit vor der Brust verschränkten Armen lehnte er sich zurück.

»Ich sage jetzt nichts mehr, so wie mir mein Anwalt geraten hat. Sie drehen einem ja das Wort im Mund herum.«

»Wie Sie wollen.« Riedlinger erhob sich und seufzte. »Ich gehe mir einen Kaffee holen. Möchten Sie auch einen, Herr Burger?«

Jochen Burger antwortete nicht, er sah Riedlinger nur verächtlich an, dann drehte er den Kopf zur Seite und starrte auf die kahle Betonwand des Vernehmungsraums.

Es war bereits nach Mitternacht, als der Anwalt von Jochen Burger den Kommissaren mitteilte, dass sein Mandant bis auf weiteres jegliche Aussage verweigere.

Er hatte mit Burger ein langes Gespräch unter vier Augen geführt, und die Müdigkeit stand ihm ins Gesicht geschrieben, als er sagte: »Sie können Herrn Burger zwar in Untersuchungshaft nehmen, ich bestehe jedoch auf einem sofortigen Haftprüfungstermin. Sie kommen damit nicht durch, mein Mandant ist unschuldig.«

Riedlinger nickte und unterdrückte ein Gähnen. »Wir werden sehen, was sich machen lässt.«

»Sie haben gegen Jochen Burger nichts Konkretes in der Hand. Wenn Sie alle Personen verhaften würden, die für die Zeiten, in denen die Morde geschehen sind, kein Alibi haben, würde Ihr Provinzgefängnis überquellen. Der Besitz von Beta-Acetyldigoxin ist nicht strafbar. Es ist in Tausenden von Haushalten vorhanden. Meiner Ansicht nach rechtfertigt dies nicht die Inhaftierung meines Mandanten.«

»Sie vergessen das Motiv, Herr Doktor Gneiting«, erinnerte Riedlinger den Anwalt, der ihm von Herzen unsympathisch war.

Er mochte diese geschniegelten Typen nicht, die selbst mitten in der Nacht aussahen, als wären sie direkt einem Modekatalog entstiegen. Dazu legte Gneiting eine Arroganz an den Tag, die eine gesunde Selbstsicherheit überstieg, und ließ die beiden Kommissare spüren, was er von ihren Ermittlungsmethoden hielt.

Gneiting sah Riedlinger von oben herab an. »Sie wissen es wahrscheinlich nicht, aber Jochen Burger genießt über Stuttgart hinaus den Ruf eines erstklassigen Architekten. Er war nicht nur in das Großprojekt der neuen Stuttgart Messe und den Klinikneubau der Rems-Murr-Kliniken involviert, seine Firma spielt auch eine bedeutende Rolle bei Stuttgart einundzwanzig.«

»Na, dann gibt es ja sicher jede Menge Leute, die auf Burger nicht gut zu sprechen sind.« Mozer verbiss sich ein Grinsen. Er hatte die Bemerkung spaßig gemeint.

Gneiting fing den Ball jedoch geschickt auf und nickte ernst. »Sie sagen es, Herr Kommissar. Wir sollten die Möglichkeit, jemand könnte meinem Mandanten schaden wollen, nicht außer acht lassen. Die militanten Umweltschützer sind doch zu allem fähig, und da sie mit ihren Protesten keinen Baustopp von Stuttgart 21 erreicht haben, könnte es durchaus sein, dass sie nun versuchen, die daran beteiligten Firmen fertigzumachen.«

»Das ist sehr weit hergeholt«, gab Riedlinger zu bedenken, der die Gedankengänge des Anwalts sofort erfasst hatte. »Es wird ja wohl kaum jemand aus dem Stuttgarter Raum hergehen und in unserer Gegend zwei Menschen töten, nur um Burger die Schuld in die Schuhe zu schieben. Nein, Herr Doktor Gneiting«, er schüttelte vehement den Kopf, »wir sind der Meinung, Burger hat versucht, den Mann, an den er seine Frau verloren hat, zu töten oder dessen Unternehmen zu ruinieren. Wir *werden* es beweisen.«

Gneiting zuckte scheinbar desinteressiert mit den Schultern. »Dann tun Sie das, aber tun Sie es schnell. Ich bin überzeugt, meinen Mandanten spätestens am Montag wieder auf freiem Fuß zu haben.«

»Wir werden Herrn Burger ins Untersuchungsgefängnis bringen und ihn morgen dem Haftrichter vorführen«, sagte Riedlinger, ohne auf Gneitings letzte Bemerkung einzugehen, und griff zum Telefon, um zwei dafür verantwortliche Beamte zu rufen. »Es ist spät, und heute kommen wir nicht weiter.«

Dr. Gneiting wandte sich zur Tür. »Sie haben meine Handynummer und werden mich unverzüglich über den Haftprüfungstermin informieren. So lange werde ich mir ein Zimmer in der Stadt nehmen und morgen Vormittag erneut mit meinem Mandanten sprechen. Können Sie mir ein Hotel empfehlen?«

»Das Hotel Johanniterbad genießt einen guten Ruf«, antwortete Mozer. »Das ist übrigens das Hotel, in dem Robert Mager zum letzten Mal lebend gesehen wurde.«

Eine Augenbraue des Anwalts zog sich nach oben, und er lächelte kalt. »Wie praktisch, dann kann ich morgen ja gleich mit meinen Ermittlungen beginnen.« Er hob die Hand, als er merkte, dass Riedlinger ihn unterbrechen wollte. »Da Sie sich offenbar in Zugzwang befinden, der Presse einen Täter zu präsentieren und sich auf Jochen Burger eingeschossen haben, ist es mir wohl erlaubt, Material zu sammeln, das meinen Mandanten entlastet. Ich bitte, mir morgen komplette

Akteneinsicht in die Fälle zu geben.« Er lächelte spöttisch und öffnete die Tür. »Gute Nacht, meine Herren, und träumen Sie süß. Vielleicht verraten Ihnen ja Ihre Träume, wo Sie den richtigen Täter finden.«

»So ein arroganter Sack!«, entfuhr es Mozer, als die Tür hinter Gneiting ins Schloss gefallen war, obwohl er sonst nicht zu Kraftausdrücken neigte.

»Seine Meinung, jemand wolle Burger zwei Morde anhängen, nur weil er sich für das Bauprojekt in Stuttgart engagiert, ist fernab jeglicher Realität.« Seufzend griff Riedlinger nach seiner Jacke. »Ein guter Anwalt muss alles versuchen, seine Mandanten herauszuhauen, darum kann ich Gneiting verstehen, dass er nach diesem Strohhalm greift. Es liegt jedoch an uns, Burger entweder zu einem umfassenden Geständnis zu bewegen oder seine Schuld eindeutig zu beweisen.«

Mozer nickte zustimmend. »Die Indizien sprechen zwar gegen Burger und reichen für einen Haftbefehl. Ich glaube allerdings nicht, dass die Staatsanwaltschaft Anklage erheben wird. Dazu sind die Beweise, die wir bisher haben, wirklich zu dürftig.«

Riedlinger schlug seinem Kollegen freundschaftlich auf die Schulter. »Heute Nacht werden wir nichts mehr ausrichten können. Ich werde morgen zu den Frankes rausfahren und sie vom neuesten Stand in Kenntnis setzen. Ich bin gespannt auf das Gesicht von Andreas Franke, wenn er hört, dass wir den Mann seiner Geliebten, die er uns verschwiegen hat, verhaftet haben.«

»Soll ich mitkommen?«

Riedlinger schüttelte den Kopf.

»Danke, aber mach du dir einen freien Sonntag. Meine Karin ist morgen ohnehin bei einer Freundin zum Geburtstagsbrunch eingeladen, also kann ich den Tag unbesorgt der Arbeit widmen.«

Auf dem Parkplatz verabschiedeten sich die beiden Kommissare voneinander, und Riedlinger bewunderte insgeheim seinen Kollegen, dass dieser mitten in der Nacht mit dem Fahrrad nach Hause fuhr. Er selbst hätte sich wohl ein Taxi bestellt, aber Wolfgang Mozer schien diesen sportlichen Ausgleich zu seiner Arbeit zu brauchen. Riedlinger beschloss, künftig auch mehr auf seine Gesundheit zu achten und sein Auto für kurze Wege stehen zu lassen. Erst jedoch musste er diesen Fall abgeschlossen haben.

15

Wie verabredet wartete Nora Burger um neun Uhr am Sonntagmorgen an ihrem üblichen Platz beim Eckhof im Eschachtal. Gestern Abend hatte sie mehrmals versucht, ihren Ehemann zu erreichen, aber beim Festnetz schaltete sich nur der Anrufbeantworter ein, und das Handy hatte Jochen ausgeschaltet. Nora hinterließ ihm die Nachricht, er möge sie bitte so schnell wie möglich zurückrufen. Nora wusste nicht, dass Jochen in Untersuchungshaft in Rottweil saß, denn Riedlinger hatte sie bisher darüber nicht informiert.

Der Sommer machte an diesem Tag eine Pause, es wehte ein kühler Wind, und dunkle Regenwolken zogen am Horizont auf. Nora zog ihre dünne Jacke enger um sich und ging vor der Gastwirtschaft auf und ab, die um diese Stunde noch geschlossen war. Ein Blick auf die Uhr sagte ihr, dass es kurz vor halb zehn war. Sie wunderte sich jedoch nicht, dass Andreas noch nicht da war, denn in den Monaten ihrer Beziehung hatte sie häufig festgestellt, dass Pünktlichkeit nicht gerade zu seinen guten Eigenschaften zählte. Natürlich war Andreas Franke bei seinen Fahrten zuverlässig und auch immer überpünktlich, denn Fahrpläne mussten eingehalten werden, er hatte ihr jedoch erklärt, dass er im Privatleben eben dies gerne etwas schleifen ließ. Nora fand zwar, Unpünktlichkeit zeuge von mangelndem Respekt der Person gegenüber, die auf einen wartete, wusste jedoch, dass sie Andreas nicht würde ändern können. Entweder sie akzeptierte ihn so, wie er war, mit all seinen Fehlern, oder sie beendete die Beziehung.

Ein eisiger Schreck, der nicht von den ersten Regentropfen kam, die nun zu Boden prasselten, durchfuhr Nora. Hatte sie tatsächlich gerade an Trennung gedacht?

»Nein, ich liebe Andreas«, sagte sie wie zur Bestätigung laut zu sich selbst.

Obwohl sie sich jetzt fast ein Jahr kannten, löste allein der Klang seiner Stimme, wenn sie miteinander telefonierten, bei ihr heftiges Herzklopfen aus. Noch immer war es, als würden Tausende von Schmetterlingen in ihrem Bauch Samba tanzen, wenn sie in seine Augen schaute, und ihre Haut brannte, wenn sie an seine zärtlichen Berührungen nur dachte. Dies alles war doch ein Zeichen von tiefer und inniger Liebe, dachte Nora. Wäre es vielleicht anders, wenn sie sich öfter und regelmäßiger sehen würden? Wenn sie und Andreas zusammenlebten – würde sich dann auch Alltagsroutine in ihre Liebe einschleichen, so, wie es bei ihr und Jochen gewesen war? Schließlich hatte sie Jochen einmal aus Liebe geheiratet, hatte jedenfalls damals gedacht, ihn mehr als alles andere in der Welt zu lieben.

Nora nahm ihren Regenschirm aus der Handtasche, spannte ihn auf, denn der Regen wurde heftiger, und ging ein Stück in Richtung des Wildgeheges. Heute ließen sich keine Rehe blicken. Wahrscheinlich war es ihnen auf der freien Wiese zu nass, und sie suchten unter den Bäumen Schutz vor dem Regen. Ein erneuter Blick auf die Uhr ergab, dass es inzwischen kurz nach zehn war. Andreas hatte sich bereits über eine Stunde verspätet, was selbst für ihn unüblich war. Nora nahm ihr Handy und drückte die Kurzwahltaste, unter der seine Nummer gespeichert war, es meldete sich jedoch nur die Mailbox. Auch das war unüblich, denn Andreas schaltete sein Handy eigentlich nie aus. Nora versuchte es auf seinem Festnetz zu Hause, doch auch hier nahm niemand den Hörer ab. Einen Anrufbeantworter besaß Andreas nicht, so blieb Nora nichts anderes übrig als zu warten.

Trotz des regnerischen und kühlen Wetters tauchten jetzt weitere Spaziergänger auf, die meisten mit Hunden, die sie frei laufen ließen. Nora ging zu ihrem Auto zurück, setzte sich hinein und schaltete das Radio an. Sie hörte weder die Musik noch die Nachrichten, denn als es zwölf Uhr war und Andreas weder gekommen war noch sie ihn telefonisch erreichen konnte, kroch die Angst wie eine dicke, fette Spinne über ihren Körper. Andreas war zwar unzuverlässig, er würde sie jedoch niemals mehrere Stunden ohne einen triftigen

Grund warten lassen, ohne sich zu melden. Da Nora wusste, dass Andreas sein Handy überall und immerzu mit sich trug, es selbst nachts niemals abschaltete, wurde ihre Sorge, es könnte ihm etwas passiert sein, von Minute zu Minute größer. Was, wenn der Mörder erneut einen Anschlag auf ihn versucht und dieses Mal Erfolg gehabt hatte?

Noras Hände umklammerten das Lenkrad. »Mach dich nicht verrückt.« Sie sprach die Worte laut, um sich selbst zu beruhigen. »Vielleicht hat er sein Handy verloren, oder er musste unterwartet zu seinen Eltern und kann mich von dort nicht anrufen.«

Für einen Moment dachte sie daran, bei Andreas' Eltern oder Matthias Franke anzurufen. Sie hatte die Telefonnummern zwar nicht in ihrem Handy gespeichert, würde diese jedoch über die Auskunft bekommen. Dann verwarf sie die Idee wieder. Sie hatte keine Ahnung, wie Andreas' Familie die Tatsache, dass er mit einer älteren, zudem verheirateten Frau liiert war, aufgenommen hatte. Sie wollte es Andreas überlassen, sie mit seiner Familie bekannt zu machen.

Jürgen Riedlinger spürte sofort, dass etwas nicht stimmte, als er auf den Betriebshof des Busunternehmers fuhr. Der Hof lag verlassen vor ihm, was jedoch an einem Sonntag nicht verwunderlich war. Die Firma war geschlossen, wahrscheinlich bedienten nur ein oder zwei Fahrer den Linienverkehr, und die Büros waren verwaist. Riedlinger konnte nicht sagen, was ihn beunruhigte, aber irgendetwas lag in der Luft. Seit seiner Jugend hatte er öfters solche Gefühle, die ihm bei seiner Arbeit auch schon hilfreich gewesen waren. Um elf Uhr hatte er Karin zu deren Freundin in die Au gefahren und versprochen, sie am Nachmittag wieder abzuholen. Karin hatte ihn darum gebeten.

»Du weißt doch, dass Marlene an ihren Geburtstagen nicht mit dem Ausschank von Sekt spart«, hatte Karin lachend gesagt. »Ich möchte daher nicht selbst fahren. Wenn du heute Nachmittag keine Zeit hast, nehme ich mir ein Taxi.«

Riedlinger fand das Verhalten seiner Frau sehr vernünftig und versprach, gegen zwei Uhr wieder bei ihr zu sein.

»Ich fahre nur kurz nach Oberlautern, ansonsten gibt es heute nicht viel zu tun«, sagte er, als er vor dem Haus von Karins Freundin hielt, verzichtete allerdings darauf, selbst auszusteigen.

Zwar kannte er Marlene, mochte sie aber nicht besonders und dachte, dass sie es sicher nicht vermissen würde, wenn er ihr nicht persönlich zum Geburtstag gratulierte. Da die Au auf dem Weg nach Oberlautern lag, fuhr er direkt weiter. Dabei passierte er die Unfallstelle des Oldtimerbusses. Durch den Regen waren die polizeilichen Kreidezeichnungen der Unfallaufnahme weggewaschen, lediglich die Spuren an der zerbröckelten Betonmauer wiesen noch darauf hin, dass hier ein Mensch gestorben war. Riedlinger lief ein Schauer über den Rücken. Inzwischen war noch jemand gestorben. Was zuerst wie ein schrecklicher Unfall ausgesehen hatte, entwickelte sich immer mehr zu einem Horrortrip, und er hoffte, Jochen Burger bald entweder zu einem Geständnis bewegen oder ihn eindeutig der Taten überführen zu können. Riedlinger war gespannt, was Andreas Franke zu der Nachricht sagen würde, sie hätten einen Verdächtigen verhaftet.

Da Riedlinger nicht glaubte, Andreas oder Matthias Franke in der Firma anzutreffen, parkte er gleich vor dem Wohnhaus von Matthias Franke. Der Blick auf die Uhr sagte ihm, dass es kurz nach halb zwölf war, wahrscheinlich würde er die Familie bei den Vorbereitungen für das sonntägliche Mittagessen stören. Trotzdem klingelte er. Zuerst dachte er, es wäre niemand daheim, denn es regte sich nichts in dem eleganten Einfamilienhaus. Erst nach seinem zweiten Läuten hörte er ein Geräusch, dann öffnete sich die Tür einen Spalt.

»Ja?« Doris Franke spähte hinaus, und Riedlinger bemerkte sofort die unnatürliche Blässe ihrer Wangen.

»Frau Franke, ist Ihr Mann oder Ihr Schwager zu sprechen?«

Doris Franke, die den Kommissar wiedererkannte, öffnete die Tür weiter, bat Riedlinger aber nicht herein.

»Mein Mann ist bei seinen Eltern.«

Ihre Stimme war zurückhaltend und leise, und Riedlingers Gefühl, dass hier etwas ganz und gar nicht stimmte, verstärkte sich. Es roch auch nicht nach Mittagessen, obwohl die Frankes eine gute, schwäbische Familie waren, bei der am Sonntagmittag der obligatorische Braten, Spätzle und Kartoffelsalat auf dem Tisch zu stehen hatten.

»Ich möchte Ihnen nur mitteilen, dass wir einen Verdächtigen für die Morde verhaftet haben«, sagte Riedlinger.

Doris Franke zuckte wie unter einem Stromschlag zusammen. »Wann?«

Riedlinger wunderte sich über ihre Reaktion. Normal wäre ein »Wer?« gewesen, warum interessierte es Frau Franke mehr, *wann* sie Burger verhaftet hatten?

»Gestern Nachmittag«, antwortete er und ließ die Frau nicht aus den Augen. »Unsere Kollegen in Stuttgart nahmen ihn nach einer Hausdurchsuchung fest, bei der eine Flasche mit dem Medikament, an dem Elke Haaser starb, gefunden wurde. Sie überführten ihn nach Rottweil. Er wird am Montag dem Haftrichter vorgeführt.«

»Das kann nicht sein.« In Doris Frankes Wangen stieg etwas Farbe. »Sie haben den Falschen.«

Riedlinger verbarg seine Überraschung. »Warum sagen Sie das, Frau Franke? Ist etwas geschehen?«

Bevor Doris Franke antworten konnte, rief eine Jungenstimme: »Mama, ich hab Hunger. Warum gibt's heute nichts zum Essen?« Einer der Söhne der Frankes, der Älteste, wenn sich Riedlinger richtig erinnerte, tauchte im Flur auf und musterte Riedlinger interessiert. »Wer ist der Mann?«

Doris Franke strich ihrem Sohn kurz über die Haare, dann sagte sie zu Riedlinger: »Wie gesagt, mein Mann ist bei seinen Eltern. Haigerlocher Straße 57, unten im Ort.«

»Mama, ich will auch zu Oma und Opa!«, plärrte plötzlich der Junge. »Oma hat Schweinebraten gemacht …«

Doris Franke schob ihren Sohn zur Seite und schloss die Tür, ohne Riedlinger noch einen Blick zu gönnen. Dieser blieb konsterniert stehen und schüttelte verwundert den Kopf. Was war hier los? Warum war Frau Franke so blass, beinahe schon ängstlich gewesen? Kurz dachte er daran, Wolfgang Mozer anzurufen, entschloss sich dann aber dagegen. Solange er nicht wusste, was hier vor sich ging, wollte er seinem Kollegen den Sonntag nicht verderben. Vielleicht hatten die Frankes auch nur einen ganz normalen Ehestreit, in den er sich auf keinen Fall einmischen wollte. Vielleicht würde es sie jedoch aufheitern zu erfahren, dass die Gefahr für Andreas Franke gebannt war und der mutmaßliche Täter hinter Schloss und Riegel saß.

Er fand das Haus der Frankes sofort. Es lag direkt neben dem Wohnhaus von Andreas Franke, und die Grundstücke mit jeweils weitläufigen Gärten grenzten aneinander. Hier dauerte es ebenfalls einige Zeit, bis nach Riedlingers Klingeln die Tür geöffnet wurde. Vor ihm stand Matthias Franke, der auf Riedlinger einen ebenso seltsamen Eindruck machte wie zuvor seine Frau.

»Herr Riedlinger … was führt Sie am Sonntag zu uns?«

»Herr Franke … ich muss mit Ihnen und Ihrem Bruder sprechen«, sagte Riedlinger und blickte in die Diele, von der aus eine Treppe nach oben in die Wohnräume führte. »Darf ich hereinkommen? Ist Ihr Bruder ebenfalls hier?«

Matthias zögerte, trat dann jedoch einen Schritt zur Seite und ließ den Kommissar eintreten. Er antwortete nicht auf Riedlingers Frage, sondern sagte: »Meinem Vater geht es nicht sehr gut.«

»Das tut mir leid.«

Riedlinger überlegte, wieder zu gehen und am nächsten Tag wiederzukommen. Vor Dienstag würde in den Zeitungen ohnehin nichts über Burgers Verhaftung stehen.

»Matthias, wer ist es denn?« Eine weibliche Stimme erklang von oben.

»Jemand von der Polizei«, antwortete Matthias, »Er wird gleich wieder gehen, ich sagte ihm bereits, dass Papa krank ist.«

Riedlinger wunderte sich, dass es auch hier nicht nach Essen roch. Vielleicht war der Gesundheitszustand von Herrn Franke derart kritisch, dass niemand an Essen dachte? Dann würden sie aber bestimmt einen Arzt rufen.

»Was fehlt Ihrem Vater denn?«, erkundigte sich Riedlinger höflich.

»Das Herz. Es macht ihm schon länger zu schaffen, er weigert sich jedoch, etwas kürzerzutreten.«

Martha Franke kam die Treppe herunter. Ihre Augen waren gerötet, als ob sie geweint hätte, und ihre Stimme zitterte, als sie sagte: »Es ist ein Wink des Schicksals, dass die Polizei gekommen ist. Matthias, wir sollten …«

»Auf keinen Fall!« In scharfem Ton unterbrach Matthias seine Mutter. »Du weißt doch, was dann passiert.«

Jürgen Riedlinger war lange genug bei der Kripo, um sofort die richtigen Schlüsse zu ziehen. Fälle wie diese hatte er oft erlebt, und so fragte er ins Blaue hinein: »Ist Ihrem Bruder Andreas etwas geschehen?«

Während Martha Franke in Tränen ausbrach, machte nun auch Matthias keinen Versuch mehr, seine Beherrschung zu behalten. »Er ist entführt worden.«

»Was?« Obwohl Riedlinger mit einer schlechten Nachricht gerechnet hatte, durchfuhr ihn ein eisiger Schreck. »Ist das sicher?«

Matthias nickte. »Kommen Sie mit hoch. Ich zeige Ihnen das Schreiben, das heute morgen vor meiner Tür gelegen ist.«

Riedlinger folgte ihm und Martha Franke die Treppe hinauf in ein gemütliches Esszimmer, das an drei Seiten von Fenstern umgeben war und wie ein kleiner Wintergarten wirkte. Er sah den Zettel sofort, der auf dem Tisch lag.

»Nicht anfassen!« Riedlinger fiel Matthias in den Arm, als dieser ihm den Brief geben wollte.

Er zog eine Plastiktüte aus der Jackentasche, nahm den Zettel vorsichtig an einer Ecke zwischen Daumen und Zeigefinger und steckte ihn in die durchsichtige Tüte.

»Sie werden meine Fingerabdrücke darauf finden«, sagte Matthias, der wusste, warum Riedlinger das Schreiben derart vorsichtig behandelte. »Ich habe den Brief schließlich geöffnet und gelesen.«

Riedlinger warf einen Blick auf die wenigen Zeilen:

Haben Andreas Franke in unserer Gewalt.
2 Millionen Euro in kleinen, gebrauchten Scheinen
Keine Polizei, sonst stirbt er
Melden uns wegen Geldübergabe

Der Text war in einer gängigen Schriftart geschrieben, das erkannte Riedlinger sofort, und war auf einem Laserdrucker ausgedruckt worden.

»Seit wann ist Ihr Bruder verschwunden?«

Er wandte sich an Matthias, da Frau Franke nicht in der Lage war, Fragen zu beantworten. Die Frau war völlig aufgelöst und konnte nicht aufhören zu weinen.

»Seit gestern Abend«, antwortete Matthias. »Andreas hatte eine Tagesfahrt nach Lindau. Gegen achtzehn Uhr war er zurück und dann bei unseren Eltern beim Essen.«

»Ich hatte Kohlrouladen gemacht«, warf Martha Franke ein. »Die isst mein Junge nämlich besonders gern.«

»Was ist dann geschehen?«, fragte Riedlinger.

Matthias Franke zuckte mit den Schultern.

»Nach dem Essen ist er nach Hause gegangen und hat gemeint, er wolle früh ins Bett gehen, da er heute Morgen einen Termin habe.«

»Mit wem und wo?«, hakte Riedlinger nach.

Ein erneutes Schulterzucken. »Das sagte er nicht. Eine Fahrt ist heute nicht auf dem Programm gestanden. Wir hätten folglich noch gar nicht bemerkt, dass Andreas verschwunden ist, wenn nicht …« Matthias Franke zögerte, es fiel ihm sichtlich schwer, weiterzusprechen. »Also, heute Morgen um fünf Uhr hat es geklingelt. Meine Frau ist ebenso erschrocken wie ich, wir haben sofort geahnt, dass etwas geschehen sein musste, wenn uns jemand so früh aus dem

Schlaf reißt. Als ich die Haustür geöffnet habe, war aber niemand zu sehen. Zuerst dachte ich, es habe sich jemand einen Scherz erlaubt, dann habe ich den Briefumschlag an der Tür gesehen. Er war mit einem Klebestreifen befestigt. Der oder die gingen auf Nummer sicher und haben den Brief nicht in den Postkasten geworfen, wo wir ihn erst morgen entdeckt hätten, denn wer schaut schon sonntags in den Briefkasten?«

Während Frankes Worten hatte Riedlinger nachdenklich genickt. »Ich nehme an, Sie waren im Haus Ihres Bruders und haben zudem versucht, ihn telefonisch zu erreichen?«

»Natürlich, sofort, als Matthias kam, sind wir rüber«, sagte Frau Franke. »Andreas' Bett ist unbenutzt. Offenbar ist er entführt worden, bevor er zu Hause war.«

»Auf dem kurzen Weg?«

Zweifelnd warf Riedlinger einen Blick auf das Nachbarhaus. Es waren lediglich zwanzig, vielleicht dreißig Meter bis zu dem alten Fachwerkhaus, das Andreas Franke bewohnte.

»Sein Handy ist ausgeschaltet«, erklärte Matthias Franke. »Das ist für Andreas ganz unüblich, der schläft sonst sogar mit dem Ding unter dem Kopfkissen, um immer und überall erreichbar zu sein.«

»Ich würde mir gerne seine Wohnung ansehen«, sagte Riedlinger. »Ich werde auch gleich ein Team anfordern, um eventuelle Spuren zu sichern, und wir werden Ihre Telefonanschlüsse überwachen.«

Matthias wechselte einen langen Blick mit seiner Mutter. »Es ist das Beste, Mama«, sagte er leise, und zu Riedlinger gewandt: »Sie werden diskret vorgehen, nicht wahr? Die Entführer schreiben, wenn wir die Polizei einschalten, stirbt mein Bruder.«

Riedlinger nickte, griff zu seinem Handy und verständigte als Erstes seinen Kollegen Mozer. Dieser kam gerade von seiner vormittäglichen Joggingrunde und versprach, sofort alles Notwendige in die Wege zu leiten.

»Eine Handyortung bringt nichts, wenn das Telefon ausgeschaltet ist«, erklärte Riedlinger, während er gemeinsam mit Matthias Franke zum Nebenhaus ging. »Wir versuchen jedoch weiterhin, die Nummer zu erreichen.«

Zum ersten Mal betrat Jürgen Riedlinger das große Haus. Der Eingangsbereich war mit hellem Holz und Glas neu gestaltet worden, eine Wendeltreppe führte direkt in das großzügig geschnittene Wohnzimmer im ersten Stock, dem eine offene Küchenzeile angegliedert war. Sofort fiel Riedlinger auf, wie ordentlich alles war. Nirgends lag etwas Unnötiges herum, und der helle Parkettboden glänzte, als wäre er eben erst poliert worden.

»Ihr Bruder ist ein ordentlicher Mensch«, bemerkte Riedlinger. »Wenn man bedenkt, dass er Junggeselle ist ...«

Matthias lachte kurz auf. »Andreas ist ein völliger Chaot, der laufend irgendetwas verlegt, und Ordnung ist für ihn ein Fremdwort. Ich glaube, wenn sein Kopf nicht angewachsen wäre, würde er auch den irgendwo vergessen. Dass es hier so aufgeräumt ist, ist unserer Mutter zu verdanken. Zweimal in der Woche putzt sie das Haus von oben bis unten, erst gestern Nachmittag hat sie wieder klar Schiff gemacht. Natürlich wäscht sie auch seine Wäsche, und ich glaube, Andreas hat den Herd in seiner Küche noch nie benutzt. Warum sollte er, wenn Mamas »Restaurant« gleich nebenan ist?«

Den letzten Satz hatte Matthias mit leichter Ironie gesagt, und Riedlinger konnte sich des Eindrucks, er wäre auf seinen jüngeren Brüder neidisch, nicht verwehren.

Er schaute in alle Zimmer, konnte jedoch nichts Auffälliges entdecken. Das Fehlen eines Terminkalenders erklärte Matthias damit, dass Andreas alle seine Termine in sein Handy eintrug.

»Wir müssen herausfinden, mit wem er sich heute morgen treffen wollte«, sagte er und sah Matthias fragend an. »Vielleicht mit seiner Freundin?«

Matthias verzog die Mundwinkel. »Möglich, rufen Sie sie an.«

Es war offenbar, dass Matthias Franke auf Nora Burger immer noch nicht gut zu sprechen war, obwohl die beiden sich nie begegnet waren.

Beim Gedanken an die Freundin von Andreas Franke kam Riedlinger unwillkürlich auch deren Mann, Jochen Burger, in den Sinn, der seit gestern Abend in einer Zelle des Untersuchungsgefängnisses in Rottweil saß.

»Wann hat Ihre Mutter Andreas zum letzten Mal gesehen?«, fragte Riedlinger nochmal zur Sicherheit.

»Er hat kurz nach einundzwanzig Uhr unser Elternhaus verlassen.«

»Hm.«

Riedlinger schüttelte den Kopf. Jetzt verstand er die Reaktion von Doris Franke, die als Erstes fragte, wann der Verdächtige verhaftet worden war, als Riedlinger ihr von Burger erzählte, und meinte, sie hätten den Falschen. Jochen Burger war bereits am frühen Nachmittag von den Stuttgarter Kollegen in Gewahrsam genommen worden, und er selbst hatte ihn die halbe Nacht verhört. Folglich konnte er mit der Entführung nichts zu tun haben – Jochen Burger hatte das beste Alibi der Welt. Riedlinger beschloss, gegenüber Matthias Franke nichts von der Verhaftung eines Verdächtigen zu erwähnen, obwohl er eigentlich aus diesem Grund nach Oberlautern gekommen war. Burger mochte zwar mit der Entführung nichts zu tun haben, die Verantwortung für die beiden Morde schloss das jedoch nicht aus. Was, wenn Burger Helfer hatte, die nach seiner Verhaftung reagierten, um Burger mit Frankes Entführung zu entlasten?

»Herr Franke, die Entführer fordern zwei Millionen Euro. Können Sie das Geld überhaupt aufbringen?«

Matthias seufzte und sah Riedlinger ernst an. »Unsere Firma steht zwar auf soliden finanziellen Fundamenten, wir verfügen allerdings kaum über Barvermögen. Alles, was wir haben, steckt in unseren Bussen und in dem neuen Betriebshof.«

»Was werden Sie jetzt tun?«

»Wir haben eine Lösegeldversicherung abgeschlossen.«

»Was?« Riedlinger glaubte, sich verhört zu haben. »Ich wusste gar nicht, dass es so etwas gibt.«

Matthias Franke nickte. »Unsere Versicherung, bei der die ganze Firma und auch die Familie privat versichert sind, hat uns vor einigen Monaten eine Lösegeldversicherung angeboten. Vorrangig für Firmen, deren Mitarbeiter in Krisengebieten im Ausland eingesetzt werden. Das ist zwar bei uns nicht der Fall, trotzdem haben wir den Vertrag abgeschlossen. Es könnte ja sein, dass einer unserer Fahrer im Ausland entführt wird.« Er lachte kurz und bitter auf. »Dass ich die Versicherung jetzt für meinen eigenen Bruder brauchen werde, hätte ich allerdings nicht gedacht.«

»Reicht die Summe aus?«, fragte Riedlinger interessiert, der immer noch nicht fassen konnte, dass es Versicherungen gab, die Geschäfte mit der Angst machten.

Matthias schüttelte den Kopf. »Nein, die Versicherungssummer beläuft sich lediglich auf eine Million. Ich werde morgen gleich mit der Bank sprechen und versuchen, kurzfristige Hypotheken auf das Haus unserer Eltern und auf Andreas' Haus aufzunehmen. Beide sind schuldenfrei und mit den Grundstücken einiges wert.«

»Werden Sie damit die zwei Millionen aufbringen können?«

Riedlinger war skeptisch, denn die Grundstückspreise in Oberlautern lagen weit unter denen in Rottweil, da die Gegend doch sehr ländlich war.

Matthias Franke sah ihn an, in seinen Augen stand aufrichtige Angst. »Ich hoffe es, Herr Riedlinger, ich hoffe es wirklich.«

Eine Stunde später waren das Team der Spurensicherung sowie die Mitarbeiter der Telefonüberwachung vor Ort. Riedlinger gab die Anweisung, Andreas Frankes Haus zu durchsuchen, Fingerabdrücke zu nehmen und alle Telefonleitungen der Frankes zu überprüfen. Entführungen waren eine schreckliche Sache. Am schlimmsten dabei war die Hilflosigkeit. Solange die Entführer sich nicht meldeten, waren der Polizei die Hände gebunden. Natürlich würden sie die Umgebung durchkämmen, auch Spürhunde sollten eingesetzt werden, aber wer sagte denn, dass Andreas Franke hier irgendwo in der Nähe war? Die Entführer hatten die ganze Nacht Zeit gehabt, ihr Opfer vielleicht sogar außer Landes nach Frankreich oder in die nahe Schweiz zu bringen. Nachdem sich die Eidgenossen dem Schengener Abkommen angeschlossen hatten, gab es so gut wie keine Grenzkontrollen mehr. Trotzdem würde er veranlassen, dass Interpol eingeschaltet wurde, auch wenn Riedlinger wusste, dass die Staatsanwältin davon gar nicht begeistert sein würde. Und erneut mussten alle, die in irgendeinem Zusammenhang mit Andreas Franke standen, befragt werden.

»Es gibt viel zu tun, fang schon mal an«, sagte Mozer und lachte mit einem bitteren Unterton, als Riedlinger ihm die Aufgaben unterbreitet hatte.

Riedlinger nickte. »Als Erstes möchte ich mit dieser Nora Burger sprechen. Ich fahre ins Büro, dort habe ich ihre Telefonnummer.«

16

Wie ein Häufchen Elend saß Nora Burger bei ihrer Freundin auf dem Sofa. »Ich verstehe nicht, warum er nicht gekommen ist.« Sie sah Martina an, in ihren Augen stand Angst. »Auch dass sein Handy aus ist, passt nicht zu Andreas.«

»Du hast mir mehrfach erzählt, dass Andreas nicht gerade der Zuverlässigste ist«, erinnerte Martina die Freundin und bemühte sich, nicht genervt zu klingen. »Wie oft hat er sich tage-, ja, wochenlang nicht bei dir gemeldet? Wahrscheinlich hat er kurzfristig eine Fahrt übernehmen müssen. Vielleicht ist ein anderer Busfahrer krank geworden …«

»Man kann aber doch eine SMS schreiben!«

Nora sprang auf und lief in dem kleinen Wohnzimmer auf und ab. Sie wusste, dass ihre Freundin recht hatte. In dem Jahr ihrer Beziehung zu Andreas hatte es immer wieder Zeiten gegeben, in denen er sich nicht gemeldet hatte, obwohl sie ihm gesimst oder gemailt hatte. Darauf angesprochen, hatte Andreas sie nur aus seinen schönen braunen Augen angesehen, gelächelt und sie dann geküsst. Daraufhin hatte Nora ihm immer wieder verziehen. Sie wusste ja, wie beschäftigt Andreas war. Nicht nur der Familienbetrieb, sondern auch seine zahlreichen privaten und politischen Aktivitäten beanspruchten einen Großteil seiner Zeit. Andreas war ein Mann, der es verabscheute, wenn eine Frau klammerte und ihn einengte. Nach wenigen Wochen hatte Nora bereits gewusst, dass sie, wollte sie Andreas dauerhaft an sich binden, ihm seine Freiheit lassen musste.

»Vielleicht hat er eine andere …«

Martina Traub hielt nichts von beschönigenden Worten. Ihr tat die Freundin zwar aufrichtig leid, Nora musste jedoch alle Möglichkeiten in Betracht ziehen und endlich ihre rosarote Brille absetzen. Ein Mann, der eine Frau wirklich liebt, verhielt sich nicht so.

»Oder der Mörder hat erneut zugeschlagen und dieses Mal Erfolg gehabt.« Noras Stimme zitterte.

So schrecklich die Vorstellung, Andreas könnte sie erneut mit einer anderen Frau betrügen, auch war – lieber sollte er sich in fremden Betten herumtreiben, als dass ihm etwas geschehen war.

Plötzlich klingelte Noras Handy. Mit einem Schritt war sie an ihrer Handtasche und riss das Telefon heraus. Die Nummer auf dem Display sagte ihr nichts, trotzdem meldete sie sich mit einem atemlosen »Ja?« in der Überzeugung, es wäre Andreas. Nora hörte eine Weile stumm zu, dann nickte sie, obwohl der Anrufer es nicht sehen konnte und sagte: »Natürlich, ich bin in wenigen Minuten bei Ihnen.«

Erwartungsvoll sah Martina sie an. »Und?«

»Das war dieser Kommissar Riedlinger. Er möchte, dass ich sofort ins Präsidium komme.«

»Jetzt? Am Sonntag?«, fragte Martina überrascht. »Die Leute arbeiten wohl immer.«

Noras Augen weiteten sich, alle Farbe wich aus ihren Wangen, als ihr klar wurde, was dieser Anruf vielleicht zu bedeuten hatte. »Es ist etwas mit Andreas.« Ihre Stimme war nicht mehr als ein heiseres Flüstern. »Es ist ihm etwas passiert. Warum sonst sollte der Kommissar mich sprechen wollen?«

Dem konnte sich auch Martina nicht verschließen. Sanft legte sie einen Arm um die Schultern ihrer Freundin. »Soll ich mitkommen?«

Nora schüttelte den Kopf. »Es ist ja nicht weit. Bist du nachher noch hier?«

»Selbstverständlich, ich warte auf dich.«

Martina sah ihrer Freundin nach, als diese die Wohnung verließ. Plötzlich hatte auch sie Angst um Andreas Franke.

Von der Stadtgrabenstraße bis zur Polizeidirektion in der Kaiserstraße waren es keine vierhundert Meter, Nora jedoch erschienen sie endlos. Sie ließ den kleinen Park des Stadtgrabens rechter Hand liegen, und die leichte Steigung der Kaiserstraße hinauf zur Marxstraße schien viel steiler zu sein, als sie sie in Erinnerung hatte, denn ihre Beine waren schwer wie Blei. Ihre Gedanken kreisten um Andreas, und obwohl sie seit Jahren in keiner Kirche mehr gewesen war, betete sie im Stillen: »Lieber Gott, lass Andreas nichts passiert sein! Bitte, lieber Gott, nimm ihn mir nicht weg.«

Nachdem der Pförtner sie angemeldet hatte, kam Riedlinger ihr auf halbem Weg entgegen und führte sie in sein Büro. Dort setzte sie sich auf die Kante des Stuhles, und der Kommissar kam gleich zur Sache.

»Frau Burger, wissen Sie, mit wem Andreas Franke heute Morgen verabredet war?«

»Mit mir«, antwortete Nora sofort. »Wir wollten uns um neun Uhr am Eckhof treffen, er kam jedoch nicht.« Sie lehnte sich vor und ihre Unterlippe zitterte, als sie fortfuhr: »Bitte, was ist mir Andreas? Ist ihm etwas …« Sie wagte nicht, es auszusprechen, sah jedoch an Riedlingers Blick, dass ihre schlimmsten Befürchtungen zutrafen.

»Frau Burger, es tut mir leid, Ihnen sagen zu müssen, dass wir davon ausgehen müssen, dass Andreas Franke entführt worden ist.«

»Entführt?« Nora fuhr von ihrem Stuhl hoch. »Aber wieso … warum … und wer?«

»Wenn wir das alles wüssten, wäre mir auch wohler«, gab Riedlinger zu. »Wann haben Sie zum letzten Mal Kontakt mit Herrn Franke gehabt?«

Nora brauchte nicht lange zu überlegen. »Unmittelbar nachdem Jochen … mein Mann ihn hier im Präsidium zusammengeschlagen hat. Andreas hat mich angerufen und das Treffen heute Morgen vorgeschlagen. Dann hat er noch erwähnt, dass er am Samstag an den Bodensee fahren würde.«

Riedlinger nickte. »Haben Sie versucht, Herrn Franke anzurufen?«

Nora bejahte und meinte, dass sein Handy abgeschaltet wäre.

»Wo waren Sie gestern Abend? So ab einundzwanzig Uhr?«

Die Frage traf Nora völlig unerwartet; sie starrte Riedlinger entsetzt an. »Ich habe mit Andreas' Verschwinden ebenso wenig zu tun wie mit den Mordanschlägen. Ich liebe Andreas Franke, er ist der Mann, auf den ich mein ganzes Leben gewartet habe.«

»Was haben Sie gestern Abend gemacht?« Riedlinger ging auf Noras Worte nicht ein.

»Ich war den ganzen Abend bei meiner Freundin Martina Traub. Wir haben etwas getrunken und sind früh schlafen gegangen. Sie können sie gerne befragen.«

»Das werden wir tun.« Riedlinger sah Nora aufmerksam an. »Wir vermuten, dass Ihr Mann Helfershelfer hat, da er für die Zeit, in der Franke verschwunden ist, ja ein Alibi hat.«

»Mein Mann? Jochen?« Nora meinte, sich in einem Albtraum zu befinden, denn die Sache wurde immer verwirrender. »Was hat Jochen damit zu tun?«

»Wir haben ihn gestern Nachmittag verhaftet.« Riedlinger spürte, dass Nora davon nichts wusste. Sie war zwar Schauspielerin, ihr Entsetzen über diese Nachricht war jedoch nicht gespielt. »Für die beiden Morde hat Jochen Burger ein Motiv, aber kein Alibi. Außerdem fanden wir in seiner Wohnung eine angebrochene Flasche mit dem Wirkstoff Digitalis, dem Medikament, mit dem Elke Haaser vergiftet wurde.«

»Seine Oma ist schwer herzkrank«, murmelte Nora. »Werden Sie Jochen jetzt freilassen? Ich meine, er kann nicht der Entführer von Andreas sein.«

»Das hat die Staatsanwaltschaft zu entscheiden.« Riedlinger stand auf und gab damit das Zeichen, dass ihr Gespräch beendet war. »Ich muss Sie wieder bitten, Rottweil in den nächsten Tagen nicht zu verlassen, Frau Burger. Auch nicht für Drehtage. Sie müssen sich zu unserer Verfügung halten.«

»Selbstverständlich, Herr Riedlinger.« Nora wandte sich zur Tür. »Selbst wenn ich heute ein Angebot aus Hollywood erhalten würde – ich würde keinen Schritt aus der Stadt setzen, solange ich nicht weiß, wo Andreas ist und dass es ihm gut geht.«

Nachdem Nora gegangen war, starrte Riedlinger noch einige Zeit auf die Tür. Ihre Liebe zu dem Busunternehmer war aufrichtig, das fühlte er. Nein, Nora Burger hatte weder mit den Mordanschlägen noch mit der Entführung etwas zu tun. Davon war er überzeugt, und sein Instinkt trog ihn selten, wenn es um zwischenmenschliche Beziehungen ging.

»Wenn dieser Fall abgeschlossen ist, mache ich drei Kreuze.«

Seufzend ging Riedlinger zu der neumodischen Kaffeemaschine, die Regina Müller letzte Woche gekauft und aufgestellt hatte, und studierte die vielen Knöpfchen. Er sehnte sich nach einem heißen, starken Kaffee, doch bisher hatte stets seine Mitarbeiterin die Maschine bedient. Riedlinger konnte sie aber schlecht anrufen und bitten, am Sonntag ins Präsidium zu kommen, um ihm einen Kaffee zu kochen. Irgendwie musste er diesen chromglänzenden Apparat auch selbst in Gang bringen, so schwer konnte das doch nicht sein …

Die Teambesprechung der Sonderkommission am Montagmorgen glich einer Krisensitzung, bei der die Nerven aller Anwesenden bis zum Zerreißen gespannt waren.

»Wie konnte das passieren!« Frau Doktor Pfeffer sah mit gerunzelter Stirn in die Runde. »Warum stand Franke nicht unter Polizeischutz, meine Herren? Zweimal wurde versucht, ihn zu töten, und solange der Mörder frei herumläuft, hätte man den Mann keinen Augenblick unbeaufsichtigt lassen sollen.«

»Bei allem Respekt, Frau Staatsanwältin, aber wir haben am Samstagnachmittag einen Verdächtigen verhaftet.« Riedlinger wirkte nach außen ruhiger, als ihm zumute war. »Außerdem hat Franke nicht daran geglaubt, dass tatsächlich er das Ziel der Anschläge war.«

Mozer sah auf die Uhr und fragte: »Wann ist der Haftprüfungstermin für Burger angesetzt?«

»Um elf«, antwortete Frau Dr. Pfeffer und seufzte. »Wir werden ihn wohl laufen lassen müssen. Sobald sein Anwalt erfährt, dass Franke verschwunden ist, wird er uns die Hölle heißmachen. Wir können ihm die neuen Entwicklungen aber nicht verschweigen.«

Riedlinger nickte zustimmend. Für die Morde hatte Jochen Burger zwar kein Alibi, da jedoch alles dafür sprach, dass die Anschläge und die Entführung zusammenhingen und Burger für Letzteres definitiv nicht in Frage kam, würde Dr. Gneiting nichts unversucht lassen, seinen Mandanten noch heute auf freien Fuß zu bekommen. Das Argument, Burger habe Helfer, die Franke entführt hatten, würde der Haftrichter nicht gelten lassen, solange es keinen einzigen Beweis dafür gab.

»Wir stehen also wieder ganz am Anfang.« Mozer sprach Riedlingers Gedanken aus. »Eine Menge Verdächtige mit Motiven, aber nichts Greifbares.«

»Wir können nur hoffen, dass es keine undichte Stelle gibt und die Presse nichts von der Entführung erfährt.« Riedlinger hielt dem strengen Blick der Staatsanwältin stand, die noch am Tag zuvor eine Nachrichtensperre, den Fall Andreas Franke betreffend, verhängt hatte. »Die Presse würde uns in der Luft zerreißen, sollte bekannt werden, dass wir einen dringend Tatverdächtigen in Haft haben, und dann wird das Opfer entführt. Meine Herren …« Ihr Blick bohrte sich zuerst in Riedlingers, dann in Mozers Augen. »Sie fangen noch mal ganz von vorne an. Befragen Sie jeden, der mit Franke auch nur im Entferntesten zu tun hat, und stellen Sie von mir aus Oberlautern auf den Kopf. Irgendwo muss doch etwas zu finden sein! Verflixt noch mal, kein Entführer hinterlässt keine Spuren!«

»Die Fingerabdrücke auf dem Erpresserschreiben stammen ausschließlich von Matthias Franke«, warf Wolfgang Mozer ein, was ihm sofort einen tadelnden Blick von Dr. Pfeffer einbrachte, der besagte: »Hatten Sie etwas anderes erwartet?«

»Ebenso brachte die Hausdurchsuchung bei Andreas Franke keine brauchbaren Hinweise. Nichts, was darauf schließen lässt, dass Franke im Haus war, als er entführt wurde. Es gibt keinerlei Einbruchs- oder gar Kampfspuren.«

»Es scheint, dass Franke freiwillig mit jemandem mitgegangen oder in dessen Auto gestiegen ist«, ergänzte Riedlinger. »Also jemand, den er kennt und dem er vertraut.«

»Dann drehen Sie alle, die mit Franke in Kontakt stehen, durch die Mangel.« Frau Dr. Pfeffer seufzte und erhob sich. »Ich weiß, dass Sie nach dem Mord an Mager bereits alle befragt haben, aber jetzt müssen wir das eben nochmal machen. Irgendwo muss eine Spur zu finden sein.«

Bevor die Staatsanwältin die Sitzung beendete, sicherte sie zu, dass alle verfügbaren Beamten der Polizeidirektion Rottweil sich ab sofort ausschließlich um den Fall Franke zu kümmern hätten.

Nachdem sie gegangen war, sprach Regina Müller das aus, was alle dachten, bisher aber niemand zu sagen gewagt hatte. »Es bleibt nur zu hoffen, dass wir Franke finden, solange er noch am Leben ist.« Sie zuckte mit den Schultern, als sie Riedlingers vorwurfsvollen Blick sah. »Ist doch wahr, Chef. Da versucht jemand zweimal, Andreas Franke zu ermorden. Dabei ist mit großer krimineller Energie vorgegangen worden. Glauben Sie wirklich, dass sich diese Person nun plötzlich besonnen hat und Franke am Leben lässt? Besonders, wenn er oder sie das Geld hat?«

Weder Riedlinger noch Mozer konnten sich Regina Müllers Argumenten verschließen. Wer, zum Teufel nochmal, hasste Andreas Franke so sehr, dass er ihm dies alles antat?

17

Für Nora Burger vergingen die nächsten Tage in quälender Langsamkeit. Ihre Freundin Martina war den ganzen Tag bei der Arbeit, so war sie sich selbst überlassen. Von der Polizei gab es keine neuen Informationen, außer dass alle verfügbaren Beamten mit Hochdruck nach Andreas suchten.

Am Dienstag meldete sich Jochen bei ihr und bat um ein Treffen. Er war aus der Untersuchungshaft entlassen worden und wollte Nora sehen. Sie trafen sich in einem Bistrocafé in der Blumengasse, direkt in der historischen Innenstadt Rottweils, in dem man im Nebenzimmer rauchen durfte. Nora hätte lieber heute als morgen mit den Glimmstängeln aufgehört, in ihrer derzeitigen psychischen Verfassung war es ihr jedoch unmöglich, auf Zigaretten zu verzichten.

»Glaubst du, dass ich mit den Morden etwas zu tun habe?«, fragte Jochen direkt und anstelle einer Begrüßung.

Nora schüttelte den Kopf. Sie erschrak bei Jochens Anblick. Er hatte sich seit Tagen nicht rasiert, und seine hellgrauen Augen lagen in tiefen Höhlen.

»Dazu bist du nicht fähig«, flüsterte sie, dann wurde ihr Gespräch unterbrochen, als der Kellner an ihren Tisch trat und sie nach ihren Wünschen fragte.

Beide bestellten sich einen Milchkaffee mit viel Schaum, dazu ein kleines Apfelsaftschorle. Wehmütig dachte Nora, dass sie immer noch den gleichen Geschmack hatten. So war es während ihrer gemeinsamen Zeit immer gewesen – alles, was sie gern mochte, liebte Jochen ebenfalls, und alles, was Nora nicht schmeckte, aß Jochen auch nicht. Vielleicht war es für eine Partnerschaft nicht immer von Vorteil, wenn man zu viele Gemeinsamkeiten hatte. Sie dachte an Andreas. Eigentlich verband sie beide nicht viel. Er hörte Hardrock von AC/DC und Nirwana, während sie bei Songs von Chris de Burgh und Robbie Williams dahinschmolz. Andreas aß gerne fett und deftig, Nora achtete auf ihre Ernährung und bevorzugte Geflügel, Gemüse und leichte Salate. Fußball war für Andreas das halbe Leben, Nora fand es sterbenslangweilig, zweiundzwanzig Männern in kurzen Hosen zuzuschauen, die sich um einen Ball stritten.

»Du denkst gerade an ihn, nicht wahr?«

Jochens Hand legte sich auf die ihre. Seine Finger waren kalt, dennoch hatte die Geste etwas Tröstendes.

Nora wusste, es war falsch, mit Jochen über den Mann, dessentwegen sie ihre Ehe aufgegeben hatte, zu sprechen, sie konnte jedoch nicht anders.

»Ich habe solche Angst.« Ihre Stimme war nur ein heiseres Flüstern, und sie bemühte sich, die aufsteigenden Tränen zu unterdrücken. »Wenn Andreas etwas geschieht, dann …«

Nora bemerkte den Schatten nicht, der sich über Jochens Augen legte, dennoch zwang er sich zu lächeln.

»Es wird alles gut werden, mein …« Im letzten Moment verkniff er sich den Kosenamen »Bärchen«, wie er Nora in den ersten Jahre ihrer Ehe gerne genannt hatte. Sie war nicht mehr sein Bärchen, ihr Herz gehörte einem anderen Mann. »Was hat er, was ich nicht habe?«

Nora sah Jochen erstaunt an. Das waren Worte, die normalerweise von Frauen verwendet wurden, wenn sie dahinterkamen, dass ihr Mann eine Geliebte hatte. Sie seufzte resigniert.

»Ach, Jochen, wir haben doch schon so oft darüber gesprochen. Wir haben uns einfach angesehen und gewusst, dass wir füreinander bestimmt sind. Ich glaube, Andreas ist die Liebe meines Lebens. Zwischen dir und mir war es in den letzten Jahren nur noch Routine.«

Nora wusste, wie sehr ihre Worte Jochen verletzen mussten, doch sie waren seit Wochen getrennt, und sie hatte ihm mehrmals unmissverständlich klargemacht, dass sie nicht zu ihm zurückkehren würde. Obwohl sie vor wenigen Minuten bestätigt hatte, an seine Unschuld zu glauben, nagte ein kleiner Zweifel in ihrem Inneren. Jochen hatte wirklich jeden Grund, Andreas zu hassen, zumal es offensichtlich war, dass er sie immer noch liebte. Das zeigte sein Blick, der unverwandt auf ihr Gesicht gerichtet war. Trotzdem weigerte sie sich zu glauben, Jochen – der Mann, mit dem sie vierzehn Jahre zusammengelebt hatte – sei ein kaltblütiger Mörder. Mit der Entführung hatte er definitiv nichts zu tun, denn zu der Zeit, als sich Andreas' Spur verloren hatte, war Jochen in einer Zelle gesessen.

»Was wirst du jetzt tun?«, fragte Nora. »Fährst du heute noch nach … nach Stuttgart?«

Beinahe hätte sie »nach Hause« gesagt. Das schmucke Einfamilienhaus im Süden der Stadt war aber nicht mehr ihr Zuhause.

Jochen zuckte mit den Schultern. »Wohin soll ich sonst gehen? Außerdem wartet ein Berg Arbeit auf mich. Ich hoffe nur, dass sich meine Verhaftung nicht in Stuttgart herumgesprochen hat und dadurch Aufträge ausbleiben. Der Kommissar hat mir allerdings verboten, das Land zu verlassen. Ich muss mich weiterhin zu seiner Verfügung halten.«

Jochen wusste, er hatte seine Freilassung nur der Brillanz von Doktor Gneiting zu verdanken. Der Anwalt hatte darauf beharrt, dass die Morde und die Entführung von Andreas Franke in unmittelbarem Zusammenhang stünden, und da Jochen bei Letzterer keine Beteiligung nachgewiesen werden konnte, entbehrte eine weitere Untersuchungshaft jeglicher Grundlage. Solange der wahre Täter jedoch nicht gefasst worden war, würde der Schatten des Verdachtes immer über ihm schweben.

Am Samstagabend hielt es Nora nicht länger aus. Sie hatte keinerlei Informationen über den Ermittlungsstand erhalten. Immer wenn sie diesen Kommissar Riedlinger anrief und nach Neuigkeiten fragte, antwortete er nur lapidar: »Wir melden uns bei Ihnen, wenn wir Andreas Franke gefunden oder neue Erkenntnisse haben.«

Eine Woche war Andreas nun schon in den Händen skrupelloser Verbrecher, und es schien keine Aufforderung, das

Lösegeld zu übergeben, eingegangen zu sein. Nora war ein realistischer Mensch. Man las ja immer wieder, dass bei den meisten Entführungsdelikten binnen zwei bis drei Tagen das Lösegeld eingefordert wurde. Da sich die Entführer jedoch seit fast einer Woche nicht gemeldet hatten, konnte das nur eines bedeuten …

»Nein!« Nora schüttelte den Kopf und merkte nicht, dass sie das Wort wie einen Schrei ausgestoßen hatte.

Martina legte einen Arm um ihre Schultern. »Es wird alles gut.«

Diese vier Worte hatte sie in den letzten Tagen häufig gesagt, wusste jedoch gleichzeitig, dass die Chance der Freundin, Andreas Franke lebend wiederzusehen, sehr gering war.

»Ich muss etwas tun!« Verzweifelt sah Nora ihre Freundin an. »Ich fahre nach Oberlautern zu Andreas.«

»Was willst du da?«, fragte Martina erstaunt. »Die Polizei hat sein Haus mehrmals durchsucht, wahrscheinlich haben sie die Tür sogar versiegelt. Wie willst du reinkommen?«

Nora angelte nach ihrer Jacke, denn an diesem Sommerabend wehte ein kühler Wind. »Andreas hat stets einen Schlüssel in einem Blumenkübel versteckt.« Sie lächelte traurig. »Ich weiß … was für ein Klischee … ich muss jedoch ins Haus. Ich muss etwas finden, irgendetwas … Ich *muss* es ganz einfach tun.«

»Soll ich mitkommen?«, fragte Martina.

Nora umarmte die Freundin und küsste sie auf die Wange. »Dein Angebot ist lieb, danke, aber ich möchte allein sein.«

Martina versuchte nicht, Nora zurückzuhalten. Sie wusste nicht, was sie noch Tröstendes sagen sollte, denn sie war überzeugt, dass Andreas schon längst nicht mehr lebte. Das Einzige, was sie tun konnte, war, Nora zur Seite zu stehen, wenn irgendwann seine Leiche gefunden werden würde.

Nora wartete, bis es völlig dunkel war, bevor sie aus ihrem Auto stieg. Sie hatte auf dem Kundenparkplatz eines großen Discounters am Ortsrand von Oberlautern geparkt, auf dem noch Betrieb herrschte, denn das Geschäft schloss erst um zweiundzwanzig Uhr. Während sie die Haigerlocher Straße entlangging, die sich in einer leichten Linkskurve nach oben schlängelte, schaute sie sich immer wieder um. Ihr Vorteil war, dass niemand von der Familie Franke sie kannte. In einem Dorf wie Oberlautern jedoch fiel jede Fremde sofort auf, und Nora hoffte, niemand möge sie ansprechen und fragen, was sie hier zu suchen habe. In Andreas' Haus war alles dunkel. Nora fand den Schlüssel an der von Andreas erwähnten Stelle sofort. Die Tür war glücklicherweise nicht versiegelt, denn Nora hätte sich doch sehr unwohl gefühlt, ein polizeiliches Siegel aufzubrechen. Kühle, abgestandene Luft schlug ihr entgegen, als sie in den schmalen Flur trat. Erst einmal war sie in dem Haus gewesen, im Frühjahr und mitten in der Nacht, als Andreas sie mit zu sich genommen hatte. Nora war damals vor Sonnenaufgang wieder gegangen, damit sie nicht von Andreas' Eltern, den unmittelbaren Nachbarn, gesehen wurde.

Sie ging die hölzerne Wendeltreppe hinauf, die direkt in den großen Wohnraum mit der modernen Küchenzeile führte. Durch die Fenster, deren Läden offen standen, fiel nur ein wenig Licht der Straßenlaternen. Auf den ersten Blick erkannte Nora, dass hier alles unverändert war. Eine zweite Wendeltreppe führte in das Dachgeschoss, in dem sich drei Schlafräume und das Bad befanden. Ein Zimmer nutzte Andreas als Arbeitszimmer, in dem zweiten stand ein Gästebett, und das dritte war sein Schlafzimmer.

Als Nora das Arbeitszimmer betrat, sah sie sofort, dass sein Notebook verschwunden war. Sicher hatte es die Polizei in der Hoffnung beschlagnahmt, auf der Festplatte irgendwelche Hinweise zu finden. Im Halbdunkeln öffnete Nora die Schubladen des Schreibtisches und schaute in den Schrank. Dabei fühlte sie sich wie ein Eindringling, sagte sich dann jedoch, dass dies die Polizei auch schon längst getan hatte. Sie wusste nicht, was sie zu finden hoffte, außerdem war es zu dunkel, um etwas zu erkennen. Licht zu machen, wagte Nora nicht, niemand sollte wissen, dass sie hier war.

Langsam ging sie ins Schlafzimmer. Das französische Bett war ordentlich gemacht, und in dem Raum hing noch Andreas' Geruch. Sie ließ sich auf die Bettkante sinken und vergrub ihr Gesicht im Kissen. Hier war Andreas' Geruch noch stärker, und Nora begann zu weinen.

»Wo bist du? Wo bist du nur? Andreas, ich liebe dich …«

Sie wusste nicht, wie lange sie dagelegen und geweint hatte. Es war inzwischen vollständig dunkel geworden, und da Neumond war, drang kein Lichtschimmer durch die Fenster. Nora schlüpfte aus ihren Schuhen und den Jeans und kuschelte sich in der Bettdecke ein. Sie würde im Augenblick nichts ausrichten und nichts finden können, was hilfreich sein könnte, aber allein der Gedanke, in dem Bett zu liegen, in dem Andreas geschlafen hatte, beruhigte sie ein wenig. Sie wollte warten, bis es hell war, und dann das Haus durchsuchen, auch wenn es wahrscheinlich sinnlos war.

Irgendwann schlug die Kirchturmuhr von Oberlautern, erst die zwölfte, dann die erste und schließlich die zweite Nachtstunde. Mit offenen Augen starrte Nora in die dunkle Nacht und konnte gegen die Gewissheit, Andreas wohl niemals wiederzusehen, kaum noch ankämpfen.

18

In Noras Kopf brummte es wie in einem Bienenstock, als sie erwachte. Ein Blick auf ihre Armbanduhr sagte ihr, dass sie doch ein paar Stunden geschlafen haben musste, denn es war kurz nach sechs und draußen bereits hell. Sie schlüpfte in ihre Jeans, ging barfüßig die Wendeltreppe hinunter in den Wohnraum und betrat die kleine Küche, denn sie sehnte sich nach einem heißen, starken Kaffee. Als sie an einem Spiegel vorbeikam, erschrak sie über ihren Anblick. Ihr kurzes Haar stand in Büscheln in alle Richtungen ab, unter ihren Augen lagen dunkle Schatten. Für den Moment war sie froh, dass Andreas sie so nicht sehen konnte.

Sie öffnete die Küchenschränke auf der Suche nach Kaffeepulver und wurde endlich mit einem Glas gefriergetrockneten Kaffees fündig. Sie gab Wasser in den Kocher, einen gehäuften Teelöffel Kaffeekörnchen in eine große Tasse, und während sie wartete, bis das Wasser kochte, ging sie wieder ins Schlafzimmer hinauf.

Das Bettzeug war zerwühlt, das Laken war an einer Seite unter der Matratze hervorgerutscht und zeugte von der unruhig verbrachten Nacht. Nora, von Natur aus ordnungsliebend, strich das Laken glatt und hob die Matratze an, um es hinunterzustopfen. Dabei bemerkte sie einen dunkelblauen Schnellhefter, der unter der Matratze versteckt war. Unsicher nahm sie ihn in die Hand. Es widerstrebte ihr zwar, in Andreas' Sachen herumzuschnüffeln, die Sorge um den geliebten Mann war jedoch so groß, dass sie jedem vielleicht noch so kleinen Hinweis nachgehen musste. Schließlich war sie in sein Haus gekommen, um eventuell eine Spur zu finden, die die Polizei übersehen hatte. Aus der Küche hörte sie, wie das Wasser kochte, also klemmte sie sich den Ordner unter den Arm und goss sich den Kaffee auf. Im Kühlschrank fand sie eine angebrochene Milchtüte, an der sie schnupperte. Das war auch gut so, denn die Milch war sauer. Obwohl Nora

Kaffee ohne Milch eigentlich nicht mochte, nippte sie an der Tasse. Heiß und bitter rann der Kaffee durch ihre Kehle, und sie merkte, wie ihre Kopfschmerzen langsam nachließen.

Aus ihrer Handtasche, die sie in der Nacht achtlos auf das Wohnzimmersofa geworfen hatte, holte sie ein Päckchen Zigaretten und das Feuerzeug, öffnete die Balkontür und ging hinaus. Obwohl Andreas ebenfalls rauchte, roch es in seinem Haus nicht nach Rauch, und Nora sah auch nirgends einen Aschenbecher. Außerdem wollte sie an die frische Luft. Der Balkon war auf der gesamten Längsseite mit üppig blühenden Geranien bewachsen, und Nora setzte sich auf einen Klappstuhl neben der Tür. So konnte sie nicht gesehen werden, wenn Andreas' Vater oder seine Mutter aus dem nebenan liegenden Haus zufällig herüberschauen würden. Nora wusste, sie musste so bald wie möglich verschwinden, denn sie war unrechtmäßig in Andreas' Haus eingedrungen. Wenn die Polizei davon erführe, würde sie sich damit vielleicht sogar verdächtig machen.

Zuerst jedoch wollte sie sehen, was in dem Schnellhefter stand, den Andreas offensichtlich unter der Matratze versteckt hatte. Sie rauchte ein paar Züge und schlug dabei den Ordner auf. Auf dem ersten Blatt standen in Andreas' krakeliger und nicht leicht zu lesender Schrift einige Daten und Geldbeträge, die Nora nichts sagten. Die weiteren Blätter schienen ausgedruckte Computerdateien zu sein, es handelte sich offenbar um geschäftliche Unterlagen, und Nora bezweifelte, dass diese ihr helfen konnten, Andreas oder gar seine Entführer zu finden. Ein Blatt versetzte sie dann jedoch in Erstaunen.

15. April: Adela (17), Katarina (18) – Waidhaus
23. April: Eliska (18), Lenka (16), Vera (19) – Bayrisch Eisenstein
5. Mai: Aneta (16), Zuzana (17) – Bayrisch Eisenstein

Am Ende der Zeilen hatte Andreas mit rotem Stift einen Haken gemacht und ein O.K. hinzugefügt. Nora runzelte die Stirn. Waidhaus und Bayrisch Eisenstein waren Grenzübergänge zur Tschechei, die Namen klangen wie osteuropäische Frauenvornamen, und die dahinterstehende Zahl konnte das Alter der Mädchen sein.

Rasch blätterte Nora weiter – auf allen Seiten waren mehrere Daten vermerkt, immer nach dem gleichen Schema. Meistens waren zwei oder drei Namen verzeichnet, einmal jedoch – Ende Mai – waren sieben Namen bei dem Ort Bärenstein verzeichnet. Nora konnte sich keinen Reim auf diese Listen machen. Sie hätte sie als unwesentlich abgetan, wenn sie nicht unter Andreas' Matratze versteckt gewesen wären. Ein unglaublicher Gedanke schoss ihr durch den Kopf.

»Nein, nein, Andreas tut so etwas nicht!«, sagte sie laut zu sich selbst und stand auf.

Sie zögerte. Sollte sie den Ordner wieder an den Platz, an dem sie ihn gefunden hatte, zurücklegen und von hier verschwinden oder die Unterlagen direkt zur Polizei bringen? Auch wenn dies bedeutete, dass Andreas vielleicht in kriminelle Machenschaften verstrickt war? Hing seine Entführung ebenso wie die Mordanschläge eventuell mit diesen Unterlagen zusammen?

Ein eisiger Schreck durchfuhr Nora, als plötzlich die Haustür geöffnet wurde. Andreas, war ihr erster Gedanke, dann sagte sie sich jedoch im Bruchteil einer Sekunde, dass er wohl kaum – wenn er freigelassen worden wäre oder seinen Entführern hätte entkommen können – einfach so nach Hause kommen würde. Nein, Andreas würde sich zuerst an die Polizei wenden. Blitzschnell duckte sich Nora, so dass sie durch das Fenster nicht zu sehen war. Sie hörte Schritte, die eindeutig nicht Andreas gehörten. Die Person lief die Wendeltreppe ins Schlafzimmer hinauf. Nora überlegte, ob sie es wagen konnte, zu verschwinden, dann wurde ihr jedoch bewusst, dass sie barfüßig war. Sie hatte ihre Schuhe vorhin nicht angezogen, diese standen noch in einer Ecke im Schlafzimmer. Würde die Person, wer immer es war, die Sandalen entdecken und sich fragen, wem sie gehörten?

Noras Herz schlug so schnell und laut, dass sie meinte, es müsse im ganzen Haus zu hören sein. Jetzt kam jemand die Treppe wieder herunter. Vorsichtig wagte Nora einen Blick um die Ecke der Balkontür und erkannte Matthias Franke. Schnell zog sie sich wieder zurück. Andreas' Bruder würde wenig erfreut sein, sie hier vorzufinden, und sie sicher wegen Hausfriedensbruch anzeigen. Von ihrem Versteck aus hörte Nora, wie Matthias eine Nummer in sein Handy tippte, und dann gleich darauf seine Worte, die sie beinahe lähmten.

»Andreas? Ja, ich bin's. Die Sachen sind nicht da.«

In Noras Kopf wirbelten die Gedanken durcheinander. Wieso telefonierte Matthias mit Andreas? Sein Handy war doch immer ausgeschaltet gewesen. War Andreas etwa wieder frei, oder handelte es sich um einen anderen Andreas? Das war jedoch unwahrscheinlich, wenn Matthias im Haus seines Bruders war und hier offenbar etwas suchte.

»Nein, verdammt noch mal, ich sagte gerade – die Unterlagen sind nicht da ... Nein, unter der Matratze ist kein Ordner.« Matthias' Stimme wurde lauter, und es schwang eine Spur von Panik darin. »Wie konntest du nur so leichtsinnig sein, die Papiere nicht zu vernichten? Ich habe dir mehrmals gesagt, verbrenn sie! Die Polizei hat dein Haus durchsucht ...« Er brach ab, offenbar war ihm Andreas ins Wort gefallen, und fuhr dann fort: »Natürlich suche ich noch mal.« Matthias' Stimme wurde zunehmend ungeduldiger. »Ich komm dann zu dir raus, und ja, ich bring was zu essen und zu trinken mit. Ist alles schon im Bus, in einer halben Stunde bin ich bei dir.« Wieder eine kleine Pause, dann sagte Matthias barsch: »Natürlich habe ich das Geld dabei. Wie abgemacht – in kleinen und gebrauchten Scheinen. Die Bank und die Versicherung haben keine Probleme gemacht.«

Nora, die immer noch unter dem Fenstersims auf dem Balkon kauerte, zitterte am ganzen Körper. Was wurde hier gespielt? Sie hatte keinen Zweifel daran, dass Matthias den Ordner suchte, den sie vorhin zufällig entdeckt hatte und der jetzt neben ihr lag. Ebenfalls erkannte sie mit erschreckender

Deutlichkeit, dass Matthias Franke wusste, wo sein Bruder war. War Andreas gar nicht entführt worden? War das alles nur vorgetäuscht gewesen? Sie musste es herausfinden, doch im Augenblick konnte sie nichts tun, außer auszuharren und zu hoffen, von Matthias nicht entdeckt zu werden. In ihre Sorge um Andreas mischte sich Angst. Was war hier los? Was hatte das alles zu bedeuten?

Plötzlich kam Matthias' Stimme näher, und Nora kauerte sich flach auf den Boden.

»Bist du eigentlich von allen guten Geistern verlassen?«, schrie er in das Telefon. »Erst vernichtest du nicht die Unterlagen, die uns beide ins Gefängnis bringen können, und dann lässt du noch deine Balkontür offen, damit jeder hier einsteigen kann!« Eine kleine Pause. »Ja, vielleicht hat auch die Polizei die Tür versehentlich offen gelassen.«

Mehr konnte Nora nicht hören, denn Matthias schloss mit einem Knall die Tür und verriegelte sie ordnungsgemäß.

»Scheiße!«, entfuhr es Nora leise.

Was sollte sie jetzt tun? Sie war auf dem Balkon gefangen. Ihr Handy war in ihrer Handtasche, und die lag auf dem Sofa, wo sie von Matthias offenbar noch nicht entdeckt worden war. Langsam richtete Nora sich auf und spähte durch das Fenster. Matthias ging noch mal nach oben, das war ihre Chance. Sie blickte über die Balkonbrüstung und nahm ihren ganzen Mut zusammen. Es war nur ein Geschoss und unter ihr lag weicher Rasen. Behände schwang Nora ihre Beine über das Geländer und sprang. Sie kam auf ihren nackten Fußsohlen auf, und ein ziehender Schmerz schoss durch ihr rechtes Sprunggelenk, dann fiel sie vornüber hart auf die Knie. Den Ordner hatte sie mitgenommen.

Nora ignorierte den Schmerz und sah sich vorsichtig um. Es war noch sehr früh und die Straße leer. Offenbar hatte niemand ihren Sprung vom Balkon bemerkt. Sie sah den Kleinbus mit zwanzig Sitzen vor dem Haus stehen und überlegte nicht lange. Ihren eigenen Wagen konnte sie nicht benutzen, denn der Autoschlüssel war ebenso wie ihr Handy in ihrer

Handtasche, und sie kam an beides nicht mehr heran. So konnte sie Matthias also nicht zu dem Versteck folgen, in dem sich Andreas offenbar aufhielt.

Der Bus war nicht verschlossen. Nora huschte hinein und kauerte sich in den hinteren Reihen zwischen die Sitze. Sie hoffte, Matthias Franke würde den Bus nicht kontrollieren – warum sollte er das tun? –, und vom Fahrersitz war sie auf den ersten Blick nicht zu sehen, selbst wenn er in den Rückspiegel schaute. Für einen Moment dachte Nora, dass es wohl sinnvoller wäre, von einer Telefonzelle aus sofort die Polizei anzurufen, ihre Sorge um Andreas war jedoch übermächtig. Sie durfte keine Zeit verlieren und musste wissen, wo er war und wie es ihm ging. Und vor allen Dingen wollte sie erfahren, was hier gespielt wurde. Alles andere war Nora in diesem Augenblick egal.

Matthias Franke warf tatsächlich keinen Blick in den hinteren Teil des Busses, als er einstieg und losfuhr. Er war stinksauer auf seinen Bruder, der diese brisanten Unterlagen nicht vernichtet hatte, und würde ihm gehörig die Meinung sagen. Matthias hoffte, dass Andreas sich, was das Versteck des Ordners anging, geirrt hatte, denn sonst ließe das ja nur den Schluss zu, dass jemand anderer die Tabellen gefunden hatte. Die Polizei war es glücklicherweise nicht. Noch nicht ... er wagte nicht, sich vorzustellen, was geschehen würde, wenn der Kommissar von ihrem kleinen Geschäft erfuhr, mit dem er und Andreas seit drei Jahren ihre Einnahmen aufbesserten.

Auch Jürgen Riedlinger hatte eine unruhige Nacht verbracht, und war erst gegen Morgen in einen leichten Schlummer gefallen. Er erwachte von dem Geklapper, das aus der Küche kam, und warf einen Blick auf den Radiowecker: Es war erst kurz nach sieben Uhr und das am Sonntagmorgen. Nachdem er sich stundenlang den Kopf zerbrochen hatte, was er im Fall Franke übersehen hatte und was er noch tun konnte, war er jetzt rechtschaffen müde und hätte gern noch ein paar Stunden geschlafen. Seufzend stand er auf und tappte in die

Küche. Karin, bereits vollständig angekleidet, stand am Herd und hantierte mit den Töpfen.

»Guten Morgen«, brummelte Riedlinger. »Heute ist doch Sonntag, oder?«

Karin Riedlinger drehte den Kopf, nickte und deutete auf die Kaffeemaschine. »Habe gerade frischen Kaffee gemacht. Du siehst aus, als könntest du einen brauchen.«

Riedlinger füllte sich eine Tasse. Erst nachdem er ein paar Schlucke getrunken hatte, fragte er: »Gibt es einen besonderen Grund, dass du mitten in der Nacht am Herd stehst?«

»Du hast es vergessen.« Karin Riedlinger seufzte. »Die Binders kommen heute zum Mittagessen. Das ist seit sechs Wochen ausgemacht.«

»Die Binders?« Grübelnd zog Riedlinger die Stirn kraus. »Die Eltern von Clarissa?«

»Ebendiese.« Karin nickte. »Oder kennst du noch eine andere Familie Binder? Ich habe jede Menge vorzubereiten. Ich muss den Kartoffelsalat machen, damit er durchziehen kann, den Teig für die Spätzle anrühren und die Flädle für die Suppe braten. Die Kinder werden gegen zehn Uhr kommen, und Clarissa hat sich angeboten, mir bei den letzten Vorbereitungen zu helfen.«

»Hm …«

Riedlinger war noch nicht ganz wach, doch so langsam dämmerte ihm, dass seine Frau in den letzten Tagen mehrmals von dem sonntäglichen Mittagessen gesprochen hatte. Ursula und Dr. Leopold Binder, die Eltern von Haralds Freundin Clarissa, lebten in Bonn, und sie und die Riedlingers waren sich erst zweimal begegnet. Nun verbrachten Clarissas Eltern ein paar Urlaubstage am Titisee und würden heute zum ersten Mal nach Rottweil kommen. Karin ließ es sich nicht nehmen, den Rheinländern ein typisch schwäbisches Mahl zu servieren – Zwiebelrostbraten, Spätzle und Kartoffelsalat. Beim Gedanken daran lief Riedlinger das Wasser im Mund zusammen.

»Du musst doch heute hoffentlich nicht wieder weg?«, fragte Karin.

Riedlinger schüttelte den Kopf. »Es gibt nichts, was ich tun kann. Leider. Ein Team überwacht die Telefonleitungen der Frankes rund um die Uhr, und ein anderes kämmt die Gegend durch. Es ist wie verhext, aber seit einer Woche fehlt jede Spur von Andreas Franke.«

Jürgen Riedlinger erzählte seiner Frau nicht viel von den Fällen, an denen er gerade arbeitete. In den letzten Tagen hatte Karin jedoch einiges mitbekommen. Es war ein Wunder, dass die Presse von der Entführung Andreas Frankes bisher keinen Wind bekommen hatte. Ob das noch länger so blieb, wagte Riedlinger jedoch zu bezweifeln. Ebenso, dass Franke überhaupt noch am Leben war. Er war seit über einer Woche verschwunden, und außer mit dem ersten Brief hatten sich die Entführer nicht mehr gemeldet. Niemand sprach darüber, doch alle wussten, was das zu bedeuten hatte. Die Wahrscheinlichkeit, Andreas Franke lebend zu finden, war mehr als gering.

»Ich dusche rasch und zieh mich an, dann helfe ich dir«, sagte Riedlinger.

Er verstand zwar vom Kochen nicht viel, es machte ihm aber Freude, Handlangerdienste, wie zum Beispiel Zwiebeln fein hacken, zu leisten. Die Momente, in denen er und seine Frau zusammen sein konnten, waren in den letzten Wochen ohnehin selten gewesen.

Riedlinger war gerade an der Treppe, als sein Handy klingelte.

»Oh, nein!« Karin Riedlinger stöhnte und verdrehte die Augen.

Auch Riedlinger ahnte, dass es sich keinesfalls um einen privaten Anruf handelte, nicht am Sonntagmorgen um diese Uhrzeit. Der Blick auf das Display bestätigte seine Vermutung.

»Guten Morgen, Motzi«, meldete er sich. »Gibt's was Neues?«

»Ich bin bei Sybille Häfele, der Exfrau von Robert Mager«, antwortete der Kollege, und Riedlinger bemerkte einen aufgeregten Unterton in seiner Stimme. »Du musst sofort kommen, es gibt hier etwas, das du dir ansehen musst.«

»In bin in fünfzehn Minuten da.«

Bevor Riedlinger die Treppe hinaufging, um sich anzuziehen, fing er einen Blick seiner Frau auf. Sie lächelte zwar, konnte aber eine gewisse Enttäuschung in ihren Augen nicht verbergen. Riedlinger wollte etwas sagen, aber Karin winkte ab.

»Schon gut. Ich wusste, worauf ich mich eingelassen habe, als ich einen Polizisten geheiratet habe. Vielleicht schaffst du es ja, zum Mittagessen wieder hier zu sein. Spätestens zum Kaffee?«

Riedlinger zuckte mit den Schultern. Versprechen konnte er es nicht. Er verdrängte den Anflug eines schlechten Gewissens, denn seine Arbeit ging vor, und Wolfgang Mozer hatte ganz so geklungen, als hätte er etwas Wichtiges entdeckt.

Im Wohnzimmer von Sybille Häfele roch es nach frischem Kaffee, und Riedlinger nahm dankend an, als ihm eine Tasse davon angeboten wurde.

Mozer schob Riedlinger einen Stapel Papiere zu. »Das musst du dir ansehen«, sagte er. »Frau Häfele, erzählen Sie doch bitte meinem Kollegen, wie Sie zu diesen Unterlagen gekommen sind.«

Sybille Häfele fuhr sich fahrig durch ihr offenes Haar. Sie war sehr aufgeregt, und ihr Blick irrte zwischen den beiden Kommissaren hin und her.

»Also, das war so … wie ich Ihrem Kollegen bereits erzählt habe … Vor zwei Tagen wurde ich zum Nachlassgericht bestellt. Da Robert … mein Exmann … keine sonstige Familie mehr hat, sind unsere Söhne die Alleinerben.« Sie lächelte bitter. »Nun ja, viel zu erben gibt es ja nicht, aber jemand muss sich ja um seine Sachen und die Wohnungsauflösung kümmern. Ich habe also den Wohnungsschlüssel bekommen und bin gleich hingegangen, solange die Kinder in der Schule und im Hort waren. Es war das erste Mal, dass ich Roberts Wohnung betreten habe. Mir ist jedoch gleich aufgefallen, dass er das hässliche Sparschwein immer noch aufbewahrt hat.«

»Sparschwein?« Riedlinger hob eine Augenbraue.

Sybille nickte. »Wir bekamen es von meiner Großtante zur Hochzeit geschenkt. Natürlich mit Münzen gefüllt, die wir sehr gut gebrauchen konnten, aber das Ding sonst war der Ausbund an Geschmacklosigkeit. Hier …« Sie stand auf und holte zwei große Scherben aus der Küche. »Das ist davon noch übrig.«

Tatsächlich war das Sparschwein nicht gerade ein Schmuckstück gewesen. Die Scherben waren ockerfarben und mit kitschigen rosa und himmelblauen Blüten bemalt.

»Ich dachte, Robert hätte das Ding längst vernichtet, aber es stand auf dem Wohnzimmerschrank. Ich hätte mich nicht weiter darum gekümmert, wenn mir nicht dieses Zeichen aufgefallen wäre.«

Sybille Häfele hielt Riedlinger eine Scherbe unter die Nase. Direkt neben dem Schlitz waren mit rotem Permanentschreiber die verschlungenen Buchstaben *S&R* geschrieben worden.

»Was hat das zu bedeuten?«

»S und R … Sybille und Robert.« Sybille Häfele lächelte wehmütig. »Als wir noch ineinander verliebt waren, hatte Robert das mal in eine Baumrinde geritzt. Damals fand ich das unheimlich romantisch. Dies jetzt auf dem Sparschwein zu entdecken, hat mich allerdings überrascht, denn ich bin sicher, dass bei unserer Trennung die Buchstaben noch nicht auf dem Schwein gestanden haben. Nun, ich habe das Sparschwein mit nach Hause genommen, und – da ich keinen Schlüssel gefunden habe – gestern Abend zertrümmert. Neben einigen kleinen Münzen, es sind übrigens genau acht Euro dreiundzwanzig, fand ich einen flachen Schlüssel. Ich habe sofort vermutet, dass es sich um den Schlüssel zu einem Schließfach handelt. Da Karlheinz ... mein Bruder ... gestern auf die Kinder aufpassen konnte, habe ich einen Spaziergang zum Bahnhof gemacht. Und voilà ...« Sie machte eine Pause und blickte von Riedlinger zu Mozer. »In dem Schließfach habe ich neben einem Bündel Geldscheinen diese Papiere gefunden. Ich verstehe von solchen Sachen nicht viel, habe aber sofort gewusst, dass Sie das sehen sollten. Darum habe ich heute morgen Herrn Mozer angerufen.« Sie sah Wolfgang Mozer an. »Sie waren ja so freundlich, mir Ihre Karte dazulassen.«

Während Sybille Häfeles Worte war Riedlinger bis an die Kante des Sessels gerutscht und hatte ihr gespannt zugehört. Darüber hatte er sogar vergessen, von seinem Kaffee zu trinken, der inzwischen kalt geworden war.

»Wo ist das Geld?«, fragte er.

Sybille Häfele nahm ein Bündel mit Scheinen aus einer Plastiktüte, die neben ihr auf dem Sofa lag und die Riedlinger bisher nicht beachtet hatte, und reichte es ihm. »Es sind genau neuntausendzweihundert Euro.« Sie seufzte, und ihr Lächeln war traurig. »Ich habe noch nie eine so große Summe auf einem Haufen gesehen und gebe zu, für einen Moment war ich versucht, Ihnen nichts von dem Geld zu erzählen. Wir könnten das Geld so gut gebrauchen. Die Jungs wachsen schneller, als ich mit dem Kaufen von neuen Klamotten und Schuhen nachkomme, und so ein kleiner Urlaub am Meer wäre schön. Dann habe ich mir jedoch gesagt, dass das Geld ebenso wie die Papiere etwas mit Roberts Tod zu tun haben müssen. Robert hätte es niemals geschafft, ohne ein krummes Ding so viel Geld anzuhäufen. Ich glaube, er hat die Frankes erpresst und musste deswegen sterben.«

Riedlinger griff nach den Papieren.

Während er sie durchblätterte und die Listen studierte, erklärte Wolfgang Mozer: »Ich habe es mir bereits ausführlich angesehen, Jürgen. Die Listen lassen vermuten, dass hier Mädchen und junge Frauen aus Osteuropa über Tschechien illegal nach Deutschland gebracht und in die Rotlichtbezirke von Stuttgart, Frankfurt und München verkauft worden sind. Der Name Franke taucht zwar nirgends auf, auf der letzten Seite findest du jedoch eine Kopie des Einsatzplanes von Andreas Franke vom Frühjahr. In dieser Zeit ist er neunmal nach Tschechien gefahren, und die Daten stimmen mit denen, die hinter den Namen der Frauen angegeben sind, überein. Ich glaube, wir sind hier einem Menschenhandel auf der Spur.«

Ruhig und konzentriert studierte Riedlinger die Fakten. Mozers Erklärung schien logisch. Alles wies darauf hin, dass das Busunternehmen Franke aus Oberlautern Menschenhandel im großen Stil betrieben hatte oder wahrscheinlich immer noch betrieb. Er deutete auf einen Namen, der auf der letzten Seite ganz unten stand.

»Swoboda … der Name sagt mir doch etwas?«

Mozer nickte. »Ich rufe gleich beim LKA an, aber ich glaube, ein gewisser Swoboda wird international wegen Drogen- und Menschenhandels gesucht.«

»Mager hat irgendwie davon erfahren, Kopien der Unterlagen angefertigt und dann die Frankes erpresst«, schlussfolgerte Riedlinger, verkniff sich jedoch die Bemerkung, dass er den Frankes von Anfang an nicht getraut hatte.

Mozer nickte zustimmend. »Darum musste er sterben, doch wer hat Andreas Franke entführt? Und warum wurde auch die Sekretärin getötet? Ist sein Bruder Matthias der Mörder von Mager und Haaser, und Andreas kam ihm auf die Schliche? Hat Matthias Franke uns nur etwas vorgespielt, und sein Bruder ist ebenfalls schon längst tot?«

»Herzkrank!« Riedlinger sprang plötzlich auf. »Motzi, als ich letzte Woche bei den Eltern Franke war, erwähnte Matthias, dass sein Vater herzkrank ist und geschont werden muss.«

»Dann nimmt er vielleicht ein Medikament, in dem Digitalis ist?«, kombinierte Mozer. »Und für Matthias Franke war es ein Leichtes, Elke Haaser zu vergiften. Vielleicht hat auch sie etwas über die dubiosen Machenschaften der Firma herausbekommen. Oder er wollte wirklich seinen Bruder töten, und die Haaser war ein unschuldiges Opfer.« Er stand auf und sah Sybille Häfele an. »Wir danken Ihnen, Frau Häfele, Sie haben uns sehr weitergeholfen. Das Geld müssen wir jedoch beschlagnahmen, so leid mir das tut. Wenn es wirklich aus einer Erpressung stammt, dann gehört es nicht zum Erbe Ihres Mannes.«

Sie lächelte traurig, nickte und geleitete die Kommissare zur Tür. »Auch wenn ich in den letzten Jahren keinen Grund hatte, Robert auch nur eine Träne nachzuweinen ... bitte, finden Sie seinen Mörder und sorgen Sie dafür, dass er für den Rest seines Lebens hinter Gitter kommt.«

19

Krampfhaft klammerte Nora sich am Gestänge fest, mit dem die Sitze am Boden verankert waren, um nicht in den Mittelgang geschleudert zu werden, denn Matthias Franke raste unter Missachtung jeglicher Tempobeschränkungen über die gewundenen Straßen. Sie wagte nicht, den Kopf zu heben und aus dem Fenster zu blicken, so wusste sie nicht, wohin die Fahrt ging. Zweimal hörte sie Matthias Frankes Handy klingeln, der Busunternehmer ging jedoch nicht dran, sondern stieß nur ein unwilliges Schnauben aus. Nach etwa dreißig Minuten bremste er scharf ab, schaltete den Motor aus und verließ den Bus. Nora harrte noch einige Minuten in ihrem Versteck aus, bevor sie sich vorsichtig erhob und umsah. Sie erkannte gerade noch, wie Matthias durch eine Tür in einem offenbar leerstehenden Firmengebäude verschwand. Sie befand sich auf einem ihr unbekannten Gelände irgendwo außerhalb. An dem langgestreckten, einstöckigen Gebäude war noch der Schriftzug *Haller Reisen* zu erkennen. Nora erinnerte sich, dass die Frankes vor einiger Zeit dieses Busunternehmen aufgekauft hatten. Sie kombinierte, dass sie sich irgendwo am Rand der Stadt Albstadt befinden musste, dies war jedoch eine Gegend, in der sich Nora nur wenig auskannte. Solange sie in Rottweil gelebt hatte, war sie zwar öfters in Balingen sowie in Hechingen gewesen, hatte sich aber für die Umgebung von Albstadt nie interessiert. Der Betriebshof des ehemaligen Busunternehmens war offenbar noch nicht in andere Hände übergegangen, und die Fahrzeughalle stand leer.

Für einen Moment hatte Nora befürchtet, Matthias würde den Bus hinter sich abschließen. Er schien das jedoch in dieser einsamen Gegend für unnötig zu halten, denn er hatte sogar die Tür offen stehen lassen. Geduckt rannte Nora zu der Halle. Sie hoffte, von Matthias nicht gesehen zu werden. Kleine und spitze Steine stachen ihr wie glühende Nadeln in die bloßen Fußsohlen, und auch ihr Knöchel, den sie sich beim Sprung vom Balkon verletzt hatte, schmerzte wie Feuer. Darauf konnte sie jedoch keine Rücksicht nehmen. Wenn sie das Telefonat von Matthias Franke richtig interpretierte, dann war hier irgendwo Andreas. *Ihr* Andreas!

Und er war am Leben. Sicher gab es für alles eine logische Erklärung. Wahrscheinlich hatten die Entführer nicht direkt, sondern über Andreas mit Matthias kommuniziert und von ihm gefordert, allein hierher zu kommen. Das war völlig normal – Nora hatte es schon tausend Mal im Fernsehen gesehen. Warum Matthias allerdings den unter der Matratze versteckten Aktenordner gesucht hatte, konnte Nora sich nicht erklären. Sie war jedoch fest entschlossen, es herauszufinden.

Die Tür direkt neben der ehemaligen Fahrzeughalle, durch die Matthias verschwunden war, war unverschlossen. Vorsichtig drückte Nora sie auf und hielt die Luft an, als die Angeln leise quietschten. Sie verharrte einen Augenblick, als jedoch alles ruhig blieb, ging sie langsam weiter. Vor ihr lag ein schmaler Gang, in dem es immer noch nach Motorenöl und Gummi roch. Auf der linken Seite befand sich die Halle, die Türen rechter Hand führten offenbar in die ehemaligen Büroräume. Nora schlich den Gang entlang, bemüht, kein Geräusch zu machen, dann hörte sie Stimmen aus dem letzten Raum auf der rechten Seite. Die Tür war nur angelehnt, und sie hörte, wie jemand rief: »Na, endlich, es wurde auch Zeit.«

Noras Herz tat einen Sprung. Das war eindeutig Andreas' Stimme! Er lebte, und es schien ihm gut zu gehen! Nur mühsam beherrschte sie sich, die Tür einfach aufzustoßen, in den Raum zu laufen und sich Andreas in die Arme zu werfen. Instinktiv spürte sie, dass er über ihr Auftauchen wenig erfreut sein würde und dass sie kurz vor einer Entdeckung stand, die sie vielleicht gar nicht machen wollte. Jetzt konnte sie jedoch nicht mehr zurück. Sie ließ sich auf die Knie nieder, stützte sich auf die Hände, versuchte, so leise wie möglich zu atmen, und spähte vorsichtig durch den Türspalt in das Zimmer.

Nora fühlte sich wie Miss Marple kurz vor der Aufklärung eines Verbrechens. Nur hatte sie keinen Mr. Stringer oder gar einen Inspektor Craddock an ihrer Seite, die ihr im letzten Moment hilfreich zur Seite eilen würden. Ihr Herz tat einen Sprung, als sie Andreas erkannte. Er war unverletzt, hatte sich jedoch seit Tagen nicht mehr rasiert, und das Haar klebte fettig am Kopf. Entspannt lümmelte er auf einem alten Bürostuhl hinter dem ramponierten Schreibtisch und sah seinem Bruder erwartungsvoll entgegen. Matthias stellte eine dunkelblaue Sporttasche auf den Tisch und öffnete den Reißverschluss. Nora unterdrückte ein Keuchen, als sie die vielen gebündelten Geldscheine sah.

»Zwei Millionen«, sagte Matthias und lächelte. »Die Versicherung hat sofort bezahlt, der Rest stammt aus den Hypotheken auf unsere Häuser. Eine Million fließt also wieder zurück in die Firma, so dass wir nach und nach die Hypotheken tilgen können, ohne dass es auffällt. Die andere Hälfte teilen wir uns – wie abgemacht. Dem nervigen Kommissar werde ich sagen, dass sich die Entführer gemeldet und mir die Bedingungen für die Geldübergabe genannt haben. Um dein Leben nicht zu gefährden, habe ich mich entschlossen, die Polizei nicht zu informieren.«

Andreas nickte wohlgefällig und starrte gierig auf das Geld. Dann verfinsterte sich sein Gesicht, und er blaffte Matthias an: »Ich verstehe nicht, warum du die Unterlagen nicht gefunden hast. Sie befinden sich in einem blauen Schnellhefter, den ich unter meine Matratze geschoben habe, bevor ich ›verschwunden‹ bin.«

»Andreas, da war nichts!« Matthias sah seinen Bruder beschwörend an. »Ich habe alles durchsucht. Warum hast du die Sachen nicht vernichtet? Sofort, als nach Magers Tod die Polizei zum ersten Mal in der Firma war, habe ich alles, was ich von Swoboda an schriftlichem Material hatte, durch den Schredder gejagt und alle Dateien vom Computer gelöscht.«

»Du hast ja recht, es war ein Fehler.« Andreas seufzte. »Du bist sicher, dass die Bullen, als sie mein Haus durchsucht haben, die Papiere nicht gefunden haben?«

Matthias zuckte mit den Schultern. »Der Kommissar hat jedenfalls nichts gesagt. Ich bin sicher, wenn die Polizei den Ordner gefunden hätte, dann hätten sie mir viele unangenehme Fragen gestellt.«

Andreas nickte und wischte sich mit dem Handrücken über die schweißnasse Stirn. »Ich warte jetzt bis morgen Vormittag, dann werde ich bei der Polizei auftauchen und denen eine schöne Geschichte über meine Entführung erzählen. Natürlich werde ich die beiden Männer, die mich in ihre Gewalt gebracht haben, so gut es geht beschreiben, wobei sie natürlich die ganze Zeit über Masken getragen haben. Somit sind die Kommissare die nächste Zeit beschäftigt, diese Phantome zu jagen, denn immerhin könnten meine Entführer auch die Mörder von Mager und Elke sein. Glaub mir, Matthias, da bleibt den Bullen keine Zeit, weiter in unserer Firma herumzuschnüffeln oder gar die alte Sache mit dem Unfall wieder aufzurollen.«

Matthias nickte und öffnete eine mitgebrachte Flasche Apfelsaftschorle. Nachdem er einen langen Schluck genommen hatte, sagte er: »Mama und Papa werden froh sein, wenn du wieder zu Hause bist.«

»Sie wissen doch nichts, oder? Auch Doris hast du nichts erzählt?«

»Natürlich nicht«, entgegnete Matthias. »Mamas Angst, dass du vielleicht nicht mehr am Leben sein könntest, hat mir zwar unendlich wehgetan, wir hatten jedoch keine andere Möglichkeit, die Polizei abzulenken. Die Tatsache, dass dort draußen allerdings immer noch ein Mörder herumläuft, der Mager und Elke auf dem Gewissen hat, bleibt bestehen.« Matthias sah seinen Bruder eindringlich an. »Und wir wissen immer noch nicht, ob die Anschläge nicht doch dir gegolten haben. Was, wenn der Täter es erneut versucht? Die Geschichte deiner Entführung ist ja schön und gut, um die Polizei von der

Firma abzulenken und ein hübsches Sümmchen zur Seite zu schaffen, damit wir unsere größten Schulden tilgen können. Der Mörder wird dadurch jedoch nicht gefunden.«

»Das stimmt.« Andreas nahm seinem Bruder die Flasche aus der Hand und trank ebenfalls, dann öffnete er eine Tupperbox und entnahm ihr ein belegtes Brötchen. »Ich habe mächtigen Kohldampf. Eine Woche ohne Schnitzel und Mamas Kartoffelsalat ist ganz schön hart. Ein paar Tage länger, und ich wäre vom Fleisch gefallen.«

Matthias lachte. »Du siehst auch schon völlig abgemagert aus. Das macht deine Geschichte nur glaubhafter, denn die Entführer werden dir ja wohl kaum täglich ein Dreigängemenü serviert haben. Mama wird dich schon wieder aufpäppeln, wenn sie dich erst wieder bei sich hat.«

Erneut klingelte sein Handy. Matthias warf einen Blick auf das Display und seufzte. »Doris. Sie ruft dauernd an, obwohl ich ihr gesagt habe, dass ich bald zurück bin und sie sich keine Sorgen machen soll.«

Andreas lachte, es war jedoch ein unfreundliches Lachen. »Wann tun Frauen schon mal das, was sie sollen?«

Matthias nickte und steckte das Handy wieder in seine Hosentasche. »Es war gut, dass du dein Handy in die Eyach geworfen hast und dir für unseren Kontakt eines mit Karte besorgt hast«, sagte Matthias. »Die Polizei hat natürlich versucht, dein Telefon zu orten.«

»Oh, da können die lange suchen.« Andreas lachte. »Ich hoffe, dieser Kommissar hört jetzt endlich damit auf, mich zu verdächtigen.«

Matthias nickte. »Ich glaube, das ist vom Tisch. Dieser mopsige Kommissar war sehr besorgt, als er von deiner Entführung gehört hat. Brauchst du noch was, oder kann ich wieder gehen? Ich muss mir für Doris und die Eltern noch eine nette, kleine Geschichte ausdenken, wie ich das Lösegeld übergeben habe.«

Nora zuckte zusammen. Sie musste von hier verschwinden, bevor Matthias sie entdeckte. Sie wollte aber so lange wie möglich ausharren, um noch mehr zu erfahren. In ihrem Inneren herrschte ein Sturm der Gefühle. Andreas' Entführung war von ihm und seinem Bruder nur vorgetäuscht gewesen! Ihre Verzweiflung, ihre ganze Angst, Andreas nie mehr lebend wiederzusehen, war nur Teil eines perfiden Planes gewesen, die Versicherung zu betrügen. Und was hatte es mit den Listen osteuropäischer Frauennamen auf sich? War *Franke-Reisen* etwa in illegale Machenschaften verwickelt?

»Hast du Swoboda angerufen und gesagt, dass wir die Fahrten bis auf Weiteres einstellen müssen?«, fragte Andreas.

»Ja, er war darüber wenig erfreut und meinte, er habe bereits wieder acht Mädchen, deren Wunsch es ist, nach Deutschland zu kommen. Er verlangt eine Entschädigung, da er die Mädchen bereits in einer Pension in Grenznähe untergebracht hat. Der nächste Transport wäre ja für morgen Abend geplant gewesen.«

»Kommt nicht in Frage!« Zornig runzelte Andreas die Stirn. »Wir beenden die Sache, sie ist zu heiß geworden. Da wir jetzt die zwei Millionen haben, sind wir auf die Geschäfte mit Swoboda nicht mehr angewiesen.«

»Du hast recht.«

Matthias beugte sich über den Schreibtisch, um die leere Brotbox wieder an sich zu nehmen. Dabei blieb er mit dem Ärmel an einem Buch hängen, das Andreas während seiner »Gefangenschaft« las. Das Buch fiel zu Boden, und bevor sich Andreas danach bücken konnte, hatte es Matthias bereits aufgehoben. Zwischen den Seiten steckte ein längliches, bedrucktes Kuvert. Matthias starrte es überrascht an.

»Ein Flugticket?« Er blickte auf seinen Bruder, dessen Augenbrauen sich über der Nase zusammenzogen.

»Gib es her«, sagte Andreas scharf. »Das geht dich nichts an.«

Matthias hatte das Ticket bereits aus dem Umschlag gezogen. »Rio de Janeiro?« Seine Augen weiteten sich erstaunt. »Abflug heute Abend ab Zürich? Für eine Person und ohne Rückflug? Andreas, was hat das zu bedeuten?«

Andreas seufzte, fuhr sich mit dem Handrücken über die Stirn und seine Stimme klang plötzlich hart und zynisch, als er leise sagte: »Tja, mein lieber Bruder, du denkst doch nicht ernsthaft, dass ich die zwei Millionen wieder in die Firma zurückfließen lasse? Nun weißt du es. Ja, ich werde sofort, wenn du verschwunden bist, nach Zürich fahren und von dort aus nach Südamerika fliegen. Ihr seht mich niemals wieder.«

»Andreas … das ist … das kannst du nicht machen!« Halt suchend griff Matthias nach der Kante des Schreibtisches. »Wir hatten ausgemacht, dass wir das Geld nach und nach wieder in die Firma investieren. Wir hatten einen genauen Plan, wie wir das Bargeld waschen können. Du weißt, wie hoch unsere Schulden sind! Nur deswegen haben wir die ganze Sache durchgezogen!«

»Nein, Brüderchen, nicht deswegen.« Andreas lachte, es war jedoch ein bitteres Lachen. »Warum soll ich nicht ehrlich sein? Von Anfang an wollte ich das Geld, viel Geld. Nur wenn du reich bist, giltst du etwas. Ein Busunternehmer mit mittlerem Einkommen ist für die Leute nicht gut genug.«

»Claudia!« Matthias fiel es wie Schuppen von den Augen. »Darum hast du auch angefangen, mit Swoboda Geschäfte zu machen.« Er schüttelte heftig den Kopf, er konnte nicht glauben, dass er sich in seinem Bruder getäuscht hatte. »Dir ging es nie um die Firma«, stellte er fest. »Ich dachte, die Sache mit den Mädchen ziehst du nur durch, um unsere Schulden zu tilgen.«

»Klar erkannt, lieber Bruder.« Andreas stand auf und ging in dem Büro auf und ab. »Von Anfang an habe ich von dem Geld, das uns Swoboda eingebracht hat, etwas beiseitegeschafft. Es hätte jedoch noch Jahre gedauert, bis es genug gewesen wäre, ein neues Leben zu beginnen. Dann habe ich angefangen, zu spielen, hauptsächlich in Baden-Baden und in Konstanz. Zuerst hatte ich Glück, dann jedoch eine Pechsträhne nach der anderen. Matthias, ich erwarte nicht, dass du mich verstehst, aber ich habe Schulden. Hohe Schulden …, eine sechsstellige Summe. Und die Leute, die mir das Geld geliehen haben, verstehen keinen Spaß. Ich *muss* von hier weg.«

Matthias begann zu verstehen. »Dann haben diese Geldhaie versucht, dich zu töten?«

Andreas zuckte mit den Schultern und wandte Matthias den Rücken zu. »Schon möglich, denen ist alles zuzutrauen.«

In Matthias' Kopf wirbelten die Gedanken durcheinander. Immer schon hatte er gewusst, dass für Andreas Geld einen hohen Stellenwert hatte. Obwohl es um ihr Unternehmen gut stand und er sich keine Sorgen machte, war *Franke-Reisen* durch den Neubau hoch verschuldet. Wahrscheinlich würden erst seine Kinder Nutznießer eines deutlichen Gewinns sein.

»Du hättest mit mir sprechen sollen«, sagte Matthias leise. »Wir hätten eine Möglichkeit gefunden, deine Schulden zu tilgen. Dann nehmen wir eben einen Teil der zwei Millionen, und ich vergesse, dass du abhauen wolltest.«

Andreas drehte sich um und sah seinem Bruder fest in die Augen. »Matthias, du scheinst nicht zu verstehen! Ich will hier weg. Will fort aus dieser spießbürgerlichen Kleinkariertheit. Ich bin noch jung und möchte etwas vom Leben haben, anstatt tagein, tagaus hinter dem Steuer eines Busses zu sitzen und schreiende Schulkinder, frustrierte Hausfrauen und tattrige Rentner durch die Gegend zu kutschieren.«

»Aber ich dachte immer, du liebst deinen Beruf! Und deine Vereine … dein politisches Amt …«, stammelte Matthias fassungslos. »Du wolltest doch für den Kreistag kandidieren, und …«

»Ach, papperlapapp!« Andreas winkte unwirsch ab. »Das ist alles gequirlter Bullshit. Nach außen hin habe ich funktioniert, immer den netten, charmanten Busfahrer und Politiker gespielt, dabei ist das ganze Oberlautern ein Kaff, das mich ankotzt. Es wäre jedoch aufgefallen, wenn ich mich nicht in das System eingefügt hätte.« Er lachte hämisch. »Die Idee mit der Entführung kam gerade recht. Was für ein Pech, dass du das Ticket entdecken musstest. Während ihr morgen auf mich gewartet hättet, wäre ich schon längst auf der anderen Seite der Erde gewesen.«

»Was ist mit unseren Eltern?« Matthias versuchte, Andreas am Arm zu fassen, dieser entwand sich jedoch seinem Griff. »In den letzten Tagen hat Mama jeden Tag geweint und kaum etwas gegessen. Papa hat ein schwaches Herz. Er wird das nicht überleben.«

Für einen Augenblick zog ein Schatten über Andreas' Gesicht, dann verhärteten sich seine Züge sofort wieder. »Ich hätte Mama und Papa irgendwann eine Nachricht zukommen lassen.«

»Das werde ich nicht zulassen!« Matthias Franke hatte seine Fassung wiedergefunden und holte sein Handy aus der Hosentasche.

»Wen willst du anrufen? Die Bullen?« Andreas schüttelte missbilligend den Kopf. »Willst du denen etwa von der fingierten Entführung erzählen? Am besten auch noch, dass wir seit Jahren Mädchen über Tschechien illegal nach Deutschland bringen, die hier als Zwangsprostituierte in Bordellen landen? Nur zu, aber vergiss nicht, dass du ebenso drinhängst. Wir würden beide in den Knast wandern.«

Matthias zögerte und legte das Handy auf den Tisch. Eindringlich sah er seinen Bruder an. »Andreas, ich weiß nicht, was plötzlich mit dir los ist. Wenn es dein Wunsch ist, kannst du aus der Firma aussteigen und dir irgendwoanders etwas Eigenes aufbauen. Ich werde dich, natürlich im Rahmen unserer finanziellen Möglichkeiten, auszahlen. Du kannst aber nicht einfach abhauen.«

Verächtlich zogen sich Andreas' Mundwinkel nach unten. Er ging auf Matthias' Worte nicht ein, sondern sagte nur: »Ich werde jetzt gehen. Je eher ich nach Zürich fahre, desto besser. Und du, Bruderherz, wirst deinen Mund halten. Du sagst, dass du den Entführern das Geld ausgehändigt hast, und die Bullen werden glauben, dass ich nicht mehr am Leben bin. Sie werden nach meiner Leiche suchen, die Gegend hier bietet viele Möglichkeiten, einen Menschen für immer und ewig verschwinden zu lassen.«

»Ich werde dich aufhalten.« Mit ausgebreiteten Armen stellte sich Matthias vor seinen Bruder, doch dieser blieb davon unbeeindruckt.

»Gut, dann hetz mir doch die Bullen hinterher. Vielleicht geben sie uns im Knast eine gemeinsame Zelle.«

»Wenn es sein muss, dann stelle ich mich der Polizei«, sagte Matthias entschlossen. »Du jedoch wirst nicht mit den zwei Millionen abhauen und unseren Eltern und allen, die dich lieben und mögen, das Herz brechen.«

Andreas sah seinem Bruder fest in die Augen. In seinem Blick war nichts Freundliches mehr, sondern kalte Berechnung, die Matthias frösteln ließ. »Ich lasse mich nicht aufhalten. Von niemandem, auch nicht von dir. Mager hat es versucht, und er hat dafür bezahlt ...«

Nora zog so scharf die Luft ein, dass sie meinte, die beiden Männer müssten das Geräusch gehört haben. Matthias Franke jedoch war derart entsetzt, dass er laut stöhnte. Es war, als hätte jemand einen Vorhang zur Seite gezogen, und plötzlich begann er, klarzusehen.

»Sag, dass das nicht wahr ist!«, flüsterte er. Sein Gehirn weigerte sich, das, was durch Andreas' unbedachte Äußerung offensichtlich zu sein schien, zu erfassen und noch heftiger, es zu verstehen. »Du hast doch nichts mit Magers Tod zu tun?«

Andreas grinste zynisch. »Es gab keine andere Möglichkeit, sonst hätte er uns auffliegen lassen. Keine Ahnung, woher er es wusste, aber im Frühjahr hat er mir plötzlich Kopien unserer Unterlagen präsentiert und gedroht, damit zur Polizei zu gehen. Zehntausend Euro hatte ich Mager bereits in den Rachen geworfen, aber er hat immer mehr gefordert. Ich konnte mir von so einem Subjekt doch nicht mein Leben ruinieren lassen!«

In Matthias keimte ein unglaublicher Verdacht auf. »Und Elke ...?« Er hatte regelrecht Angst vor Andreas' Antwort, obwohl er diese bereits ahnte.

»Sie war sehr nützlich.« Unbekümmert zuckte Andreas mit den Schultern. »Du weißt, dass die Polizei sich nicht sicher war, ob der Anschlag auf Mager ihm oder mir gegolten hat, und angefangen hat, in der Firma herumzuschnüffeln. Ich musste es so aussehen lassen, als ob ein Irrer hinter mir her wäre. Außerdem hat Elke unsere kurze Affäre viel zu ernst genommen. Als sie schwanger wurde, wollte sie mich zwingen, sie zu heiraten, denn sie hatte panische Angst vor ihren bigotten Eltern und dem Gerede der Leute. Somit konnte ich zwei Fliegen mit einer Klappe schlagen. Papas Herztropfen unbemerkt in das Bierglas zu kippen, war bei dem Trubel, der am Sommerfest geherrscht hat, ganz einfach. Durch einen glücklichen Zufall habe ich ihr das Glas in die Hand drücken können. Jetzt konnte ich nur hoffen, dass sie auch daraus trinkt. Ich habe aber gewusst, dass Elke gern Bier mag, so ist alles nach Plan verlaufen.«

Matthias' Kopf schien zu platzen, und er zitterte am ganzen Körper. »Die Bremsen am Oldie hast also du selbst manipuliert? Und dir dann selbst in die Hand geschnitten, damit Mager die Fahrt übernimmt?«

»Du bist ein helles Köpfchen, Bruderherz.« Andreas grinste. »Es hat mich zwar Überwindung gekostet, mir mit dem Schraubenzieher die Handfläche aufzuritzen, und ich habe geblutet wie eine angestochene Sau, es war aber die beste Möglichkeit, Mager loszuwerden.«

Leise fragte Matthias: »Hast du nie daran gedacht, dass die Polizei bei Mager die Unterlagen über unsere Geschäfte finden könnte?«

Andreas schüttelte den Kopf und hob mit einem kalten Lächeln die Hände.

»Natürlich hatte ich mir einen Nachschlüssel zu seiner Wohnung gemacht. Als Mager zwei Tage vorher auf einer Fahrt war, habe ich alles durchsucht, und zwar so vorsichtig, dass es niemandem auffallen konnte, dass jemand in der Wohnung war. Und Mager war nicht intelligent genug, die Sachen bei einem Anwalt zu deponieren. Ich musste dieses

Risiko eingehen, sonst hätte der Typ uns immer weiter erpresst oder wäre zu den Bullen gegangen.«

Obwohl es in dem Raum heiß und stickig war, stand kalter Schweiß auf Matthias' Stirn. Sein Verstand weigerte sich immer noch zu glauben, dass sein Bruder zwei Menschen umgebracht haben sollte, und er hoffte, er würde bald aus diesem Albtraum aufwachen. Langsam streckte er die Hand nach seinem Handy aus. Andreas jedoch war schneller. Mit einer raschen Handbewegung fegte er das Telefon vom Tisch und stampfte mit dem Fuß mehrmals auf das Gehäuse, bis es in Dutzende von Teilen zerbrach.

»Ich werde jetzt gehen und die Polizei informieren«, sagte Matthias trotzdem. Seine Stimme war leise, und langsam tastete er sich rückwärts zur Tür. »Ich riskiere damit zwar eine Anklage wegen Menschenhandels und werde wahrscheinlich ins Gefängnis wandern, was das Ende unserer Firma bedeutet. Mit Mord will ich jedoch nichts zu tun haben.«

Andreas' Faust schnellte so plötzlich vor, dass Matthias keine Chance zum Ausweichen hatte. Rücklings stürzte er zu Boden und schlug mit dem Hinterkopf an die Ecke eines alten Aktenschrankes. Einem Moment blieb er benommen liegen, dann stöhnte er und tastete mit der Hand nach seinem Kopf. Blut klebte an seinen Fingern.

»Andreas ...«

Sein Bruder stand grinsend über ihm, sah sich im Zimmer um, entdeckte eine armlange Metallstange, griff nach dieser und hob sie über seinen Kopf, um auf Matthias einzuschlagen.

»Es tut mir leid, Brüderchen, aber ich habe keine andere Wahl. Ich kann dich nicht laufen lassen. Ich gehe nicht wegen Mordes in den Knast. Es wird eben einen bedauerlichen Zwischenfall bei der Lösegeldübergabe gegeben haben, bei der du erschlagen worden bist.«

Nora, die während Andreas' Erklärungen wie gelähmt auf dem Boden gekauert hatte, reagierte jetzt, ohne nachzudenken. Blitzschnell sprang sie auf, rannte in den Raum und fiel

Andreas in den Arm, als dieser auf seinen Bruder einschlagen wollte.

»Nein!« Ihr Schrei gellte beinahe unmenschlich durch das leere Gebäude.

Von Noras plötzlichem Auftauchen überrascht ließ Andreas die Stange sinken. »Du? Wie kommst du hierher?«

Nora konnte nicht antworten. Sie starrte Andreas an, Tränen liefen ihr über die Wangen.

Er zuckte mit den Schultern. »Nun gut, ich habe dich zwar wirklich gemocht, Nora, ehrlich, und es tut mir leid um dich. Da ich jedoch davon ausgehen muss, dass du alles mitangehört hast, wirst du verstehen, dass ich dich ebenso wenig wie meinen Bruder laufen lassen kann.«

Nora wusste nicht, wo Andreas plötzlich den Strick her hatte. Vor Entsetzen gelähmt war sie unfähig, sich zu wehren, als er ihre Handgelenke auf den Rücken fesselte und sie dann an ein Heizungsrohr band. Mit Matthias, der durch den Sturz immer noch benommen war, verfuhr er ebenso. Dann stellte sich Andreas breitbeinig vor Nora und Matthias und meinte: »Schade um euch, aber ich habe keine andere Wahl, als euch beide zu töten.«

20

Wolfgang Mozer ließ sein Fahrrad, mit dem er aus Zimmern nach Rottweil zu Sybille Häfele gekommen war, am Gartenzaun stehen und sprang in Riedlingers Auto. Mit einer Hand heftete er das Blaulicht auf das Dach des Wagens und schaltete den Signalton ein. Aufgrund ihrer langen Zusammenarbeit verstanden sich die beiden Kommissare ohne Worte. An diesem Sonntagmorgen herrschte wenig Verkehr auf den Straßen, und Riedlinger missachtete alle Geschwindigkeitsbeschränkungen, ohne andere zu gefährden. Während er den Weg nach Oberlautern fuhr, forderte Mozer über Funk Verstärkung an und beorderte diese zum Busunternehmen Franke. Als Nächstes rief er die Staatsanwältin an und informierte sie über den neuesten Stand der Dinge und bat um die Ausstellung eines Durchsuchungsbefehls für Matthias Frankes Haus und für einen Haftbefehl.

»Alles spricht gegen den Busunternehmer«, fügte Mozer seiner ausführlichen Erklärung gegenüber der Staatsanwältin hinzu. »Wahrscheinlich wurde er von Mager erpresst und hat diesen deswegen getötet, und jetzt hat er seinen Bruder in seiner Gewalt, weil der hinter seine krummen Geschäfte gekommen ist.«

»Hoffentlich kommen wir nicht zu spät«, sagte Riedlinger, nachdem Mozer aufgelegt hatte. »Andreas Franke ist seit über einer Woche verschwunden.«

Mozer nickte, er konnte die Möglichkeit, dass Matthias seinen Bruder, der zu viel wusste, bereits getötet hatte, nicht ausschließen.

Das Dorf Oberlautern zeigte sich an diesem Sonntagmorgen von seiner schönsten Seite: Die Sonne schien von einem stahlblauen Himmel, der Wind wehte nur leicht, und über der Ortschaft lag eine friedvolle Stille. Riedlinger hielt auf dem menschenleeren Betriebshof der Firma. Alle Türen und Tore waren verschlossen, darum läuteten sie an der Villa von Matthias Franke. Sie wollten nicht warten, bis die Verstärkung eintraf. Wenn es noch eine Chance gab, Andreas Franke zu retten, dann durften sie keine Minute verlieren. Riedlinger kam sich vor wie vor einer Woche, als er ebenfalls am Sonntagvormittag Doris Franke gegenübergestanden war. Einer Doris Franke, die heute noch blasser und nervöser zu sein schien als am vergangenen Sonntag.

»Sie sind es …« Ihr Blick irrte zwischen den beiden Kommissaren hin und her. »Es ist gut, dass Sie hier sind. Ich habe gleich zu Matthias gesagt, dass wir die Polizei informieren müssen.«

»Wo ist Ihr Mann?«, fragte Riedlinger.

»Das Lösegeld überbringen, aber ich habe eine solche Angst, denn er ist allein gegangen …«

»Was?« Mozer trat einen Schritt vor. »Wir haben doch alle Telefonanschlüsse überwacht. Wann ist der Anruf eingegangen?«

Doris Franke schüttelte den Kopf. »Ich weiß es nicht. Heute Morgen, es war erst kurz vor sechs Uhr, hat mich mein Mann geweckt und gesagt, er werde jetzt die zwei Millionen übergeben. Danach würde man Andreas freilassen.«

»Wohin ist er gegangen?« Riedlinger wurde es flau im Magen, was nicht davon kam, dass er heute noch nicht gefrühstückt hatte.

»Er wollte es mir nicht sagen. Auch hat er mir verboten, die Polizei einzuschalten oder seinen Eltern etwas zu sagen. Jetzt ist er schon drei Stunden weg, und ich kann ihn auf dem Handy nicht erreichen.«

In Riedlingers Kopf wirbelten die Gedanken durcheinander. Alles sprach dafür, dass Matthias Franke Mager und Elke Haaser ermordet und seinen Bruder entführt hatte, damit seine kriminellen Machenschaften nicht aufflogen. Alles passte wie Puzzleteile ineinander. Die Behauptung, dass er das Lösegeld überbringen wolle, war allerdings ein Teil, das Riedlinger in diesem Spiel störte.

»Wir brauchen eine Ortung des Handys von Franke.«

Mozer nickte, telefonierte sofort mit der zuständigen Stelle und gab die Telefonnummer von Matthias Franke, die seine Frau hastig auf einen Zettel kritzelte, durch.

Riedlinger sah Doris Franke beruhigend an. »Wenn er das Handy eingeschaltet hat, dann können wir die Funkzelle, in die das Gerät eingebucht ist, in etwa feststellen. Allerdings kann dies auf mehrere hundert Meter abweichen.«

»Das geht?«, fragte Doris Franke gedehnt. »Ich habe darüber schon mal was im Fernsehen gesehen, wusste aber nicht, dass es tatsächlich möglich ist.«

»Wir finden Ihren Mann, Frau Franke.«

Riedlinger klang zuversichtlicher, als ihm zumute war, wollte der Frau aber nichts von ihrem Verdacht, Matthias könne ein zweifacher, wenn nicht sogar dreifacher Mörder sein, mitteilen. Was, wenn Franke sein Handy gar nicht bei sich trug? Oder es, während die Ortung lief, ausschaltete? Dann blieb ihnen nichts anderes übrig, als nach Franke eine Großfahndung einzuleiten.

Doris Franke schien etwas beruhigt und besann sich nun auf ihre Gastfreundlichkeit. »Entschuldigen Sie bitte, kommen Sie doch herein. Sie müssen verzeihen, aber ich habe wirklich Angst.« Als sie sah, wie Riedlinger sich umsah, fuhr sie fort: »Die Kinder sind übers Wochenende bei meiner Schwester. Es wurde immer schwerer, sie nicht merken zu lassen, dass hier etwas nicht stimmt.«

Riedlinger und Mozer nahmen auf dem eleganten weißen Ledersofa im Wohnzimmer Platz. Auf dem Kaminsims tickte eine altmodische Uhr, die perfekt zu dem Ambiente aus Designermöbeln und Antiquitäten passte.

»Frau Franke, was wissen Sie über die Geschäfte Ihres Mannes mit einen Mann namens Karel Swoboda aus Tschechien?«, fragte Wolfgang Mozer direkt.

»Den Namen habe ich nie zuvor gehört. Und Tschechien?« Sie schüttelte den Kopf. »Wir haben regelmäßig Reisen nach Tschechien im Programm, hauptsächlich in die dortigen Kurbäder. Sie wissen vielleicht, dass eine Kur dort um ein Vielfaches günstiger ist als in Deutschland. Auch unsere Städtereisen nach Prag erfreuen sich seit Jahren großer Beliebtheit. Warum fragen Sie? Was hat das mit der Entführung von Andreas zu tun?«

Riedlinger und Mozer tauschten einen Blick. Tat Doris Franke nur so unschuldig oder wusste sie tatsächlich nichts von den illegalen Geschäften ihres Mannes?

»Frau Franke, wir haben Grund zur Annahme, dass Ihr Mann Menschen … junge Frauen … heimlich aus Osteuropa nach Deutschland bringt.«

»Und diese Mädchen werden hier in Bordelle verkauft«, fügte Mozer hart hinzu.

Doris Frankes Augen weiteten sich vor Entsetzen. »Das ist nicht wahr! So etwas würde Matthias niemals tun! Sie müssen sich irren.«

»Wir haben Beweise«, entgegnete Riedlinger knapp und sah auf seine Armbanduhr. »Verflixt, wo bleibt denn nur die Handyortung?«

»Nur die Ruhe, die Kollegen tun, was sie können«, bemerkte Mozer, der ebenfalls wie auf heißen Kohlen saß.

Es war ein Menschenleben in Gefahr, wenn es für Andreas Franke überhaupt noch Rettung gab, und sie konnten im Augenblick nichts anderes tun, als hier zu sitzen und zu warten.

Nach etwa dreißig Minuten fuhren mehrere Polizeiwagen auf das Betriebsgelände und gleich darauf wimmelte es im Haus von Beamten. Zwischenzeitlich hatte Riedlinger erneut mit der Staatsanwältin telefoniert und sie über den neuesten Stand der Dinge informiert. Sie war bereits auf dem Weg nach Oberlautern.

»Fangen Sie mit der Hausdurchsuchung schon mal an!«, rief sie ins Telefon. »Ich nehme das auf meine Kappe. Wir müssen diesen Franke so schnell wie möglich finden!«

Doris Franke saß blass und wie erschlagen in einer Ecke und ließ die Leute ihre Arbeit machen. In Riedlinger verdichtete sich die Vermutung, dass sie von den illegalen Machenschaften ihres Mannes wirklich keine Ahnung hatte.

»Wir haben nichts zu verbergen«, murmelte sie immer wieder. »Nur gut, dass die Kinder nicht hier sind.«

Es dauerte etwas über eine Stunde, für Riedlinger fühlte es sich jedoch viel länger an, bis endlich die Mitteilung kam, in welcher Funkzelle Matthias Frankes Handy geortet werden konnte. Mozer notierte sich die ungefähre Adresse, dann befahlen sie zwei Einsatzfahrzeugen, ihnen zu folgen.

»Wohin?«, fragte Riedlinger.

Mozer sah auf seinen Zettel und nannte ein Gebiet in der Nähe von Albstadt-Ebingen, das er dann auch gleich ins Navigationssystem eingab, als sie in Riedlingers Wagen stiegen.

»Das muss irgendwo außerhalb von Albstadt sein. Im Südwesten, in der Nähe des alten Industriegebietes.«

»Hoffentlich kommen wir nicht zu spät.« Nervös trommelte Riedlinger mit den Fingerspitzen auf das Lenkrad. »Ich kann mir einfach nicht erklären, wohin Franke mit dem Geld will.«

»Und wenn es sich doch um eine echte Entführung handelt?«, gab Mozer zu bedenken. »Was, wenn es noch mehr Mitwisser gibt und diese Andreas Franke entführt haben, weil Matthias nicht mehr bereit war, weiter zu zahlen?«

Riedlinger konnte die Überlegungen seines Kollegen nicht ausschließen und war gespannt, ob und wie schnell sie das Handy von Matthias Franke finden würden, und ob dieser überhaupt in der Nähe seines Handys sein würde …

»Warum?« Das eine Wort würgte Nora in der Kehle, sie war jedoch nicht fähig, es auszusprechen, denn ihre Glieder schienen wie gelähmt. Aus brennenden Augen, die vor Entsetzen nicht weinen konnten, starrte sie Andreas an. Für einen winzig kleinen Moment dachte sie, in einem schrecklichen Traum gefangen zu sein, aus dem sie niemand weckte, doch keiner ihrer bisherigen Träume war bisher derart realistisch gewesen. Sie sah sich in dem Raum um. Alles ließ darauf schließen, dass Andreas die letzte Woche hier verbracht hatte. In einer Ecke stand ein Feldbett mit einem Schlafsack, leere Saft- und Wasserflaschen stapelten sich an der Wand neben leeren Konservenbüchsen und Pappschachteln. Nora vermutete, dass Matthias ihn regelmäßig mit Essen und Trinken versorgt hatte. Plötzlich ergab alles einen Sinn – einen erschreckenden Sinn, den Noras Verstand erfasste. Ihr Herz weigerte sich jedoch standhaft, zu glauben, Andreas wäre ein kaltblütiger Mörder.

Neben ihr stöhnte Matthias und versuchte, sich aufzurichten.

»Du bleibst liegen!«, herrschte Andreas seinen Bruder an.

Aus der Wunde an Matthias' Hinterkopf sickerte nur noch wenig Blut, das sich in seinen dunkelblonden Haaren verkrustete. Die Verletzung schien nicht schwerwiegend zu sein, wahrscheinlich hatte Matthias eine Gehirnerschütterung, aber was spielte das jetzt noch für eine Rolle?

»Ich frage mich, was eine hübsche Frau wie du an meinem Bruder findet«, murmelte Matthias und versuchte ein Lächeln, das gründlich misslang. »Ich hätte dich gerne unter anderen Umständen kennen gelernt.«

»Ich ebenfalls.« Nora war überrascht, wie normal ihre Stimme klang. »Ich habe aber keine Ahnung … Andreas war immer so lieb gewesen …«

»Haltet den Mund.« Grob trat Andreas seinem Bruder in die Seite, der daraufhin aufstöhnte. »Na, mein liebes Bruderherz, muss ich dich daran erinnern, dass auch du vehement gegen meine Beziehung zu Nora warst?« Spöttisch grinsend zog Andreas eine Augenbraue hoch. Eine Geste, die Nora immer an ihm geliebt hatte. »Eine ältere Frau, die zudem noch verheiratet ist … Tz, tz, tz … das ist doch nichts für einen Franke! Wir müssen doch auf unseren Ruf achten … Oberlautern ist ein Dorf …«

»Du brauchst meine Worte nicht zu wiederholen.« Matthias gewann an Kraft, zerrte an seinen Fesseln, die sich jedoch keinen Millimeter lockerten. Er sah Andreas wütend an. »Und jetzt binde uns los. Das hat doch alles keinen Sinn, Andreas.«

Kurz klopfte Andreas auf die Sporttasche, die immer noch auf dem Tisch stand. »Zwei Millionen haben immer einen Sinn. Bevor man euch hier findet, sitze ich längst im Flieger nach Rio. Du weißt doch, Brüderchen, Brasilien liefert nicht aus.« Andreas nickte wohlgefällig und begann, seine Sachen zusammenzupacken.

»Andy …« Nora flüsterte seinen Kosenamen, den sie nur in intimen Momenten benutzt hatte. Andreas mochte es nicht, in der Öffentlichkeit mit dieser Verniedlichung angesprochen zu werden. »Wir haben uns doch geliebt …«

Andreas ging vor Nora in die Hocke und berührte mit seinen Fingerspitzen leicht ihre Wange. Für einen Augenblick bekamen seine Augen einen wehmütigen Ausdruck.

»Schade, Nora, du hättest wirklich die Frau sein können, mit der ich hätte neu anfangen können. Als ich dich kennengelernt habe, habe ich gedacht, ich könnte vielleicht wieder an die Liebe einer Frau glauben.« Er schüttelte den Kopf. Als er weitersprach, schien es, als würde er die Worte nur zu sich selbst sagen. »Ich wollte mich aber nicht mehr verlieben. Einmal bin ich sehr verletzt worden, das wollte ich nie wieder erleben. Claudia waren materielle Dinge wichtiger als Liebe. Als sie gemerkt hat, dass ich ihr kein Luxusleben finanzieren konnte und wollte, hat sie mich einfach verlassen.«

»Ich hätte dich niemals verletzt.« Über Nora Wangen rannen Tränen. »Vom ersten Moment an war ich an dir interessiert und nicht an dem Geld deiner Familie. Mit dir wäre ich sogar in eine einfache Holzhütte in den Bergen gezogen, wenn du es gewollt hättest.«

Andreas stand auf und sah mit ernstem Ausdruck auf Nora hinunter. »Warum musstest du mir auch nachspionieren? Vielleicht hätte ich dich eines Tages nach Brasilien nachgeholt, um mit dir dort ein völlig neues Leben anzufangen.«

»Ich liebe dich …«, murmelte Nora und schluchzte, denn ihre Worte entsprachen der Wahrheit.

Obwohl Andreas seit Jahren ausländische Mädchen in Bordelle verkauft, zwei Menschen ermordet hatte und jetzt plante, auch sie zu töten, konnte sie sich dieses Gefühl nicht aus dem Herzen reißen. Für einen Moment war es ihr egal, dass sie gleich würde sterben müssen. Vielleicht war der Tod besser, als ohne Andreas und mit der Gewissheit, dass er ein kaltblütiger Mörder war, weiterzuleben. Reiß dich zusammen, mahnte die leise Stimme des Selbsterhaltungstriebes in ihrem Hinterkopf. Und kämpfe!

Nora zerrte so heftig an ihren Fesseln, dass das Heizungsrohr in seiner Verankerung wackelte. »Bitte nicht, Andreas ... Bitte!« Sie verlegte sich aufs Flehen, und die Tränen, die ihr nun über die Wangen liefen, waren echt. »Lass uns gehen. Oder lass uns hier, bis du in der Maschine nach Rio sitzt. Irgendjemand wird uns hier schon finden.«

Andreas beugte sich wieder hinunter und küsste Nora ein letztes Mal. Seine vollen Lippen berührten die ihren, und ihre Tränen benetzten sein Gesicht.

»Es wird Zeit zu verschwinden«, sagte er dann kalt, stand auf, griff nach der Tasche mit dem Geld und nach einer zweiten, in die er seine Sachen gepackt hatte, und ging hinaus.

Matthias atmete erleichtert auf. Er hoffte, Noras Worte hätten seinen Bruder erreicht und er würde ihnen nichts tun.

»Wir müssen versuchen, freizukommen. Na los, Nora, zieh, so fest du kannst, vielleicht gelingt es uns, das Rohr aus der Verankerung zu reißen.«

Nora tat wie geheißen. Der Strick scheuerte ihre Handgelenke wund. Sie ignorierte jedoch den Schmerz, der in keinem Vergleich zu dem stand, der ihr Herz zerriss.

»Wir müssen von hier weg und die Polizei informieren, bevor Andreas in der Schweiz ist!«, mahnte Matthias, aber weder die Fesseln noch das Rohr lockerten sich.

»Warum habt ihr das gemacht?«, fragte Nora, und Matthias verstand.

»Es gibt keine Entschuldigung«, sagte er leise. »Auch nicht, wenn ich sage, dass es Andreas' Idee war. Wenn man Geld hat, dann will man immer noch mehr. Habgier nennt man es wohl. Obwohl unsere Firma auf solidem Boden steht, war ein Zusatzeinkommen verlockend. Der Neubau hat eine Menge gekostet, ich habe gehofft, die Schulden schneller tilgen zu können. Andreas hat diesen Swoboda in einer Kneipe in Prag kennen gelernt. Die beiden haben einige Biere zusammen gekippt, dann machte der Tscheche den Vorschlag, immer mal wieder ein Mädchen mit nach Deutschland zu nehmen. Die Grenzkontrollen waren ja weggefallen und Stichproben waren bei den deutschen Reisebussen eher selten, vor allem, wenn Rentner darin saßen. Die Mädchen wurden dann von einem Kontaktmann abgeholt, der uns immer gleich mit Bargeld bezahlt hat.«

»Aber ihr habt doch gewusst, dass die Mädchen in Bordellen landen würden? Ohne Papiere und ohne einen Cent. Wie kann man nur so gewissenlos sein!«

Matthias nickte und wich Noras Blick aus. »*Franke-Reisen* ist der Marktführer im Zollernalbkreis«, antwortete er. »Das ist keine Entschuldigung. Wenn man ein gewisses Niveau und Ansehen erreicht hat, kann man nicht mehr zurück. Wir werben damit, immer die neusten Busse mit der aktuellsten Technik zu haben, das kostet jedoch alles sehr viel Geld. Alles, was ich getan habe, geschah zum Wohl der Firma. Meine Kinder sollten eines Tages schließlich ein finanziell gesundes Unternehmen übernehmen. So, wie ich es von meinem Vater und er zuvor von seinem bekommen hat. Die Zeiten sind schwer, Nora. Die Wirtschaftskrise hat zwar nicht die Reiselust unserer Kunden gebremst, aber sie geben nicht mehr so viel Geld aus. Allein in diesem Jahr mussten wir neun größere Reisen streichen, weil wir zu wenige Anmeldungen hatten.«

»Es ist trotzdem verachtenswert«, sagte Nora verächtlich. »Euch muss doch klar gewesen sein, dass die Sache früher oder später auffliegt. Mager hat Andreas erpresst, darum musste er sterben.«

Matthias nickte und sagte eindringlich: »Du musst mir glauben, Nora, dass ich erst heute davon erfahren habe. Ich hatte von der Erpressung keine Ahnung, und mit den Morden habe ich nichts zu tun. Im Gegenteil – ich habe auch gedacht, jemand hätte es auf Andreas abgesehen, besonders als Elke Haaser gestorben ist.« Er lachte bitter. »Ich hatte ehrliche Angst um meinen Bruder.«

»Wissen eure Eltern von dem Mädchenhandel?«, fragte Nora, und Matthias verneinte.

»Das war lediglich eine Sache zwischen mir und Andreas, auch meine Frau weiß nichts davon.«

Ihre Unterhaltung wurde unterbrochen, als Andreas wieder den Raum betrat. In der einen Hand trug er einen Benzinkanister.

»Andreas, das kannst du nicht tun!« In Matthias' Stimme schwang Panik, da er ahnte, was Andreas vorhatte. »Ich bin schließlich dein Bruder!«

»Pah, Bruder!« Verächtlich zogen sich Andreas' Mundwinkel nach unten, und er stieß Matthias erneut mit dem Fuß in die Seite. »Ja, du warst immer der große, der ach so perfekte Bruder. Das Vorbild, dem ich stets nachzueifern versucht habe, doch es ist mir nie gelungen, den Vorstellungen unserer Eltern gerecht zu werden.«

»Das ist nicht wahr!« Matthias stemmte sich hoch, soweit es seine Fesseln zuließen. »Nachdem Günther fort war, hast du die Hälfte der Firma …«

»Ja, nur, weil Günther sie nicht wollte«, unterbrach Andreas scharf. »Wer war ich denn schon? Günther wurde als erster Sohn geboren, dann kamst du. Die Eltern hatten also zwei Söhne, die das Familienunternehmen fortführen würden, ein dritter war nicht geplant gewesen. Ich war immer nur ein lästiges Anhängsel. Glaubst du, ich hätte nicht gehört, als Mama einmal zu Papa gesagt hat, sie habe nie ein drittes Kind gewollt und ich sei nur ein Unfall gewesen? Während du und Günther aufs Gymnasium geschickt wurden, blieb für mich nur die Realschule. Ihr habt das Abitur gemacht und dann studiert, für den kleinen Andreas war das nicht notwendig. Nach der Mittleren Reife steckte man mich in die Ausbildung zum Kfz-Mechaniker, dann kam der Bund, und Vater hat darauf bestanden, dass ich mit einundzwanzig den Busführerschein mache und ab sofort in der Firma mitarbeite. Was ich eigentlich wollte … danach wurde ich nie gefragt.«

»Ich dachte immer, du liebst deinen Beruf!« Matthias war ehrlich betroffen. »Du kannst ausgezeichnet mit Menschen umgehen, hast in all den Jahren noch nie einen Unfall gehabt, und du weißt, dass die meisten unserer Kunden dich als Fahrer wollen.«

Andreas schnaubte. »Es ist mir nichts anderes übriggeblieben, als mich zu fügen. Du kennst Vater ebenso wie ich – sein Wort ist Gesetz. Günther hat es gewagt, sich gegen seine Wünsche zu stellen und anstatt Betriebswirtschaft, wie du es gemacht hast, Informatik zu studieren. Als dann dieser Unfall geschehen ist, da war ich natürlich gut genug, um meinem Bruder ein Alibi zu geben, und für Günther war es eine gute Gelegenheit, Oberlautern und die ganze spießige Langweiligkeit dieser Gegend hinter sich zu lassen.«

»Dann stimmt es also – dein Bruder hat das Mädchen überfahren, und du hast ihn gedeckt?«, warf Nora ein.

Sie fragte sich, wie viele neue erschreckende Wahrheiten über Andreas sie noch aushalten konnte.

Matthias warf ihr von der Seite einen Blick zu. »Eine Sache, auf die ich nicht stolz bin. Damals gab es jedoch keine andere Möglichkeit. Hätte Günther sich gestellt, wäre die Firma erledigt gewesen, dabei waren wir gerade dabei, den neuen Betriebshof zu planen und waren bereits hoch verschuldet.«

»So, genug gequatscht.« Andreas' Blick ging zwischen Nora und Matthias hin und her. »Es ist Zeit, auf Wiedersehen oder vielmehr Adieu zu sagen.« Er öffnete den Verschluss des Benzinkanisters. »Wenn ihr Glück habt, erstickt ihr am Rauch, bevor die Flammen euch erreichen. Die Bullen werden jedoch ein paar Tage brauchen, eure Körper zu identifizieren.«

Vor Angst und Entsetzen gelähmt beobachtete Nora, wie Andreas rückwärtsgehend das Benzin vor sich verteilte.

»Andy, ich ... bitte nicht!«, schrie sie so laut, sie konnte. »Ich liebe dich doch ...«

Mit unbewegter Miene warf Andreas den Kanister zur Seite, angelte ein Päckchen Streichhölzer aus seiner Hosentasche und entzündete ein Hölzchen.

»Ich habe keine andere Wahl ...« Das waren die letzten Worte, die Nora und Matthias von ihm hörten, dann ließ Andreas das Streichholz fallen.

Im Bruchteil einer Sekunde setzte sich das Benzin in Brand. Andreas warf Nora einen letzten Blick zu, drehte sich um und ging langsam davon, als wäre nichts geschehen.

21

»Irgendwo in der Gegend muss es sein.« Angestrengt starrte Riedlinger durch die Frontscheibe auf die gewundene Straße, die sich auf ein kleines Waldstück zuschlängelte. Rechter Hand befanden sich leerstehende Fabrikgebäude, die Wege waren von Unkraut überwuchert, und über allem lag die friedvolle Stille eines Sommermorgens.

»Das Gelände wurde vor rund zehn Jahren aufgegeben, als das neue Industriegebiet im Norden Albstadts gebaut wurde«, erläuterte Mozer. »Das Signal von Frankes Handy war jedoch eindeutig, irgendwo von da vorne kam es her, allerdings ist die Verbindung vor zwanzig Minuten abgebrochen.«

Plötzlich kam ihnen ein Fahrzeug auf der sonst menschenleeren Straße entgegen. Es handelte sich um einen Kleinbus, und der Fahrer hatte es offenbar sehr eilig.

»Das ist ein Franke-Bus!«

Aufgeregt straffte Mozer die Schultern und lehnte sich so weit vor, dass seine Nasenspitze beinahe die Windschutzscheibe berührte. Deutlich erkannte er den dunkelgrünen Schriftzug auf der weißen Karosserie des Busses.

Riedlinger lenkte den Wagen an den rechten Straßenrand. Der Fahrer würde das Blaulicht erkennen und anhalten, doch der Bus machte keine Anstalten, seine Geschwindigkeit zu verringern. Im Gegenteil – wie ein Pfeil schoss er an den beiden Kommissaren vorbei.

»Das war Andreas Franke!«

Für den Bruchteil einer Sekunde starrten sich Riedlinger und Mozer an und dachten dasselbe: »Er lebt noch und offenbar geht es ihm gut«, doch dann sprach Riedlinger das aus, was auch Mozer sofort durch den Kopf schoss: »Offenbar ist er seinem Entführer entkommen, aber warum hält er nicht?«

»Sollen wir ihm folgen?«, fragte Mozer.

Riedlinger schüttelte den Kopf. »Informiere die Streife. Sie muss ohnehin dicht hinter uns sein, sie sollen Franke aufhalten. Wahrscheinlich ist er in Panik und hat unser Auto gar nicht gesehen. Wir müssen Matthias Franke finden, bevor er sich aus dem Staub machen kann.«

Er hatte kaum die Worte ausgesprochen, als Mozer ihn am Arm packte und mit der anderen Hand auf ein Haus in dem leerstehenden Gebäudekomplex deutete.

»Was ist das?«

Riedlinger blinzelte mehrmals, dann sah er es auch. Dichter Rauch stieg in den kristallblauen Sommerhimmel, und der Rauch kam ganz sicher nicht von einem Hobbygriller, der sich am Sonntagvormittag eine rote Wurst zubereitete.

»Scheiße.« Riedlinger fluchte selten, jetzt kam es jedoch von Herzen. Instinktiv wusste er, dass der Brand mit ihrem Fall zu tun hatte. »Informiere sofort die Feuerwehr, sie sollen auch gleich einen Notarzt mitschicken. Und gib raus, dass Andreas Franke unter allen Umständen festzuhalten ist.«

Mit rasanter Geschwindigkeit hielt Riedlinger auf das Feuer zu, bis der Rauch immer dichter wurde. Jetzt erkannten die Kommissare, dass es in einem älteren, leerstehenden Gebäude brannte, durch die unteren Fenster waren die Flammen deutlich zu erkennen.

»*Haller-Reisen*!« Mozer schlug sich gegen die Stirn, während sie aus dem Wagen sprangen und im Laufschritt zu dem Gebäude rannten. »Natürlich, die alten Räume des Unternehmens, das Franke übernommen hat! Ein perfektes Versteck, warum sind wir nicht gleich darauf gekommen?«

»Still!« Riedlinger verharrte im Schritt und packte seinen Kollegen am Arm. »Da ist noch jemand drin!«

Nun hörte auch Mozer die Hilfeschreie. Im Rennen riss er sich das T-Shirt über den Kopf und presste es gegen seinen Mund.

»Sei vorsichtig!«, rief Riedlinger und wusste, sie hatten keine andere Wahl.

Sie konnten abwarten, bis die Feuerwehr eintraf, dann würde es für denjenigen, der von den Flammen eingeschlossen war, jedoch zu spät sein. Die eigene Sicherheit ging zwar immer vor, aber sie konnten nicht tatenlos hier draußen stehen, während ein Mensch um sein Leben kämpfte. Sein Kollege hatte eine gute Konstitution, und er wusste, was und wie viel er sich zumuten konnte.

Wolfgang Mozer fand sofort die Eingangtür, aus der dichter Rauch quoll. Er hielt den Atem an und tastete sich vorwärts. Zum Glück war das Gebäude aus Zement und es lag kein brennbares Material mehr herum. Nicht auszudenken, wenn hier noch alte Autoreifen gelagert gewesen wären, dann hätte Mozer sich keinen Schritt weiter getraut.

Die Hilferufe kamen aus dem hinteren Bereich des schmalen Ganges, dort, wo der Rauch am dicksten war und die Flammen am heftigsten loderten. Für einen Moment zögerte Mozer. Er war kein Feigling, er wusste aber auch, dass niemand von ihm verlangen konnte, sein eigenes Leben zu riskieren. Trotzdem tastete er sich weiter und machte einen beherzten Sprung durch die Flammen in einen kleinen Büroraum.

»Hier!«, hörte er eine weibliche Stimme. »Hier sind wir! Wir sind gefesselt!«

Mozer konnte nicht länger die Luft anhalten. Er versuchte, unter dem Stoff seines T-Shirts ein paar flache Atemzüge zu nehmen, der Rauch stach ihm jedoch sofort in die Lungen. Seine Augen tränten, dann sah er Nora Burger und Matthias Franke, die gefesselt am Boden kauerten. Nicht zum ersten Mal war Mozer froh, ein Schweizer Messer in der Hosentasche zu haben. Mit zwei raschen Schnitten trennte er die Stricke durch, dann schubste er erst Nora und dann Matthias in Richtung Tür.

»Rennen Sie«, keuchte er. »Rennen Sie durch die Flammen durch. Und halten Sie die Luft an. Sie dürfen auf keinen Fall atmen.«

Nora dachte nicht nach und spurtete los. Sie bekam kaum noch Luft, aber der Instinkt, der jedem Menschen eigen ist, sein Leben zu retten, gab ihr die Kraft, durch die Flammen und den Rauch nach draußen zu gelangen. An der Tür kam ihr Riedlinger entgegen. Erst als er sie zu Boden riss und seine Jacke über sie warf, bemerkte Nora, dass ihre Jeans Feuer gefangen hatte. Nachdem die Flammen erstickt waren, schleppte Nora sich mit letzter Kraft weiter vom Brandherd weg und brach neben Riedlingers Auto zusammen.

Matthias Franke folgte nur Sekunden später. Auch seine Jacke brannte, und Riedlinger gelang es erneut, die Flammen zu ersticken. Zu seiner grenzenlosen Erleichterung sah er auch seinen Kollegen mit zwar rußgeschwärztem, nacktem Oberkörper, aber sonst unverletzt das Gebäude verlassen.

Mozer schnappte nach Luft. »Weg hier«, keuchte er. »Ich habe keine Ahnung, ob noch Benzinkanister darin lagern. Wer weiß, ob nicht gleich alles explodiert.«

Matthias Franke konnte sich noch auf den Beinen halten, und Riedlinger und Mozer packten Nora an den Armen und zogen sie hundert Meter weiter aus der unmittelbaren Gefahrenzone. Ein klirrendes Geräusch verriet, dass die Fensterscheiben durch die Hitze barsten, und inzwischen schlugen die Flammen meterhoch aus den Fensterhöhlen. Wären sie auch nur fünf Minuten später gekommen, hätte es für Nora und Matthias keine Rettung mehr gegeben.

In der Ferne war das Martinshorn zu hören, und gleich darauf bogen zwei Löschzüge um die Ecke, gefolgt von einem Notarztwagen. Riedlinger ging zu Nora und Matthias, die nach Luft schnappend am Straßenrand saßen.

»Andreas …«, stieß Matthias hervor. »Er hat Mager und Haaser ermordet, und nun wollte er uns töten!«

»Was ist mit Karel Swoboda und den Mädchen aus Osteuropa?«, fragte Mozer. Obwohl Matthias Franke gerade erst knapp dem Tod entgangen war, sah er keinen Grund, ihn zu schonen. »Sagen Sie nicht, Sie hätten davon nichts gewusst.«

Matthias schüttelte den Kopf und wischte sich mit einer Hand über die rußgeschwärzte Stirn. »Ich werde Ihnen alles sagen, was Sie wissen wollen, aber Sie müssen meinen Bruder aufhalten. Er ist auf dem Weg nach Zürich.« Er hustete, das Sprechen fiel ihm sichtlich schwer. »Heute Abend geht eine Maschine nach Brasilien.«

»Wir werden ihn bekommen«, versicherte Riedlinger.

Noch wusste er nicht, wie alles zusammenhing und welche Rolle Matthias Franke schlussendlich in der Sache spielte. Eine ausführliche Befragung, auch von Nora Burger, war im Moment jedoch ausgeschlossen. Die beiden mussten erst zu einer gründlichen Untersuchung ins Krankenhaus. Ihre Brandverletzungen schienen zum Glück nur oberflächlich zu sein, aber wahrscheinlich hatten sie beide eine Rauchvergiftung.

Besorgt trat er zu seinem Kollegen. »Motzi, bist du in Ordnung? Das war sehr mutig von dir.«

Mozer wollte antworten, ein Hustenanfall hinderte ihn jedoch daran. Seine Augen waren gerötet und tränten, und Riedlinger legte besorgt einen Arm um seine Schultern. Eine Minute später war der Notarzt bei ihnen, und Riedlinger ging zu seinem Wagen. Die Feuerwehr hatte begonnen, den Brand zu löschen, offenbar bestand nicht die Gefahr einer Explosion. Als das Funkgerät in seinem Auto ihn rief, nahm er den Hörer ab.

»Wir haben Andreas Franke gestellt«, gab ein Streifenbeamter durch. »In dem Bus fanden wir eine Tasche mit Geld, sehr viel Geld.«

»Zwei Millionen.« Riedlinger seufzte. »Bringen Sie Franke ins Präsidium, aber passen Sie auf, dass er Ihnen nicht entwischt. Der Mann ist hochgradig gefährlich. Ich komme, sobald ich kann.«

Wie sollte er das alles hier verstehen? Sein Hauptverdächtiger war nur knapp mit dem Leben davongekommen, während das vermeintliche Opfer flüchten wollte. Glaubte er Matthias Frankes gestammelten Worten, so war nicht er, sondern sein Bruder der Mörder. Er wandte sich Nora Burger und Matthias Franke zu, um die sich die Rettungssanitäter kümmerten. Nora Burger stand offensichtlich unter Schock. Ihre dunklen Augen starrten ins Leere, als würde sie von dem Aufgebot an Löschfahrzeugen, Rettungs- und Polizeiwagen nichts mitbekommen.

Als Riedlinger sich ihr näherte, hörte er sie sagen: »Meine Handtasche! Meine Handtasche ist noch bei Andreas. Ich brauche meine Handtasche …«

Armes Mädchen, dachte Riedlinger unwillkürlich, obwohl Nora eine erwachsene Frau war. Auch er war über die neue Entwicklung, die der Fall genommen hatte, überrascht. Nora jedoch hatte den Mann, den sie liebte, nicht nur verloren, sondern wäre von ihm beinahe getötet worden.

Matthias Franke, der nach ambulanter Behandlung das Krankenhaus wieder verlassen konnte, legte ein umfassendes Geständnis ab. Er beschönigte nichts und gestand auch die Beteiligung seiner Brüder an dem Unfall, bei dem das kleine Mädchen getötet worden war. Matthias wusste, wann es vorbei war, und hatte sich zur Ehrlichkeit entschlossen, allerdings bestritt er energisch, etwas mit den Morden an Robert Mager und Elke Haaser zu tun zu haben.

»Dass Mager meinen Bruder erpresst hat, wusste ich nicht«, beteuerte Matthias. »Ebenso wenig, dass Andreas und Elke eine Beziehung hatten.« Er lächelte bitter. »Ich habe gedacht, meinen Bruder zu kennen. Heute denke ich jedoch, dass in unserer Familie achtunddreißig Jahre ein Fremder gelebt hat. Nie hätte ich gedacht, dass Andreas mit seinem Leben derart unzufrieden ist. Natürlich habe ich gewusst, dass ihm Geld sehr viel wichtiger war als mir, doch ich habe immer gedacht, er wäre nur um das Wohlergehen der Firma besorgt.«

Während Matthias Franke wie ein Wasserfall redete, verweigerte sein Bruder Andreas jegliche Aussage. Selbst seinem Anwalt gegenüber war er nicht bereit, ein Geständnis abzulegen, sondern starrte an einen imaginären Punkt irgendwo an der Wand und schwieg. Nachdem der Anwalt die Aussagen von Nora und Matthias zur Kenntnis genommen hatte, forderte er eine psychiatrische Untersuchung für Andreas.

»Mein Mandant hat sein Leben lang darunter gelitten, nur der jüngste Sohn zu sein, dem man nichts zutraute. Schon in der Schule hat er im Schatten seiner beiden älteren und erfolgreichen Brüder gestanden, die aufs Gymnasium gegangen sind und eine gute Note nach der anderen nach Hause gebracht haben, während Andreas Franke die Mittlere Reife nur mit Ach und Krach geschafft hat. Dieses Kindheits- und Jugendtrauma muss im Prozess unbedingt berücksichtigt werden.«

Jürgen Riedlinger hatte den Ausführungen des Anwalts stumm zugehört. Eine solche Entscheidung lag nicht in ihrem Zuständigkeitsbereich, sie war Sache des Richters. Nachdem der Anwalt gegangen war, ließ sich Riedlinger eine Tasse Kaffee aus dem modernen Apparat, den er inzwischen leidlich gut bedienen konnte, und setzte sich entspannt seinem Kollegen gegenüber. Wolfgang Mozer war nach einer ambulanten Untersuchung ebenfalls wieder aus dem Krankenhaus entlassen worden, während Nora Burger doch stärkere Brandverletzungen erlitten hatte und stationär behandelt werden musste.

»Ach Motzi, wenn man bedenkt, wie viele Menschen es gibt, die nicht so klug und erfolgreich wie ihre Geschwister sind … Wenn die alle hergehen und Leute umbringen würden, wäre die Menschheit bald ausgerottet.«

Regina Müller, die eben das Büro betrat und die letzten Sätze ihres Chefs gehört hatte, seufzte. »Ich hätte das niemals von Andreas Franke gedacht. Er hat so einen sympathischen Eindruck gemacht. Wie kann man sich in einem Menschen nur derart täuschen?«

Riedlinger und Mozer wechselten einen kurzen Blick. »Nur gut, dass Sie Ihr Herz nicht an diesen Mann verloren haben, Müllerchen«, scherzte Riedlinger. »Nora Burger tut mir leid, obwohl ich sie kaum kenne. Wenn hier jemand einen psychischen Knacks abbekommen hat, dann wohl sie.«

»Martina Traub, ihre Freundin, ist bei ihr im Krankenhaus«, sagte Mozer. »Ich habe sie getroffen, als ich aus der Ambulanz gekommen bin. Frau Traub hat versprochen, sich um Nora zu kümmern.«

»Es ist beruhigend, eine solche Freundin zu haben«, warf Regina Müller ein. »Und jedes gebrochene Herz heilt einmal ... irgendwann ...«

Riedlinger verkniff sich die Frage, ob seine Mitarbeiterin aus Erfahrung sprach, und sagte stattdessen: »Sie schauen wohl zu viele Rosamunde-Pilcher-Filme an!«

Regina Müller nahm ihrem Chef diese Bemerkung nicht übel. Sie warf ihr langes Haar zurück und lachte. »Nur in meiner Freizeit, versteht sich.« Plötzlich wurde sie ernst. »Chef, was ist eigentlich mit den Eltern von Andreas und Matthias? Und mit Doris Franke? Haben die wirklich nichts von dem Mädchenhandel gewusst?«

Ein Schatten fiel über Riedlingers Gesicht. »Horst Franke hat einen Herzanfall erlitten, als er alles erfahren hat. Er musste ins Krankenhaus eingeliefert werden. Martha Franke hat gestanden, über den Unfall, den ihr Sohn Günther verursacht hatte, informiert gewesen zu sein. Offenbar war es ihre Idee gewesen, dass Andreas, der zu der Zeit wirklich bei einem Fußballspiel in Stuttgart gewesen war, seinem Bruder ein Alibi gibt. Wir haben jedoch keine Beweise, dass der Rest der Familie Ahnung von den illegalen Geschäften hatte oder gar über die Morde an Mager und Haaser Bescheid wusste. Schlussendlich wird sich darum jedoch die Staatsanwaltschaft kümmern. Unsere Ermittlungen sind abgeschlossen.«

Regina Müller nickte. »Chef, brauchen Sie mich noch? Auf meinem Schreibtisch stapeln sich die Protokolle zum Eingeben in den Computer. Am besten fange ich gleich damit an.«

Riedlinger lächelte ihr freundlich zu. Regina Müller war eine gute Arbeitskraft, dazu noch eine äußerst sympathische Kollegin, und beim Sommerfest bei den Frankes hatte sie, als

Elke Haaser getötet worden war, die Nerven bewahrt. Er musste sich wohl damit abfinden, dass er mit seinen vierundfünfzig Jahren zwar noch lange nicht zum alten Eisen gehörte, dass jüngere Personen jedoch ebenfalls kompetent und erfahren waren. Beim nächsten Fall würde er Regina Müller von Anfang an mehr in die Ermittlungen mit einbeziehen.

Die Staatsanwältin Frau Doktor Pfeffer und der zuständige Richter stimmten dem Antrag einer psychologischen Untersuchung von Andreas Franke zu und forderten zu gegebener Zeit ein Gutachten an. Ebenso wurde die Auslieferung von Günther Franke, der von seiner Familie sofort telefonisch über alles informiert worden war, aus Chile beantragt, damit er sich für den tödlichen Unfall mit dem Tatbestand der Fahrerflucht und der Verleitung zur Falschaussage vor Gericht verantworten konnte. Inwieweit die Sache vielleicht verjährt war, würde von der Staatsanwaltschaft geprüft werden, da die Verjährungsfrist sich nach dem zu erwartenden Strafmaß richtete. Der Tscheche Karel Swoboda war untergetaucht, und Interpol wurde eingeschaltet, um den Mädchenhändler zu finden. Ob dies jedoch erfolgreich sein würde, wagte Riedlinger zu bezweifeln. Selbst wenn es gelang, Swoboda zu verhaften und vor Gericht zu stellen – auf dieser Welt gab es Tausende von Swobodas. Tausende von skrupellosen Männern, die sich nicht scheuten, aus Habgier andere Menschen ins Verderben zu stürzen.

Damit hatten Jürgen Riedlinger und Wolfgang Mozer jedoch nichts mehr zu tun. Sie konnten die Akten Robert Mager und Elke Haaser schließen.

Epilog

»Es ist wunderschön!« Liebevoll lehnte Karin Riedlinger sich an ihren Mann. »Ich glaube, das ist das schönste Geschenk, das du mir jemals gemacht hast.«

Jürgen Riedlinger lachte. »Nun, ich dachte, die goldene Uhr zu deinem vierzigsten Geburtstag oder das Diamantkollier zu unserer Silberhochzeit haben dir auch nicht schlecht gefallen.«

Zärtlich knuffte Karin ihn in den Arm. »Ach du, natürlich, außerdem weißt du, dass es mir nicht auf den Wert eines Geschenkes ankommt. Eine einzelne Rose, die von Herzen kommt, ist mehr wert als das teuerste Schmuckstück. Dennoch freue ich mich wahnsinnig über diese Reise. Eine Kreuzfahrt! Woher hast du gewusst, dass ich mir das schon immer gewünscht habe?«

Riedlinger lächelte und hauchte seiner Frau einen Kuss auf die Nasenspitze. »Wenn man über dreißig Jahre verheiratet ist, dann sollte man wissen, was sich der Partner wünscht.«

Arm in Arm lehnten sie an der Reling und schauten auf den immer kleiner werdenden Hafen von Warnemünde. Elf wunderbare Tage auf der Ostsee lagen vor ihnen, und sie würden Danzig, Helsinki, Tallinn, St. Petersburg, Stockholm und Kopenhagen ansteuern, wo sie jeweils ein umfassendes Ausflugsprogramm erwartete.

Jürgen Riedlinger hatte sich selbst gegenüber Wort gehalten und sofort, nachdem der Fall abgeschlossen war, die Kreuzfahrt gebucht und Karin bei einem romantischen Abendessen mit Kerzenschein im Hotel Johanniterbad damit überrascht. Zuerst war Karin, trotz aller Freude, skeptisch gewesen, denn die Reise war – trotz eines Sonderpreises um diese Jahreszeit – nicht gerade günstig. Ihre Freude hatte am Ende jedoch gesiegt. Bereits am nächsten Tag hatte sie mit den Vorbereitungen begonnen und sich über alle Ziele kleine, praktische Reiseführer besorgt.

Ein Signalton verkündete, dass die Restaurants zum Abendessen geöffnet wurden. Karin und Jürgen Riedlinger rührten sich jedoch nicht von der Stelle, zu schön war der Anblick des immer kleiner werdenden Landes im letzten Licht der untergehenden Sonne.

»Gestern, bevor wir nach Warnemünde abgefahren sind, habe ich noch im Schwarzwälder Boten gelesen, dass das Busunternehmen *Franke-Reisen* geschlossen wurde«, sagte Karin plötzlich. »Ist es nicht furchtbar, dass die Angestellten jetzt für die Taten, die ihre Chefs begangen haben, büßen müssen?«

Nachdem der Fall abgeschlossen war, hatte Riedlinger seiner Frau alles Wesentliche erzählt. Nun musste er ihr gegenüber nicht mehr schweigen, denn die Details waren ohnehin in allen Zeitungen zu lesen. Andreas Franke würde für viele Jahre, wahrscheinlich sogar für immer, hinter Gittern verschwinden. Wenn das ärztliche Gutachten bewies, dass Franke unter einer psychischen Störung litt, dann würden sich die Tore einer Anstalt für den Rest seines Lebens hinter ihm schließen. Matthias Franke konnte zwar keine Beteiligung an den Morden nachgewiesen werden, der verwerfliche Menschenhandel allein würde ihm jedoch einige Jahre Haft einbringen. Die Eltern waren zu alt und der Vater zu krank, um das Unternehmen wieder zu übernehmen, und Doris Franke, Matthias' Frau, war mit den vier Kindern zu ihren Eltern gezogen.

»Wahrscheinlich wird ein Busunternehmer aus Hechingen die Firma übernehmen«, sagte Riedlinger, der letzte Woche so etwas gehört hatte. »Somit wären zumindest die meisten Arbeitsplätze gesichert.«

Karin nickte. »Das wäre wünschenswert. Ist es nicht tragisch, wie maßlose Habgier und der Wunsch, immer der Erste und der Beste zu sein, nicht nur ein Unternehmen, sondern eine ganze Familie zerstören? Seit über neunzig Jahren hat es *Franke-Reisen* gegeben und jetzt …« Karin deutete mit den Händen eine Seifenblase an, die zerplatzte. »Was ist eigentlich mit dieser Frau? Der Freundin von Andreas Franke? War sie nicht noch verheiratet?«

»Du meinst Nora Burger.« Riedlinger zuckte mit den Schultern. »Als sie aus dem Krankenhaus entlassen werden konnte, hat ihre Freundin sie abgeholt. Ich glaube, sie wohnt weiterhin bei ihr in Rottweil, hat aber auch wieder regelmäßigen Kontakt zu ihrem Mann. Ob die beiden allerdings wieder zusammenfinden, nach all dem, was geschehen ist, wage ich zu bezweifeln.«

»Obwohl ich sie nie kennen gelernt habe, tut sie mir leid.« Karin Riedlinger meinte ihre Worte ehrlich, und Riedlinger drückte sie an sich.

»Lass uns nicht mehr über meine Arbeit sprechen, wir haben Urlaub. Weißt du, dass es unser erster gemeinsamer Urlaub seit sieben Jahren ist?«

Karin nickte und lächelte. »Ich hoffe nur, auf dem Schiff treibt sich kein Mörder herum.«

Riedlinger runzelte die Stirn und sah seine Frau fragend an.

Sie lachte. »Na, wie in der einen Folge der Serie Inspektor Columbo. Da unternimmt Columbo zum ersten Mal zusammen mit seiner Frau eine Kreuzfahrt, hofft, endlich Entspannung und Ruhe zu finden, und prompt geschieht an Bord ein Mord, und aus war es mit der Erholung.«

»Zum Glück gibt es so etwas nur in Filmen«, erwiderte Riedlinger zuversichtlich. »Ich glaube, wir sollten uns jetzt ins Restaurant begeben, nicht dass uns die anderen Passagiere alles wegessen.«

Schelmisch klopfte Karin ihrem Mann auf den Bauch. »Nun, ein paar Tage nichts zu essen würde dir nicht schaden. Im Prospekt jedoch hat gestanden, dass jeder Passagier während einer Kreuzfahrt durchschnittlich zwei bis drei Kilo zunimmt.«

»Na, Mahlzeit.« Riedlinger grinste. »Dann musst du mir eben meine Hosen weiter machen, wenn wir wieder zu Hause sind.«

Arm in Arm gingen sie über das Deck zu den Restaurants. Von Jürgen Riedlinger fiel die Anspannung ab und er wusste, er konnte auf dieser Reise seine Seele einmal so richtig baumeln lassen.

Mord und Verbrechen würde es auch weiterhin geben. So tragisch es war – er verdiente sein Geld mit den Abgründen der menschlichen Seele. Und der nächste Fall würde nicht lange auf sich warten lassen.

Ende